12-1종

이 찬옥 소설

12-11강종

문학나무

두 번째 창작집이다. 묶인 작품들은 그동안 내 사랑의 문학현
실을 보여준다. 소설 속에는 온전히 나의 것이 안 된 미완의 사
랑과 집이 들어 있다. 나는 끝까지 그곳에 갔는지, 그 사랑을 잡
았는지 불확실하다. 중심에 있지 못하고 유령처럼 떠도는 나의
삶을 그렇게나마 소설 속에 안착시키려고 부단히 노력했다. 그
러나 솔직히 그 결과가 미흡한 만큼 부끄럽다.

추고한 교정을 마치고 소설과 마주앉아 차를 마신다. 소설에
게 해가 뜨고 밤이 오고 비가오고 눈이 내린다. '그래, 나는 너
를 쓴 작가다. 이제 부끄러워하지 않을게.' 마신 차가 몸에 스
며들며 차향을 뿜는다. 소설도 나를 바라보며 꽃을 피우며 묻는
다. "정말, 이제 소설 더 안 쓸거야?" 나는 조심조심 속삭인다.

낮은 소리로. "아니, 또 쓸게."

참 많은 고마운 분들의 얼굴이 떠오릅니다. 깊고 뜨거운 마음을 전합니다. 이제 가족 차렙니다. 물심양면으로 내 편이 되어 주는 남편과 내게 희망의 노래를 부르게 하는 두 아들 윤호와 준호 사랑하고 감사해요. 이 모든 것 섭리 가운데 감사하게 만드신 하나님께 감사합니다.

2016년 3월 별내에서
이찬옥

차례

12-11종

황도

황도

어디든 다녀와야겠다, 오래전부터 한 생각이었다. 막상 떠나려하니 어디로 가야할지 막연했다. 먼 곳이면 좋았다. 지도를 펼쳤다. 집으로부터 아래로 짚어 내려갔다. 시선이 진주에 멎었다. 특별히 연고가 있는 곳은 아니었다. 단지 그 순간에 마음이 진주에 머물렀을 뿐이다. 진주. 이름 때문일까. 왠지 내가 알지 못할 보물이 있을 것 같은 곳. 어떤 지명이나 인명이 아주 큰 의미를 갖고 다가올 때처럼 말이다. 가만히 생각해보니 온전히 순간적인 발상만은 아니었다. S가 내 마음 한구석에 자리 잡고 있었다. S는 여수 얘기를 한 적이 있었다. S가 말한 오동도와 동백꽃을 기억한다. S는 여수에 대해 많은 얘기를 했는데 나는 그 두 가지를 기억한다. 그날 모인 사람들에 대한 인사치레였겠지만 여수에 오면 자기에게 연락을 하라고 했던 말도. 그것은 지금 내가 여수에서 가까운 진주를 여행지로 택한 빌미가 되었다. 은연중에 나는 S와 만나게 될지도 모른다는 생각을 품었다.

남부터미널에서 진주버스터미널까지는 네 시간이 걸렸다. 전에는 더 걸렸지만 새 길이 뚫려서 시간이 많이 단축된 것이다. 날이 흐렸다. 구월은 가을이라기엔 애매했다. 설익은 가을. 구월은 내게 늘 먹구름 속에서 떠올랐다. 남쪽 지방에 비가 오리라는 일기예보가 있었다. 터미널 개찰구 옆 편의점에서 우산을 팔고 있었지만 나는 사지 않았다. 진주에 도착하면 날은 개어 있을 거라고 막연히 확신했다.

창가 쪽 자리에 앉았다. 내 옆자리는 비어 있었다. 나는 이미 옆자리에 앉을 누군가를 기대할 나이는 아니었다. 버스가 출발하고 1시간여가 지나자 빗방울이 창유리에 맺혔다. 내 예상은 빗나갈 수도 있었다. 시간이 지날수록 빗줄기가 강해졌다. 밖을 보고 싶을 때마다 뿌옇게 된 창을 손가락으로 닦았다.

버스는 금산의 인삼랜드 휴게소에서 한 번 섰다. 인삼 냄새가 맡아질 거라는 예상은 틀렸다. 다만 인삼과 홍삼 가공품을 파는 판매대가 있을 뿐이었다. 나는 작은 봉지에 든 홍삼캔디를 샀다. 홍삼 제품들 중에서 제일 싼 것이었다. 내가 특별히 홍삼을 좋아하는 것은 아니었다. 인삼 산지인 금산을 기념하고 싶은 마음이 작용했던 것이다. 버스에 오른 나는 홍삼캔디를 입에 까서 넣고 허먼 멜빌의 『필경사 바틀비』를 읽었다. 가방 속에 넣기 위해 도서관에서 고른 가장 얇은 책이었다. 필경사 바틀비는 자신이 원하지 않는 일은 끝까지 거부했다. 답답하기도 했지만 한편 괜찮은 남자라는 생각이 들었다. 잠시 S를 떠올리기도 했다. 나는 S에 대해서 아는 것이 없으면서도 내 마음대로 규정짓고 있었다.

빗줄기는 점점 거세어졌다. 진주버스터미널에 도착했을 때는 폭우가 쏟아졌다. 내 예상은 완전히 빗나갔다. 사람들은 우산을 하나씩 챙겨들고 터미널을 벗어났다. 나는 터미널의 플라스틱 의자에 앉아 한참동안 있었다. 비가 그치기를 기다리는 건 아니었다. 그칠 비도 아니었다. 사람들의 웅성거림 속에 기습폭우라는 말이 자주 들렸다. 나는 폭우에 기습당했다. 좀 당황스러웠지만 그렇게 나쁘진 않았다. 단지 모든 것이 예상 밖이라는 사실을 받아들여야 했다. 터미널에 도착하자마자 다른 도시와는 다를 맑은 하늘과 햇빛을 상상했었다. 다른 데가 아닌 진주이지 않은가. 나는 강낭콩꽃보다 더 푸른 물결 위에 붉은 마음이 흐르는 강과 그 강을 굽어보는 누각을 찾아가야 했기 때문이다. 비오는 날의 버스터미널은 습기 냄새와 사람 냄새로 오묘한 분위기를 자아냈다. 커피전문점에서 피어나오는 원두커피향도 맞은편 화장실에서 새어나오는 암모니아에 섞여 비릿하고 아릿한 냄새를 풍겼다. 바닥은 오고가는 사람들의 우산에서 떨어진 빗물로 질척거렸다. 나는 빨리 그곳을 벗어나고 싶으면서도 선뜻 나서질 못했다.

"저 아가씨, 이 황도 좀 사지 않겠수?"

정말 뚱딴지같은 소리였다. 터미널 분위기에서 그 소리는 아
주 그로테스크하게 들렸다. 늙수그레한 여자가 내 쪽으로 황도
가 반쯤 담긴 고무 함지를 내밀었다. 노르스레하고 말랑말랑한
황도는 푸른 멍이 들어있는 것처럼 형광빛으로 보였다. 이건 순
전히 분위기가 자아낸 내 시각의 속임수였다.

"비 때문에 이 안으로 들어왔는데 빨리 떨이 하고 가야겠소."

여자는 칼로 도려낸 황도 한쪽을 어느새 내 입술에 디밀고 거
절할 겨를도 없이 그것은 입에 물렸다. 황도 한 조각이 입 속에
서 몰캉 씹혔다. 단물이 입 속 가득 고였다. 입을 몇 번 오물거
리지도 않아 황도 조각이 입속에서 녹았다. 여자가 그것보라는
듯이 빙그레 웃으며 나를 주시했다. 여자는 내가 뭐라고 대꾸할
새도 없이 검정색 비닐봉지에 커다란 황도 여섯 개를 담았다.

"저 그렇게 많이 필요 없는데요."

나는 말끝을 흐렸지만 강력하게 거절하지도 않았다.

"오천 원만 내소. 거저 주는 거나 마찬가지여. 날씨가 이래서
내가 기분 쓰는 거요."

여자는 황도 봉지를 내게 안기고 사라졌다. 책과 소지품이 든
작은 배낭이 황도 봉지를 넣으니 불룩해졌다. 간신히 배낭 지퍼
가 잠기고, 그제야 정지했던 생각들이 작동하기 시작했다. 황도

는 구월에 먹는 건가, 진주에서 황도가 열리나, 이 황도를 어떻게 다 먹지, 계속 이 황도를 갖고 빗속을 돌아다녀야 하나……. 그 물음에 대한 답은 어떤 것도 시원하게 떠오르지 않았다. 이상하다. 그 물음의 끝에서 또 S가 떠올려졌다.

지난 해 여름 말미였다. 인사동에서 S의 인물화 전시회 오프닝이 있던 날이었다. 2차 장소로 옮긴 음식점에서 N이 어딘가에서 복숭아를 들고 와서 한 조각씩 잘라 나눠주었다. 늘 다른 사람을 챙기며 언니 역할을 하던 N이었기에 그날도 거기에 있던 사람들은 그 모든 것을 당연히 여겼다. 그것이 황도인지 백도인지 사람들은 상관하지 않았다. 단지 복숭아라는 것만으로도 그 탐스러운 빛깔과 촉감에 모두들 기분 좋아했다. 축하 꽃다발 못지않게 그날의 복숭아는 빛났다. N이 사람들에게 복숭아를 잘라 나눠주고 있을 때 S가 돌연 N에게로 다가와 말했다.

"나에겐 기념으로 이 황도를 통째로 먹을 수 있게 해줘요."

복숭아 하나를 냉큼 들어 올렸다. 그리고 한 입 덥석 물었다. 순간 나는 들었다. '딱' 하고 돌 씹는 소리였다. S의 얼굴이 일그러졌다. 사람들의 시선이 일제히 S에게로 향했다. S가 어색하게 웃으며 말했다.

"살을 문다는 게 그만 뼈를 물었지 뭐야."

S는 별 거 아니라는 듯이 좌중의 시선을 다른 데로 돌렸다.

며칠 뒤에 인사동 다른 작가의 전시회에서 S를 다시 만났다.

S의 활짝 웃는 입이 벌어졌다. 안쪽으로 윗니의 공간이 보였다. S는 겸연쩍은 듯이 머리를 긁적이며 말했다.

"비싼 황도 먹었죠. 고놈의 씨가 얼마나 단단하던지 내 이빨을 두 동강 나게 하지 않았습니까?"

누군가는 웃었고 누군가는 위로의 말을 했다. 나는 그날 부드럽기만 할 줄 알았던 황도의 위력을 알았다. 대단한 남자라고 생각했던 S를 단번에 굴복시킨 한손 안의 열매.

택시를 타고 진주성까지 가자고 했다. 무거운 배낭 때문이라도 그래야 했다. 택시기사는 처음에 뭐라고 나에게 말하려다가 그만 두었다. 이 빗속에 진주성은 가서 뭐할 거냐고 빈정거리는 얼굴이었다. 터미널에서 진주성까지는 얼마 안 되었다. 터미널 뒤쪽으로 돌자 바로 성곽이 보였다. 성곽 끝자락에 누각이 보였는데 그것이 촉석루일 것이었다. 택시 기사는 내가 촉석루 앞에서 내리기 직전에 말했다.

"며칠 있으면 유등 축제가 시작되는데 그때가 되면 좀 볼만할 거요."

지금 진주성에 가는 건 별 의미가 없다는 걸 그런 식으로 말했다. 나는 터미널 편의점에서 산 우산을 쓰고 남강 둔치를 따라 걸었다. 둔치엔 사람이 거의 없었다. 폭우 속을 걸어야 하는 사람은 특별한 경우일 것이다. 강 위엔 배들이 떠서 흔들리고 있었다. 그 위에 기마 차륜 토기, 다보탑, 우리나라 고대 왕들의 형상이 있었다. 축제가 시작 되면 등이 그 안을 밝힐 것이었다. 그 사이 사이에 오즈의 마법사, 돈키호테 같은 세계명작 동화 속의 익숙한 캐릭터들도 보였다. 심지어 귀가 잘린 고흐의 자화 상까지. 오직 등불을 켜기 위해 존재하는 그 형상들이 강의 흔들리는 배안에서 비를 맞고 있었다. 그 풍경은 이성적인 생각을 흩뜨려놓았다.

둔치 옆 게시판에 축제 일정이 붙어 있었다. 각자의 소망을 담은 등을 남강에 띄워 보내는 날도 있었다. 그것은 꽤 근사한 것 같았다. 내가 진주에 온 날이 그날과 겹쳤더라면 좋았을 걸 하는 생각을 했다. 그동안 나는 지금 아닌 것을 바랄 때가 얼마나 많았던가. 그것은 늘 부질없었다. 점점 어깨가 묵직해왔다. 어쩌자고 나는 그 많은 황도를 샀던가, 그것을 언제 다 먹을 것인가. 그것도 부질없는 생각이었다. 묵직한 어깨가 뻐근해지면서 황도의 달큰한 냄새가 피어오르고 있었다. 그 향기가 고통의 순간을 견디게 하는 최음제 같기도 했다. S는 그 뒤로 황도를 다시 먹었을까? 날카롭고 단단한 황도 씨와 치아를 그려놓고, 그 부드러운 감촉과 향기는 영영 잊은 것은 아닐까.

여수는 진주에서 가깝지 않았지만 멀지도 않았다. 나는 나중에 지금 못한 것을 후회하지 않기를 바랐다. 이번에는 기어이 지금 생각한 것을 실행해야겠다고 마음먹었다. 전화를 할 용기는 없었다. S에게 문자메시지를 보냈다. '진주 남강 둔치를 걸고 있는데 비가 내리고 있어요.' S에게서 즉각 답문이 왔다. '여수에도 비가 내려요. 이리로 오세요. 비 내리는 밤에 함께 술 한 잔 하면 되겠네요.' S의 반응, 그 느낌이 내게 뜨거운 입김으로 다가왔다. 내 마음은 잔뜩 달떠 올랐다. 진주라는 도시가 내게 행운을 안겨준 보석처럼 여겨졌다. 유등 축제날에 와서 소망을 담은 등을 강에 띄울 필요도 없었다. 이미 소원이 이루어진 것 같았다. 나는 남강 둔치에서 올라와 택시를 타고 다시 터미널로 갔다. 여수로 가는 버스는 자주 있었다. 오후가 되도 비는 잦아들 기미가 없이 더욱 거세졌다. 낮인데도 저녁처럼 어둑했다. 여수로 가는 버스 안에서 나는 아늑함을 느꼈다. 비 같은 건 상관없었다. 아니 오히려 비가 와서 더 좋았다. 비가 S를 내게로 부른 것이었다. 아니 비 때문에 S가 나를 부른 것이었다. 날이 어두워졌을 때야 버스는 여수에 진입했다. 어두운 창밖으로 대규모의 휘황한 불빛들이 일렁거렸다. 불빛 사이로 정유회사의 간판이 보였다.

여수터미널로 S가 마중을 나왔다. 빗속을 돌아다닌 나의 모습은 추레했다. 불룩한 배낭을 메어 어깨가 눌린 모습은 오랫동안 떠돌아다닌 나그네를 연상케 했을 것이다. 처음부터 S를 만나려고 작정한 것은 아니었기에 더욱 그랬다. S는 내 모습에 조금 놀랐으나 예의 명랑한 모습으로 그가 잘 안다는 횟집에 데리고 갔다. 통유리 벽으로 바다가 보이는 횟집이었다. 캄캄해서

바다는 잘 안보였다. 멀리 등대의 불빛이 깜박거렸다. 말간 소
주가 물처럼 우리 몸속으로 들어갔다. S는 좀 낯설었다. 인사동
전시장에서 또는 동호회 모임에서 보던 S가 아니었다. 처음으
로 나 혼자만 S를 독차지한 것이었다. 기적 같았다. 나는 취해
가는 중에도 배낭을 곁에 끌어다놓았다.

"배낭 속에 보물이라도 들었나요?"

S는 진지하게 물었다. 나는 배시시 웃음을 흘렸다.

"알아맞혀 보실래요? 도저히 못 맞힐 걸요."

그러면서 S가 말할 때 입속을 보았다. S가 먼저 나의 의도를
알고 말했다.

"이빨 해 넣었어요."

나는 그제야 오늘 진주터미널에서 황도를 사게 된 이야기를
했다. S는 껄껄껄 웃었다. 그리고 말했다.

"나눠먹으면 되겠네요."

나는 약속이라도 하듯 헤어질 때 꼭 황도를 주겠다고 말했다.

S와 나는 소주 세 병을 비웠다. 나는 긴장이 풀리고 속에 있
던 말들이 주절주절 나왔다. 평생 담배를 피우다 식도암으로 죽
은 아버지와 그 아버지를 평생 저주하면서도 담배 피는 사람에
게 좋다는 황도를 사다 준 이해하기 힘들었던 엄마에 대해서 말
했다. 나는 여행의 목적이 S와의 만남인 것처럼 내 마음의 밑바
닥을 그대로 진술할 생각이었다.

S는 그런 내 분위기를 느꼈는지 어두워져 캄캄한 창을 가리키며 저쪽이 오동도라느니 어디를 돌아가면 돌산대교라느니 여수의 명소들을 나열했다. 그러던 S는 나의 사랑 고백을 듣기 전에 자신의 얘기를 먼저 했다.

"나는 더 이상 누구도 받아들일 수 없답니다. 나는 불륜을 저질렀어요. 유부녀를 사랑했어요. 나는 그녀와 함께 이곳으로 내려왔어요. 그녀는 몇 년 전에 스스로 목숨을 끊었어요."

S는 마치 자신이 읽은 통속 소설의 줄거리를 얘기하듯 담담하게 말했다. 나는 손의 얘기를 들으며 더 취하지 않으면 견딜 수 없을 것 같았다. 나는 다섯 병째 술을 끝이라고 주문했다. S도 그런 나를 말리지 않았다.

S는 여수엑스포 때 형성된 모텔촌으로 나를 데려갔다. 모텔마다 간판에 '굿스테이'란 로고가 붙어있었다. S는 내일 점심 때 나를 데리러 오겠다고 했다. 객실까지 들어와 나를 한 번 포옹하고는 가버렸다. 나는 모를 모욕감을 느끼며 술이 확 깼다. 벽에 붙은 커다란 거울에 낯선 여자가 들어있었다. 야상점퍼 모자에 짓눌린 머리는 땀에 절어 납작해져 있었고 내 모습은 마치 험한 산중에서 길을 잃고 지친 등산객 같았다. S가 달아나듯 가버린 것은 당연했는지도 모른다.

황도가 들은 불룩한 배낭은 불만스런 모양새로 방 한가운데 놓여 있었다. S에게 두세 개 주려던 것을 잊어버렸다. 나는 가방을 열고 묵직한 황도 봉지를 꺼냈다. 혹하고 향기가 콧속으로 들어왔다. 하루 종일 가방 속에서 은둔한 황도는 그 시간만큼 익고 있었다. 황도는 진주터미널에서 보던 것보다 더 컸다.

나는 황도 봉지를 들고 화장실로 갔다. 세면대의 수도꼭지를 틀었다. 황도 하나를 흐르는 물에 대었다. 노란 황도의 표면에 있던 솜털이 오소소 일어났다. 나는 흐르는 물에 황도 표면을 문질렀다. 씻은 황도를 통째로 깨물며 S를 떠올렸다. 단 즙이 입속에 가득 찼다. 향기가 온몸에 퍼지는 듯했다. 황도의 맛을 깨물고 있는 나의 모습을 거울 속에서 보았다. 알 수 없는 야릇한 허기가 전신을 감싸고 돌았다. 나는 우적우적 황도를 베어 먹었다. 살이 다 없어지고 까끌까끌한 씨의 이물감이 느껴졌다. 거울을 들여다보았다. S가 나를 지켜보고 있었다. 나는 봉지에서 또 황도를 꺼내 씻었다. 솜털이 벗겨진 황도는 노란 껍질이 살짝 발그스레한 빛을 띠었다. 나는 거울 속 S를 쳐다보며 게 눈 감추듯 황도를 먹어치웠다. 너무나 맛있었다. "그렇게 맛있어?" S가 물었다. 나는 S의 몸을 떠올리며 말했다. "네 맛이야." S의 몸이 내 입안에 있었다. 황도 즙이 입안에 고였다가 온몸에 퍼져 내려갔다. 점점 황도 즙이 술기운을 밀어내었다. 정신이 또렷해졌다. 세 개째 먹었을 때 S에게 황도를 먹일 생각이 났다. 그러나 나는 황도 먹는 것을 멈출 수가 없었다. 아무리 먹어도 배부르지 않았다. 먹을수록 허기졌다. 거울 속에 S와 내

가 엉켜있었다. 나는 황도 여섯 개를 다 먹고서야 방으로 들어
왔다. 비로소 S는 내 입속에서 수만 번 씹히다가 사라졌다. 기
분이 좋았다. 황도는 신경을 안정시키는 효능이 있다고 했던가.
마치 일을 치른 후의 나른함 같은 것이 밀려왔다. 황도가 나의
몸과 마음을 다 장악한 것처럼 나는 꼼짝도 할 수 없었다. 나는
침대에 앉아 한참동안 캄캄한 창문을 바라보았다.

S는 크로키 동호회에서 만났다. 미술계 각 분야 사람들이 만
든 모임이었다. S가 나에게 각인된 것은 일 년에 한 번씩 정기
적으로 열리는 크로키 전시회에서였다. 그날은 전시회뿐만 아
니라 이벤트로 누드 크로키 시연도 했다. 30분 동안 누드모델
이 여러 가지 동작을 취하고 회원들은 나름의 방식대로 크로키
를 했다. S앞에 스케치 종이가 수북이 쌓였다. 모델 동작을 빠
르게 잡아내는 S의 손은 신의 손이다 싶었다. 나는 성스럽기까
지 한 그의 진지한 모습에 전율했다.

그날 모델의 가운이 벗겨지자 전시장이 고요해졌다. 모델을
향한 조명이 켜지고 완전히 노출된 나신 앞에서 크로키 회원들
은 숨을 죽였다. 누드모델은 틀어 올린 머리에 꽃 비녀를 꽂고
분 간격으로 자세를 바꾸었다. 1분, 2분, 길게는 5분. 크로키의
매력은 스피드였다. 숙련되지 않은 나는 크로키 속도가 늦어 늘
아쉬움 속에서 머뭇거렸다. 덜 그려졌지만 미련 없이 도화지를
넘겨야 했다. 누드모델의 모습은 앙상해보였다. 모델은 음악에

맞춰 부드러운 동작으로 첫 포즈를 잡았다. 크로키를 하려던 내 손이 잠깐 멈칫거렸다. 모델의 포즈에 강한 느낌이 전해졌다. 외로움을 끌어안은 듯 잔뜩 웅크린 자세는 구부린 등의 척추 뼈를 뚜렷하게 드러냈다. 애치로움이 잔뜩 묻어났다. 모델은 고개를 돌려 숙이다가 비스듬히 서거나 누워 보이고 일어나 느리게 춤을 출 때도 있었다. 허리와 엉덩이 사이에는 꽃 문신이 있었다. 몸을 구부리고 펼 때마다 꽃잎이 오그라들었다 활짝 펴졌다. 크로키 회원들에게 더 이상 누드모델은 관능적으로 느껴지지 않았지만 시선은 자꾸 그 꽃잎 속으로 빠졌다. 분홍과 흰 꽃잎이 섞여 숨었다 드러났다를 반복했다. 옆에 있는 동호회원이 속삭였다.

"복숭아꽃잎이야."

크로키 시연이 다 끝나고 나는 N과 함께 S에게 갔다. N은 S의 스케치북을 넘겼다. 스케치북의 여인들은 금세라도 내게 달려들 것 같았다. 나의 손을 잡고 어디라도 함께 가자고 유혹하는 것 같았다. 여인들은 살아있었다. 한참동안 전율에 휩싸여 그 자리에서 꼼짝할 수가 없었다. S의 그림 속 여인의 몸에 있던 꽃잎이 내 몸에 화인을 놓았다. S는 그날 그렇게 내 마음 속에 들어왔다.

잠은 오지 않았다. 더 먹을 황도도 없었다. S에게 주려던 것을 다 먹어치운 순간 그는 내게서 아주 멀어진 것 같았다. 가만히 있으니 빗소리가 크게 들렸다. S가 사라지고 자꾸 돌아가신 아버지가 떠올랐다.

세상을 떠나기 전 아버지의 머리맡에는 황도 통조림이 있었다. 스스로는 아무 것도 목구멍으로 넘길 수 없는 아버지에게 엄마는 통조림 속의 황도를 숟가락으로 떠서 입속에 넣어주었다. 숟가락에 담긴 황도는 굳지 않은 황금 덩어리 같았다. 아버지는 황도를 목에 넘기며 지그시 눈을 감았다. 더 이상의 바람은 없다는 듯이 얼굴에 살짝 미소가 지나갔다.

천장에 걸려있는 주황색 조명이 붉은 카펫이 깔린 좁은 객실 복도를 비추고 있었다. 나는 무슨 죄라도 지은 사람처럼 살금살금 복도를 걸어 계단으로 내려왔다. 로비 데스크에서 모텔 종업원이 졸고 있었다. 모텔 로비 유리벽 밖으로 바다가 펼쳐졌다. S와 들어올 때는 볼 수 없던 풍경이었다. 나는 또 새로운 장소로 옮겨진 느낌이었다. 졸다 깬 종업원이 바다를 바라보는 나를 바라보았다. 모텔 로비에서 바다를 바라보다가 해변 산책로로 갔다. 비는 잦아있었다. 시내의 불빛이 밤바다에 비쳐 반짝거렸다. 나는 그제야 여수에 왔다는 걸 실감했다. 여수 밤바다. S는 여수를 낮보다 밤이 더 아름다운 도시라고 말했다. 낮에 도착한 비 내리던 여수는 칙칙했다. 나는 버스카버스카의 '여수 밤바다' 노래를 흥얼거렸다.

'……여수 밤바다 여수 밤바다 아 아 아 아 어어 너와 함께 걷고 싶다 이 바다를 너와 함께 걷고 싶어 이 거리를 너와 함께 걷고 싶어 이 바다를 너와 함께 걷고 싶어 여수 밤바다 여수 밤바다……'

비의 습기를 일렁이는 알 수 없는 향기가 코끝으로 스며들었다. 그 늦은 시각에도 해변 산책로로 연인들이 어깨를 감싸 안고 걷고 있었다. S는 얼마나 많이 죽기 전의 여인과 또 죽은 여인과 이 밤바다를 거닐었을까. 그들도 버스카버스카의 '여수 밤바다' 노래를 불렀을까. 아니 S가 사랑한 여자가 죽은 것이 먼저일 수도 있었다.

은은한 향기에 이끌려 문을 열었다. 화사한 빛깔의 복숭아꽃이 활짝 피어 끝없이 꽃그늘을 만들고 있었다. 꽃나무 그늘 아래에는 하얀색 천이 깔린 테이블이 있었다. 테이블 위에는 꽃장식과 진기한 음식들이 차려 있었다. 사람들이 그 테이블 주위에 모여서 술잔을 부딪치면서 이야기를 나누고 있었다. 그들은 미소를 띠우고 우아한 몸동작을 취하면서 소곤거렸다. 한 구석에서 S가 나를 발견하고 손짓을 했다. 나는 사람들 틈을 비집고 S에게 달려갔다. 나는 열심히 뛰어갔는데도 S는 내게 가까워지지 않았다. 마치 술래잡기놀이라도 하듯 보이는 듯싶으면 S는 멀어져갔다. 나는 있는 힘을 다해 S의 옷깃을 잡았다. S는 빙그레 웃으면서 나를 안았다. 나는 그의 품안에서 녹아내릴 것 같았다. 나는 S의 품안에서 그대로 시간이 멈추었으면 하고 바랬다. S와 나는 어느새 복숭아꽃 나무들 사이에 지어진 오두막에 와 있었다. S와 나는 처음 만났을 때처럼 계속 부둥켜안고 있었다. S의 입김이 내 귓불을 뜨겁게 달구었다. S는 나에게 목걸이를 걸어주었다. 살굿빛 진주였다. S는 목걸이를 걸어주면서 속삭였다. '사랑 한다' 나는 가슴이 먹먹했다. S에게서 가장 듣고 싶은 말이었다. 오두막의 문이 열렸다. 사람들이 줄지어 들어왔다. S와 나를 흘깃 쳐다보고는 반대편으로 난 문으로 나갔다. 나는 부끄럽지 않았고 오히려 S와 내가 함께 있는 것을 그들에게 맘껏 자랑하고 싶었다.

사람들이 다 지나갔을 때 바람이 불면서 문이 덜컹거렸다. 바람이 싸늘했다. 따스한 바람 속에 스치던 복숭아꽃 향기도 사라졌다. 목이 서늘했다. 손으로 더듬으니 목에 걸려있던 진주목걸이가 끊어졌다. 진주알들이 오두막 사방으로 흩어졌다. S는 어느새 온데간데없이 사라졌다. 나는 안타까운 마음에 목 놓아 S를 불렀다. 그러나 그 목소리는 밖으로 나오지 않았다. 나는 너무나 답답했다. 오두막을 뛰쳐나왔다. 활짝 핀 복숭아꽃에 눈이 부셨다. 나는 손 그늘을 만들어 이마에 대고 살금살금 나무 밑을 걸었다. 군데군데 사람들이 삼삼오오 모여 이야기를 하거나 음식을 먹고 있었다. 짝을 지어 춤을 추는 사람도 있었다. 꽃나무 아래에서 추는 춤을 보고 있으면 내가 자꾸 어디론가 끌려들어가는 느낌이었다. 그러나 그럴 때가 아니었다. 나는 S를 찾아야 했다. 나는 숨을 헐떡거리면서 꽃나무 아래로 헤매 다녔다. S는 보이지 않았다. 목이 말랐다. 멀리 오두막 한 채가 보였다. 처음에 S와 함께 있던 그 오두막으로 다시 온 것일까, 생각했다. 아니라면 물이라도 달래서 먹어야지. 나는 부리나케 오두막으로 향했다. 오두막 문은 살짝 열려 있었다. 나는 갑자기 알지 못할 두려움에 휩싸였다. 조심스럽게 오두막 문을 잡아당겼다. S가 그곳에 있었다. 하마터면 나는 소리 지를 뻔했다. S는 내가 모르는 여자에게 진주 목걸이를 걸어주고 있었다. 나는 오두막으로 들어가 지나치며 S를 흘낏 쳐다보았다. S는 내가 모르는 여자만 바라보고 있었다. 나의 존재는 아랑곳하지 않았다. 나는 반대편 문으로 나왔다. 문밖에서 나는 S를 기다렸다. 해가 지고 있었다. 꽃나무 아래에서 웅성거리던 사람들도 사라지고 없었다. 화사한 복숭아꽃이 등불처럼 어둠을 밝히기 시작했다. 나는 참지 못하고 오두막의 문을 두드리며 S를 불렀다. 그러나 불러도 목소리는 내 안에서만 메아리쳤다.

밖은 훤했다. 나는 답답한 목을 움켜쥐고 일어났다. 창밖으로 복숭아 꽃잎 대신 단풍잎이 우수수 지고 있었다. S는 온다는 시각에 정확히 모텔 입구로 왔다. 12시 10분 전. 방을 비워줘야 하는 시각이었다. S는 내가 밤새 뒤척이다 늦게야 잠들 걸 알았을까. S는 날 보자마자 말했다.

"가방이 가벼워졌군요."

나는 그 말에 곧 바로 응답했다.

"어떡하죠? 황도 준다고 했는데 그만 다 먹어버렸어요."

S는 그렇게 말하는 나를 물끄러미 바라보았다. 기가 막힌 듯한 표정은 아니었다. 그리고 여섯 개를 어떻게 다 먹었냐고 묻지도 않았다.

날은 말끔히 개었다. 모텔 앞 공원의 잔디가 촉촉이 젖어 있었지만 어제 폭우의 흔적은 사라졌다. 밤의 조명이 사라진 바다는 화장하지 않은 민낯처럼 수수했다. 나는 S가 몰고 온 차의 옆자리에 앉았다. 가슴이 두근거렸다. 누군가의 옆자리에 앉는다는 건 대단한 일처럼 여겨졌다. S는 안전벨트를 하지 않았다.

"언젠가부터 미리 대비하는 것 같은 건 하지 않기로 했어요. 이렇게 자연스럽게 죽음의 조건에 나를 내맡기다 어느 것에든 걸리면 좋겠어요."

S는 편안하게 말했다.

나는 바다를 멀리까지 볼 수 있는 곳이면 좋겠다고 했다. S는 그러면 향일암으로 가야겠다고 했다. 향일암으로 가는 길은 꼭대기로 난 길이었다. 안전벨트를 하지 않은 S가 의식되었지만 나는 아무 말도 하지 않았다.

"해가 떠오른 것을 잘 볼 수 있는 곳이죠?"

나는 아무 말이나 해야 했다.

"그곳에 서있으면 해를 바라보는 것이 아니라 해를 머금고 있는 것처럼 보여요."

S가 그 말을 할 때 나는 어젯밤 지치도록 먹었던 황도가 생각나서 입속에 침이 고였다. 주차장에 차를 세우고 향일암까지 한참을 걸어 올라갔다. 산들의 나무는 단풍이 들기 시작했다. 남해와 단풍은 잘 연관되지 않았다. 그런 내 마음을 눈치챘는지 S가 말했다.

"늦겨울이나 이른 봄에 와도 좋아요. 바다를 향해 피어있는 붉은 동백꽃을 볼 수 있거든요."

입구에서부터 가파른 돌계단이었다. 계단 옆에는 소원 돌탑들이 수없이 쌓여있었다.

"어딘가에 제가 쌓은 돌탑도 있을 겁니다."

S가 헐떡이며 올라가는 나를 밀며 말했다. 나는 S가 돌탑을 쌓으며 빌었을 소원을 말하려다가 말았다.

암자는 꼭꼭 숨어 있었다. 향일암은 보이지 않았다. 한참을 올라가자 가파른 바위가 앞을 가로막고 있었다. 암자는 나오지 않을 것 같았다. S는 조금만 더 가면 된다고 말했다. 비밀 통로처럼 좁은 바위틈을 지났다. 바위틈으로 내려 쬔 빛이 계단에 빛 그림자를 드리웠다. 그 빛이 사람들을 인도하는 것 같았다. 그곳을 벗어나자 푸른 바다가 펼쳐졌다. 대웅전 난간에 있는 돌거북 수십 마리가 당장이라도 뛰어들듯이 바다를 향해 있었다. 관음전은 대웅전에서도 더 위로 난 동굴 계단을 지나야 했다.

나는 거룩한 의식을 치르는 마음으로 계단을 올라갔다. S가 바다를 바라보는 관음상 앞에 서서 웃었다. S와 관음상이 하나로 보였다.

사월, 남도에서부터 꽃 축제 소식이 들려왔다. 나는 겨우내 골방에서 나의 작업을 했고 이제는 환한 빛이 그리워졌다. 진주 옆구리에 있는 사천에서 복숭아꽃 축제가 열린다고 했다. 혹시 그곳에 가면 꿈속에서 보았던 오두막과 S를 만날 수 있을까. 그런 생각을 하고 있을 때 크로키 동호회의 N에게서 연락이 왔다. 인사동 G갤러리에서 S의 전시회가 열리는데 가지 않겠느냐고. 나는 N의 동행을 거절하고 나중을 기약했다.

지난 가을, 여수에 다녀온 후 과일가게 앞을 지날 때마다 스티로폼 포장지에 싼 황도를 자주 보았다. 다른 과일을 제쳐두고 유독 눈에 띄었다. 혼자 먹으려고 그것을 살 생각은 없었다. 황도와 연결되어 S가 떠오르긴 했다. 그뿐이었다. 여수에서 올라온 얼마 후에 S는 내게 메시지를 보내왔다. 내가 술김에 S에게 부담되는 고백을 했었나보다. S는 다시는 사랑 같은 건 하지 않겠다는 굳은 맹세 같은 걸 문자로 보냈다. S가 그렇게까지 하지 않아도 이미 나는 그의 마음을 읽었는데, 그의 힘든 다짐 정도로 이해하기로 했다.

나는 일부러 S의 전시 오프닝 날과 그가 전시장에 나와 있을 요일을 피해 갔다. 평일의 인사동 거리가 헐렁하듯 S의 작품이

전시되고 있는 갤러리도 한산했다. 나는 전시장 입구에 들어서
는 순간 놀라서 가슴이 뛰었다. 전시장 벽면과 천정으로 꽃나무
가 가득했다. 아주 익숙한 꽃이었다. 어디서 본 것일까. 전시회
주제는 '무릉도원'이었다. 복숭아꽃 나무 사이로 사람들이 하나
둘씩 들어왔다. 그림을 들여다보던 관람객들의 얼굴이 활짝 펴
졌다. 주로 수묵화를 그리던 S의 놀라운 변신이었다. 나는 마음
속으로 복숭아꽃 나무 사이 작은 오두막을 그려 넣었다. 전시장
구석에 작은 화폭의 그림이 걸려 있었다. 제목이 황도였다. 아,
황도! S는 내가 다 먹어버린 황도를 여기다 그려놓았구나. 나
는 황도 앞에 한참 동안 서서 그날 밤 난생 처음 맛있게 먹었던
황도를 떠올렸다. ⚘

속초가 좋아서 서울에서 온 치과

속초가 좋아서 서울에서 온 치과

아스팔트 바닥은 조금 젖어 있었다. 어젯밤 뉴스에서 태풍 때문에 전국에 비가 올 것이라 했던 일기예보가 떠올랐다. 우산을 가지러 다시 올라갈까도 생각했으나 25층은 너무 아득했다. 하늘과 사위는 짙은 회색빛이었다. 비가 후둑, 머리 위에 떨어졌다. 이어질 비는 아니라고 마음대로 단정했다. 어둑한 현관 앞화단 가에서 남자의 실루엣이 피어 올리는 담배 연기가 보였다. 강한 담배 냄새가 코끝에 달라붙었다. 잠이 안와 뒤척이다 밖으로 나오면 늘 보이던 남자였다.

아파트 쪽문을 막 나서려는데 누군가가 나를 앞서며 휙 지나갔다. 스킨 향이 풍겼다. 정장 차림의, 한 번도 얼굴을 마주 대한 적이 없는 남자였다. 그 남자가 저만치 사라질 때까지 그 향기는 내 곁에 머물렀다. 똑같은 향기를 나는 기억한다. 그 남자가 어느 동에 사는 누구일까? 의구심을 품지만 생각은 사라지고 늘 향기로만 남는 남자를 떠올렸다. 과연 그런 남자가 있을까, 다만 꿈꿀 뿐이다.

몇 달 전부터 이를 닦을 때 왼쪽 윗니의 한 부분이 떨어져 나간 것처럼 느껴졌다. 그곳에 자꾸 이물질이 끼었다. 나도 모르게 혀가 그 부분을 향하게 되고 의식하는 횟수가 잦아졌을 때에야 치과에 갔다. 고운미소치과 의사는 미소를 지으면서 말했다.

"아니 이 지경이 되도록 놔두셨어요. 상당히 아팠을 텐데……. 아무래도 이를 뽑고 새로 해 넣으셔야 할 것 같은데요. 아직 젊으시니까 임플란트를 해야겠죠."

늘 그랬다. 아픔을 느낄 새도 없이 상황은 종료되었다. 그 결과의 대가는 참 컸다. 나는 내가 감각이 둔한 것인지, 아니면 어떤 상황에서도 잘 참아낼 수 있는 인내심이 있는 것인지 잘 모르겠다.

스물의 시절에도 그랬다. 며칠째 어금니의 통증을 느끼다 치과에 갔을 때 이미 그 어금니의 존재 의미는 없었다. 의사는 젊은 나를 한심하게 바라봤다. 그날, 이를 뽑고 학교에 갔다. 상송 동아리방이 있는 대학본부 건물로 향했다. 교문 앞은 이미 최루가스로 자욱했다. 짙은 안개가 낀 것 같았다. 매캐한 냄새로 눈을 뜰 수가 없었다. 한바탕 시위대와 전경들의 충돌이 있었을 터였다. 나는 마스크를 쓰고 잔뜩 몸을 웅크린 채로 동아리방을 향해 올라갔다. 동아리방은 도달해야 할 고지처럼 아득했다. 발걸음을 뗄 때마다 재채기가 나왔다. 이 뽑힌 자리의 마취가 풀리면서 잇몸이 욱신거렸다. 얼굴이 달아올랐다. 최루가스 때문에 계속 눈물이 나왔다. 나는 마치 시대의 아픔에 대해 통곡하는 투사처럼 그 속을 뚫고 나갔다. 동아리방 앞에 도착했을 때 안에서는 '사랑의 기쁨'이 흘러나왔다. 나는 노래가 다 끝날 때까지 문 앞에 서 있다가 뒤돌아 나왔다. 잇몸의 통증은 더 심해지고 볼은 잔뜩 부어올랐다. 나는 온통 회색빛의 캠퍼스를 천천히 되짚으며 내려왔다. 마치 참회라도 하듯이 줄곧 눈물을 흘리며.

속초행 고속버스는 20분마다 있었다. 나는 한 시간 뒤의 승차표를 예매한 뒤 터미널에서 어디론가 떠나려는 사람들 속에 앉아 있었다. 속초는 내가 스스로의 공백을 주체할 수 없을 때에 찾는 도시다. 도시와 연결된 바다는 그 공백을 채우기도, 때로는 아예 풀어헤쳐 수평선 같은 무한이 되게 했다.

연애를 하다 혼자가 된 아들은 새벽에 수화기를 들고 울었다. 아들 여자의 냉정함이 인생이란 성장통의 노래가 되고 있었다. 아들은 울면서 한 번만 용서해달라고 했다. 아들은 얼마나 용서받지 못할 큰 죄를 지은 걸까? 엄마는 다 용서할 수 있는 죄를 아들의 여자는 용서할 수 없는 것일까? 가슴 한쪽이 저렸다. 너무도 낯선 아들을 두고 이른 아침, 집을 나섰다.

임플란트를 하기까지는 삼 개월이 걸린다고 했다. 잇몸이 여무는 기간이라고 했다. 그 사이에 몇 차례 신경치료를 했다. 그동안 보이지 않는 치아의 뿌리까지 염증이 생겼던 것이다. 늘 미소를 띠는 의사는 어린 아이를 다루듯 나를 대했다. 입을 크게 벌리세요. 좀 아플 거예요. 아주 잘 참으셨어요. 참 잘했어요. 때로는 말 안 듣는 아이를 대할 때처럼 호통을 치기도 했다. 입을 크게 벌리세요. 그렇지 않으면 수술도 할 수가 없다고요. 발치한 부분까지 칫솔질을 세게 하셔야 해요. 세균으로 감염되지 않게 하기 위해서요.

강변길을 출발한 버스는 새롭게 뚫린 고속도로를 달렸다. 평일 우등 고속버스의 좌석은 절반 이상이 비어 있었다. 한 번 들른 휴게소 카페에서 산 커피는 내릴 때까지 식지 않고 미지근했다. 수많은 고개와 터널을 지난 뒤 두 시간여가 지나자 바다가 보였다. 세상의 속도는 그동안 더 빨라져 있었다. 버스가 속초 시내로 진입하면서 훅하고 비릿한 바다 냄새가 코끝에 왔다. 속초 고속버스터미널은 한가로웠다. 버스에서 내린 사람들은 어디론가 총총히 사라졌다.

해수욕장이 있는 바다는 고속버스터미널에서 멀지 않았다. 상가와 주택들이 얼기설기 섞여있는 골목을 몇 차례 거치면 넓게 펼쳐진 바다가 보였다. 그것은 마치 동화 '이상한 나라의 앨리스'에서 구덩이에 빠졌더니 새로운 장소에 도착한, 그런 느낌이기도 했다. 철 지난 바닷가는 쓸쓸했다. 갈매기들이 바다와 해변 가를 한가롭게 날고 있었다. 가끔 나처럼 해변을 혼자 걷는 사람들이 눈에 띄기도 했다. 근처 선착장에는 저녁 오징어잡이를 나가기 위해 정박한 배들과 어지럽게 널려 있는 어망과 어구들이 보였다. 아주 오래전, 지금 별리의 아픔을 겪는 아들이 세 살 적에 함께 왔었다. 이맘때쯤 그때도 사람들이 떠난 바닷가에는 바람이 불었다. 가는 비도 내렸다. 아이는 투명한 우비를 입고 해변을 깔깔거리며 뛰어다녔다. 나는 그 아이를 붙들지 않고 오랫동안 쫓아다녔다. 아이는 잡히지 않는 그 자유를 맘껏 즐겼다.

이를 뽑아 동공 상태가 된 부위에는 잇몸을 보호하기 위해 플라스틱 같은 작은 조각을 끼워 넣었다. 그 조각이 양치를 하다가 빠진 적이 있다. 그 자리는 액체나 음식물이 닿을 때마다 시리고 아팠다. 고운미소치과에서 미소를 띤 간호사가 그 작은 조각을 다시 끼워 넣어주었을 때 그 간호사가 어렸을 때 엄마처럼 느껴졌다. 이물감에 자주 혀를 그 동공에 댔다. 그때마다 있던 것이 없어졌다는, 또 다시는 진짜 원래의 상태로는 될 수 없다는 자각을 하며 상실감을 느꼈다. 치과에 갈 때마다 물었다. "임플란트는 언제 하나요?" 의사는 얼굴에 미소를 띠며 조급해하는 나를 나무랐다. "잇몸이 차올라야지요. 지금 상태에서는 기둥을 세울 수가 없다고요."

고독감에 잠겨 한참 동안 해변을 걸었다. 시내 바로 너머에 있는 이 한적한 바닷가는 나의 피난처 같다. 스물 시절에 사랑을 잃었을 때, 아빠를 잃은 세 살 배기 아이를 데리고, 또 무언가를 잃었을 때마다 속초에 왔었다. 도시와 바다가 함께 있는 이 속초는 자유롭고 품이 넓었다. 이곳은 나의 상실감과 공허를 그때마다 채워주었다. 어디선가 해물의 구수한 국물과 생선구이가 노릇하게 익어가는 냄새가 풍겨왔다. 갑자기 허기가 지며 입맛이 돌았다. 그때서야 나는 아침부터 아무 것도 먹지 않았다, 그리고 이어진 생각은 고속도로 휴게소에서 산 커피 한 잔을 마셨을 뿐이라는 것이었다. 나는 횟집들이 즐비한 해변을 등지고 시내 쪽으로 발걸음을 옮겼다.

시내는 서울의 여느 거리와 다름이 없었다. 익숙한 체인 음식점과 커피전문점이 자주 눈에 들어왔다. 길을 걷는 사이에 오히려 식욕은 없어졌다. 처음 내렸던 고속버스터미널을 지나쳤다. 북쪽으로, 북쪽으로 걸었다. 바다로 이어진다는 호수가 나타났다. 호수 둘레길을 걸었다. 사람들은 산책을 하거나 자전거를 타고 달리고 있었다. 날마다 호수와 바다를 보며 사는 사람들의 마음은 어떨까? 적어도 어디론가 탈출하고 싶은 갑갑증은 없으리라. 호수가 끝나는 길에서 다시 시가지가 이어졌다. 횡단보도가 나타나자 그곳을 건너기만 하면 먹을 곳을 찾아들어야겠다고 마음먹었다. 빨간불 신호는 오래갔다. 나는 건너편을 바라다

봤다. 병원 간판이 즐비한 건물이 정면에 보였다. 내과, 외과, 약국, 건강식품 상호 간판들 사이로 여자가 그려진 커다란 간판이 눈에 띄었다.

　횡단보도를 건너 건물 가까이 왔을 때 간판 속 여자는 하얀 이를 가득 드러내며 웃고 있었다. 고혹적이었다. 마치 그곳을 그냥 지나치지 못하게 잡아끄는 듯이. 여자 그림의 간판 옆에는 한 자 한 자 떼어 놓여 있는 아크릴판의 글자가 붙어 있었다. '속초가 좋아서 서울에서 온 치과'. 나는 문득 반가운 친구를 만난 것처럼 눈이 반짝했다. 간판 글씨는 노래를 부르고 있는 것 같았다. 내 깊은 속에서 뜻밖의 말이 솟았다. "친구야, 나도 속초가 좋아서 서울에서 왔어." 나는 다시 간판 속의 여자를 올려다보았다. 얼굴은 커다란 눈과 가득 드러난 이로 환했다. 어서 안으로 들어오라고 부르는 듯싶었다. 전화를 걸면 저렇게 긴 이름을 어떻게 말할까, 궁금증이 일었다. 나는 핸드폰을 꺼내 간판 아래의 전화번호를 눌렀다. 신호가 가자마자 전화를 받았다. "속초 치과입니다." 상냥한 여자의 목소리가 들렸다. 나는 얼른 전화를 끊었다. '속초가 좋아서 서울에서 온 치과'는 없고 그냥 속초 치과만 그곳에 있는 것일까. 나는 다시 여자가 웃고 있는 간판을 올려다보았다. 간판 속의 여자가 '치아 하나하나 정성을 다 하겠습니다'라고 나에게 속삭이는 것 같았다. 나는 내가 무엇을 하러 그곳에 왔는지 잊어버렸다. 순간 내가 오로지 이곳에 오기 위해 속초를 왔다는 생각이 들었다. 지난 몇 달 동안의 치과 치료 과정이 다 지워지고 있었다. 고운미소치과의 의사와 간호사의 미소가 일그러진 모습으로 떠올랐다.

나도 모르게 치과 건물의 계단을 오르고 있었다. 치과가 있는 3층에 올라갔을 때는 한약 냄새가 진동을 했다. 치과 옆에 한의원이 있었다. 그 짙은 한약 냄새에 아침부터의 한기가 가시는 듯했다. 조심스레 치과의 문을 열었다. 문 위의 종이 딸랑거렸다. 접수구에 있던 간호사 둘이 합창하듯 인사를 했다. "어서 오세요." 치과 대기실에서는 슈베르트의 '송어'가 물방울 구르듯 또르르 흐르고 있었고 갓 내린 커피향이 가득했다. 대기실 벽을 따라 놓여있는 소파에는 여러 사람이 각자의 핸드폰에 집중하며 앉아 있었다. 나는 등받이가 없는 정사각형의 소파에 앉아 찬찬히 치과 내부를 둘러보았다. 처음에 인사를 한 간호사들은 더 이상 내게 신경을 쓰지 않았다. 다행이었다. 커피 머신이 있는 벽 쪽으로는 마치 갤러리처럼 그림 액자가 걸려 있었다. 나는 벽 쪽으로 다가갔다. 여섯 점의 그림은 모두 여자의 얼굴이었다. 모두 다른 얼굴이었지만 왠지 한 사람으로 느껴지기도 했다. 아마도 한 화가가 그린 것이라는 생각이 들었다. 그중에서도 모딜리아니 그림처럼 눈동자가 없고 목이 긴 여자 그림 앞에 눈길이 더 머물렀다. 나는 나도 모르게 내 목과 눈을 더듬었다. 순간 앞의 그림들이 지워지며 미궁 속으로 빠져 들어가는 느낌이 들었다. 한참을 들여다보고 있는데 문득 간판 속의 여인이 떠올랐다. 이 연상성은 무엇일까. 잠깐 의문이 떠올랐지만 다음 칸의 그림으로 눈을 돌렸다. 한 점 한 점 그림을 들여다볼 때마다 소용돌이처럼 마음 깊숙이까지 바람이 일었다.

　사람들은 대체로 그곳을 분교라고 불렀다. 그곳에서 공부하는 학생들은 자연과학 캠퍼스라고 했다. 땅이 넓은데다 건물이 별로 없는 캠퍼스는 황량했다. 수원행 전철이 지나가는 그곳은 꽤나 운치 있게 느껴졌다. 나는 그와 데이트할 때에 기차를 타고 여행을 가듯 그 캠퍼스에 가끔 갔다. 아는 사람이 거의 없는 그곳은 자유로웠다. 그 해 겨울은 몹시도 추웠다. 잎이 다 떨어진 나무들은 마치 성난 것처럼 음울해보였다. 그것은 아마도 그날 그와 나 사이에 흐르는 기류였을지도 모르겠다. 캠퍼스 끝까지 가면 호수가 보였는데 호수 옆 벌판에는 어린 묘목들이 끝도 없이 심어져 있었다. 지금 생각해 보면 아마도 조경학과에서 연구용으로 식재한 것이 아니었을까 싶다. 그날은 바람이 몹시 불었고 그와 나는 말없이 듬성듬성 심어진 묘목들 사이를 걸었다. 어느 누구도 춥다고 말하지 않았고 그는 나를 품어줄 아량 같은 건 아예 없었다. 외투 깃을 얼굴까지 끌어당기며 앞만 보며 걸었다. 나는 그때 한 번도 가보지 않은 러시아의 벌판과 겨울 숲을 떠올렸다. 유형지로 끌려가는 도스토예프스키, 드넓은 영지를 가진 톨스토이를 떠올리며 나는 어찌나 입을 앙 다물었는지

어금니 언저리가 아팠다. 잠시 러시아의 문호들이 생각 속에서 일렁이다가 스러지고 한참을 걷다 후문 쪽으로 나와 약속이라도 한 듯 그와 나는 첫 번째로 눈에 띄는 카페에 들어갔다.

불이 그리웠다. 정말 그랬을까 싶지만 내 기억 속의 그날 카페엔 사람이 한 명도 없었다. 난로가 피워져 있었을까, 그것도 의심스러웠다. 그와 나는 벽 쪽 구석자리에 앉았는데 한기는 계속 사라지지 않았다. 왜 커피도 식은 커피로 기억될까. 벽에는 긴 직사각형 액자가 걸려 있었다. 액자 속 그림은 아몬드 같은 눈에 길쭉한 몸을 가진 여자 그림이었다. 그는 침묵을 깨고 그림을 쳐다보며 말했다. "모딜리아니의 그림이네. 눈을 봐. 눈동자가 없다고. 왜 그런지 알아?" "글쎄. 이 여자는 세상이 보기 싫은가 보네." 그는 나의 대답에 화답하듯 말했다. "그래 그게 바로 내면 응시라는 거야." 그와 나는 자신들의 얘기 대신 그림 얘기만 했다. 액자 속 그림의 실루엣 정도만 떠오르나 비감이 느껴지는 그림 속 여자는 꽤 인상적이었다. 그날 그 카페 풍경은 음산함과 모딜리아니 그림으로만 기억되는 걸 보니 별로 할 말이 없던 그와 내가 그림에만 시선을 두었던 것 같다. 그가 그의 말을 하긴 했다. 그는 속초에 간다고 했던가, 치과 뭐라고 했던 것 같다. 나는 이별의 현실에만 집중되어 그의 다른 말을 하나도 듣지 못했다. 그날 어떻게 그 카페를 나왔는지, 다시 서울행 전철을 타고 집에 돌아왔는지 기억이 나지 않는다. 그 뒤 수

없이 사방에서 그가 불쑥불쑥 튀어나올 때마다 그와의 인연은 거기까지라고 생각하면서 나를 추슬렀다.

"어떻게 오셨는지요?"

접수구에 있던 간호사가 물었다.

"임플란트를 하려고요."

서너 명 진료 후에 내 차례가 되었다.

진료 의자에 앉았을 때 창밖으로 멀리 바다가 보였다. 바다가 보이는 치과는 가슴을 설레게 했다. 치료할 때의 공포나 아픔쯤은 다 잊을 수 있을 것 같았다. '속초가 좋아서 서울에서 온 치과' 의사는 따라 들어온 간호사와 함께 작고 동그란 미러로 내 입속을 들여다보았다.

"바로 임플란트를 하셔도 괜찮은 상태군요. 바로 수술에 들어갈까요?"

나는 주저하지 않았다.

"예, 그래 주세요."

태풍이 온다고 했다. 바다가 있는 이 도시는 태풍의 위력이 세다. 태풍의 이름은 늘 예뻤고 그럴수록 이 도시를 다 뒤집어 놓을 것처럼 고약했다. 또한 그 태풍들은 이 도시를 얼마나 좋아하는지 절대로 비켜가는 법이 없다. 아직 태풍은 천천히 발걸음을 떼고 있었다. 어젯밤부터 비가 조금씩 뿌리면서 바람에 창문이 조금씩 덜컹거렸다. 아내는 등교하는 딸아이에게 우산을 쥐어주면서 절대로 바닷가 쪽으로 가지 말라고 단단히 챙겼다. 지역 합창제 준비를 하고 있는 아내의 얼굴은 수척했다. 병원 창문 단단히 닫는 것 잊지 말고요. 커다란 간판은 괜찮을라나…….. 출근하는 그에게도 당부하는 걸 잊지 않았다.

병원까지 지름길도 있지만 호수 길을 선택한다. 흐린 날의 아침 호숫가는 무서울 정도로 적막하다. 맑은 날의 아침 호수는 발그레한 얼굴을 한 수줍은 새댁을 보는 것처럼 기분이 좋다. 그는 날씨에 따라 다양한 얼굴을 보여주는 이 도시가 참 좋다. 그만큼 그의 기분도 변화무쌍해지지만 삶에 활기를 주는 생의 리듬 같다. 심지어 바람과 비 때문에 잔뜩 찌푸린 모습을 하고 있어도 그는 이 도시를 그의 식구인양 품고 싶어진다. 또한 하루 시간대에 따라 새벽, 오전, 정오, 오후, 밤의 빛깔이 이 도시에서는 더 선명하다. 계절에 따라 다르게 보이는 색깔은 말할 것도 없다. 스쳐지나가는 여행객들이 북적거리고, 이곳에 삶의 뿌리를 내리고 있는 사람들이 적은 이 도시에서, 특히 이가 안좋아 치과를 찾는 이들이 많지도 않을 이 도시에서 그가 치과를 연 이유를 사람들은 종종 물었다. 더구나 그는 이 고장 출신도 아니잖은가? 그때마다 그는 생각할 것도 없이 바로 말했다. 속초가 좋아서요. 그렇게 말하면 사람들은 더 이상 묻지 않았다.

간호사 김과 신은 늘 그보다 먼저 출근해 음악을 틀고 커피를 내렸다. 강원도 토박이인 그들은 순박하고 맑았다. 그들은 그와 오래 있었고 그는 늘 고맙게 생각했다. 예약 환자는 많지 않았다. 가끔 간판을 보고, 치료와는 상관없이 갑작스럽게 들이닥치는 손님들이 있었다. 그들은 대기실 구석에 있는 커피를 마시며 그림들을 둘러보다가 그냥 나가거나 어렵게 그에게 면담 요청을 하는 두 가지 경우였다. 면담을 요청한 이들은 어렵게 그에게 말을 건넸다. 정말 죄송해요. 치과 진료도 하지 않으면서 선생님을 뵙자고 해서요. 그런데 지날 때마다 너무나 궁금했거든요. 속초에 어떻게 오시게 된 거에요? 그는 어느 경우나 좋았다. 모두 속초가 좋아서 서울에서 온 그를 지지해주는 것 같았기 때문이다.

서너 명의 아침 진료가 끝날 무렵, 서울 근교에서 개업을 한 선배에게 전화가 왔다. 언제까지 그가 이 소도시에 머물 것이냐는 매번 같은 말이었다. 그는 허허 웃으며 선배의 말을 물리치고 주말에 머리나 식히러 오라는 제안을 했다. 선배는 덧붙였다. "치과도 이제 경영의 시대야. 혼자 해선 안 된다고. 이번에 병원을 확장하면서 교정, 보철, 임플란트 등 분야를 세분화하려고. 네가 필요해." 그냥 하는 말이 아니라면서 진지하게 생각해 볼 것을 거듭 강조했다.

동해안의 부대에 군의관으로 있을 때였다. 그는 일요일이 되면 설악동에 있는 감리 교회에 갔다. 설악산을 바라보며 바다와 호수를 아우르고 있는 곳에 있는 교회는 위치 자체로 신성한 기운을 내뿜었다. 그는 특별히 신앙이 좋은 것은 아니었다. 하지만 그 시간 예배를 드리는 자체로 매주 한 주 동안 부대에서의 나른함이 씻겨지는 듯한 느낌에 중독되었다. 교인이래야 백 명 남짓했지만 그의 귀엔 꽤 수준 높은 성가를 부르는 찬양대가 있었고 사람들은 예배 후에도 남아 국수를 끓여먹으며 삼삼오오 모여 교제를 했다. 설악동 교회의 목사님은 잘 웃었고 친절했다. 사모 또한 후덕하게 생겨서 교회에 오는 누구에게도 가까이 다가가 관심을 보였다. 그는 얼마 뒤에 그 교회에 오래 다닌 사람처럼 자연스럽게 다른 교인들과 친해졌다.

무엇보다 그를 강하게 끌어당긴 것은 찬양대에 서는 N이었다. 교회 전체 성도의 삼분의 일 가량 되는 찬양대원들 중에 유독 N이 눈에 들어왔다. 긴 생머리에 피부 빛깔이 흰 N은 창백했지만 예뻤다. 찬양을 할 때면 N은 천사와 같았다. 그는 예배 시간마다 N을 바라봤지만 N의 시선은 어느 한 순간도 그와 마주치지 않았다. 그는 부대에 돌아와서도 줄곧 N생각을 했다. 그는 수많은 불면의 밤을 보내다가 찬양대에 서기로 결심했다. 사랑의 힘은 컸다. 그의 생애에서 노래가 그 곁에 올 줄은 꿈에도 생각하지 않았다. 그는 남자 베이스 파트로 섰다. 저음의 노래는 N에게 향한 그의 마음처럼 드러나지 않고 깔렸다. 그는 예배 후에도 찬양 연습을 하기 위해 교회에 오래 남아있어야 했다. 찬양 연습이 시작되기 전 작은 테이블이 몇 개 있는 조촐한 교회 식당에서 N과 함께 밥을 먹었다. 드디어 그는 N과 마주볼 수 있게 되었다는 생각에 더욱 신이 나 일주일이 빨리 지나 주일이 되기만 기다렸다. N은 강원도의 대학교에서 성악을 전공하는 음대생이었다. N은 모든 사람들에게 친절했다. 교회에서 N을 탐내는 사람은 많았다. 그는 안달이 났다. 이상하게도 N을 만날 때마다 입대하기 전의 모든 기억이 날아가고 그가 새 사람이 되는 듯한 느낌이 들었다.

그가 P를 잊은 건 아니었다. P는 소신공양을 한 등신불처럼 일그러진 형상으로 그의 마음에 자리 잡아서 오랫동안 떠나지 않았다. P를 마지막으로 만났던 날은 너무 추웠다. 바람이 쌩쌩 부는 메마른 나목들 사이를 서로 말없이 오래 걸었다. 그 황량함을 메워주는 건 멀리서 불빛을 매달고 덜컹거리며 지나가는 열차뿐이었다. 한시라도 그곳을 벗어나고 싶은 그들은 나목의 숲 끝에 있는 쪽문으로 나왔다. 바로 카페가 눈에 띄었다. 카페 이름은 '스페인'이었다. P는 스페인이 이런 곳에 있다니, 하고 말했다. 카페에 들어섰지만 왠지 모를 냉기가 몸을 훑었다. 카운터 의자에서 졸고 있던 주인 여자가 일어나 다가왔다. "불이 다 됐어요. 그래서 문 닫고 가려던 참이었어요. 좀 추울 거예요." 그들은 더 이상 다른 곳으로 찾아들어갈 힘이 남아있지 않았다.

P는 주황색 갓을 씌운 등이 있는 구석 테이블로 가서 앉았다. 잠시 뒤에 팔을 껴안고 웅크리고 있던 P는 가방 속에서 무언가를 꺼내 그에게 펼쳐 보였다. "내가 며칠 동안 뜬 목도리야." 하고 말했다. 그는 의아했다. P는 왜 진작 추운 바깥에서 그에게 목도리를 둘러주지 않았을까? P는 줄곧 벽 쪽에 있는 모딜리아니의 그림을 쳐다보았다. P가 모딜리아니 그림 속 여자 같다는 생각을 했다. 그날, 그들의 마음은 추위에 꽁꽁 얼어붙어 다시 풀어지지 않았다. 그는 해가 바뀌면 강원도 해안 부대의 군의관으로 갈 것이었다. P에게 말했다. "여기를 떠나 다시 시작하고 싶다고." 뭘 다시 시작하고 싶은지는 그도 잘 몰랐다. P는 언젠가부터 P가 뺐다는 어금니처럼 그에게서 빠져나갔다. 그날, 그와 샹송 듀엣 연습을 하기로 한 P는 끝내 오지 않았다. 가을 축제 때 그들이 함께 부르기로 한 '사랑의 기쁨'은 무산되었다. 나중에 그 이유를 추궁했을 때 P는 말했다. "삶의 큰 기둥이 뽑혔다면 너는 어떻겠니?" 그날도 P는 그에게서 이미 빠져나간 사람처럼 그의 새로운 시작 같은 건 별로 상관하지 않는 것 같았다. 그날, 그들이 언제 '스페인'이라는 카페를 나왔는지, 이별의 인사는 했는지, P가 준 목도리를 둘렀는지, 그런 기억이 어느 순간부터 정지된 화면처럼 전혀 생각나지 않았다. 가끔 그 추운 그날이 떠오를 때마다 아프게 떠오르는 회한은 그는 그날 어쩌면 그렇게 냉정했을까 하는 것과 P에게서 뽑힌 삶의 큰 기둥에

대해 묻지 않은 것이었다.

　치과가 있는 건물 1층 가정식 식당에서 해물 순두부를 먹었다. 강원도 토박이라는 주인 여자는 순두부보다 더 많은 해물을 넣어 순두부탕을 끓여 내왔다. 뜨끈한 게 들어가니 속이 시원했다. 주인 여자가 그의 표정을 보고 웃었다. 태풍은 약해지고 있었다. 비가 그치고 바람도 잦아들고 있었다. 식사를 다하고 그는 호수를 산책해야겠다는 생각을 했다. 오후 진료 시작 시간까지 좀 빠듯했지만 그는 어느새 호수를 향해 발걸음을 옮겼다. 날씨가 화창하지 않지만 호숫가를 따라 자전거를 타는 사람들도 있었고 그처럼 천천히 산책로를 걷는 사람들도 있었다. 호수에는 오리들이 옹기종기 모여 있었다. 겨울 저녁, 따뜻한 불가로 모여든 식구들 같았다. 호수 산책로를 반쯤 돌았을 때 아내에게서 전화가 왔다. 아내는 살뜰한 여자다. 그가 밥은 먹었는지, 기분은 좋은지, 지금 무얼 하고 있는지를 언제나 물어보며 챙긴다. 호수에서 산책하고 있다고 하니 감기에 걸리지 않도록 조심하라고 했다. 한결같은 아내의 살림이다.

　설악동에 있는 교회의 찬양대에서 그는 N과 사랑을 키웠다. 군의관 복무를 마치고도 그는 속초를 지척처럼 드나들었다. 너무나 자연스럽게 그는 속초 사람이 되어가고 있었다. 전문의 공부를 할 때는 서울에 머무는 시간이 많았지만 그의 마음은 늘 속초를 향해 있었다. 그는 속초에 머무는 시간을 더 많이 늘리기 위해 N에게 청혼 했고 얼마 후에 결혼을 했다. 설악동에 있는 교회에서 목사님의 주례로 조촐하게 혼례를 올렸다. N은 음대 졸업 후에 시립합창단 단원이 되었다. 당연히 그가 서울로 올라오리라고 생각했던 부모님이나 지인들은 그가 속초에 뿌리내리려는 것에 대해 염려했다. 남들은 서울로 오지 못해 안달인데, 하며 입을 모았다. 그렇다고 모든 근거지가 이 도시에 있는 아내가 강요를 한 건 아니었다. 아내는 그가 원하는 것은 무엇이든 따라줄 여자였다. 그는 시내에서 조금 떨어진 동네에 치과를 개업했다. 나중에는 건물이 많이 들어섰지만 처음엔 듬성듬성한 건물들 사이에서 눈에 잘 들어오지도 않았다. 건물들이 들어서고 도로가 확장되면서, 버스 노선이 그곳을 지나가면서 환자들이 조금씩 늘어났다. 그래도 처음엔 많이 한가했다.

　그는 진료가 끝난 저녁 시간에 화실에 가서 그림을 그렸다. 몇 년을 꾸준히 하다 보니 자랑하고 싶은 마음도 생겨 병원 대기실 한쪽 면을 갤러리로 꾸몄다. 사람들의 반응은 좋았다. 소문이 나면서 그림을 보러 왔다가 치과 진료를 하는 사람도 생겼다. 그때 그런 생각을 했다. 서울에 있다면 이런 여유로움을 누릴 수 있을까? 그가 이 도시에 온 의미 같은 걸 생각했다. 그리고 문득 그 의미를 치과 이름으로 하면 어떨까 하는 생각이 떠올랐다. '속초가 좋아서 서울에서 온 치과'. 사실 그 이유밖에는 없었다. 속초의 자연이, 속초의 사람들이 좋아서 그는 이 도시를 떠날 수 없는 것이다. 처음 아내에게 그 생각을 얘기했을 때 아내는 한참동안 웃었다. 그러더니 조심스레 말을 건넸다. "의도는 좋은데 혹시 웃음거리가 되지 않을까요? 난 그대로가 좋은데……." 처음으로 아내가 그의 생각에 의문을 갖고 머뭇거렸다. 그러나 그는 소신 있게 밀어붙이자고 결심했다.

그는 당장 간판 업체에 가서 주문을 했다. 간판 업체 직원 역시 그의 주문에 껄껄껄 하고 웃었다. "아마 속초에서 제일 긴 이름일 걸요. 암튼 재밌고 독특합니다." 간판 제작을 의뢰하면서 또 한 생각이 스쳤다. 흰 이를 드러내고 활짝 웃는 여자 그림의 간판이 있어야 할 것 같은 생각이 들었다. 그림의 여자는 아내일 수도, 그의 무의식 속에 있다가 간혹 떠오르는 P일 수도 있었다. 모든 것은 그의 뜻대로 진행되었다. 다행인 것은 그 이후의 반응이 뜨거웠다는 것이다. 이 도시로 여행을 왔다가 간판을 보고 무작정 치과를 찾는 사람도 있었고 사진을 찍어 자신의 SNS에 올리는 이들도 많았다. 소도시의 한계가 있었지만 병원이 활기를 띠게 된 건 분명했다. 어느 날 모르는 사람이 전화를 걸어 말했다. "원장님, 제가 사는 동네엔 '서울이 싫어서 내려온 치과'가 있어요. 그 치과에는 정말 가기 싫더라고요. 오히려 그 치과에 들어갔다 이빨이 다 뽑혀 나올 것 같은 생각이 들었어요." 그 통화 후에 그는 더욱 치과 이름에 자부심을 갖게 되었다. 은근히 그가 속초에 정착한 것에 대해 부채감 같은 것을 가진 아내도 그런 생각을 버린 것 같았다.

가까스로 오후 진료 시작 전에 들어왔다. 간호사 김과 신은 그보다 먼저 들어와서 커피를 내려놓고 오후 진료 준비를 하고 있었다. 대기실에는 서너 명이 앉아 있었는데 상기되어 들어온 그의 존재에 대해서는 아랑곳하지 않았다. 갤러리에서 한 여자가 그림을 보고 있었다. 갤러리는 그의 그림뿐만 아니라 지역 작가들의 전시공간이 되기도 했다. 한 주 전부터 속초 풍경을 그렸던 작가의 그림을 떼고 그가 그동안 그린 인물 그림을 전시했다. 그 속에는 아주 오래전에 그린 얼굴 그림도 있었다. 그 그림을 보는 사람들마다 모딜리아니의 그림 같다고 했다. 그는 그 말이 기분 나쁘지 않았다. 아주 오래전 P와 같이 갔던 카페에서 모딜리아니 그림을 보고 영감을 받아 그린 것이기 때문이다. 그렇다면 영감을 제대로 받은 것이다. 그가 갤러리 쪽으로 고개를 돌렸을 때 여자는 모딜리아니의 그림을 닮은 그림 앞에 오래 머물렀다. 그는 그녀의 앞모습을 궁금해 하면서 진료실로 들어갔다.

엄마를 따라 들어온 초등학교 1학년 수연이는 유치를 뽑을 때마다 온 아이였다. 아이는 잔뜩 겁을 먹고 바로 울 것 같은 표정을 지었다. 그는 아이의 긴장을 풀어주려고 활짝 웃으며 말을 걸었다. "수연이가 착하니까 새로 나는 이빨은 정말 예쁘겠다." 수연이가 살짝 웃는 가 싶을 때 그는 얼른 이를 뽑았다. "공주님, 이제 내려오시죠." 수연이는 어리둥절해서 내려왔다. 오후의 두 번째 치료자는 갱년기를 겪고 있는 오십대 여자였다. 치아관리를 안해서인지 여기저기 충치가 생겼다. 레진, 크라운 충치 치료를 마친 여자는 한숨을 쉬었다. "도무지 삶의 의욕이 생기지 않아요, 선생님. 이도 닦기 싫다니까요. 다 귀찮아서 몇날 며칠을 누워 있었어요." 여자는 마치 그가 정신과 의사라도 되는 듯 푸념을 늘어놓고 다음 진료를 예약한 후 진료실을 나갔다.

오랜만에 P를 떠올렸다. 진료 기록서에 있는 이름은 P와 같았다. P의 이름은 흔한 이름이었다. 그동안 진료 환자들 중에 P와 같은 이름은 많았을 것이었다. 같은 이름을 볼 때마다 P가 생각나진 않았다. 그가 도무지 닿을 수 없는 곳에 P가 있다고 생각했다. 그는 P에게서 아주 멀리 와 있다고. 다시 P를 만날 일은 없을 것처럼 여겨졌다. 더구나 이 도시에서는.

"어떻게 오셨지요?"

"임플란트를 하려고요."

그는 조그맣고 동그란 미러를 들고 P의 입속을 들여다보았다. 신경치료를 마치고 잇몸도 안정이 되어 임플란트 수술을 할 시점이 되어 있었다.

"바로 임플란트를 해도 괜찮은 상태군요. 지금 수술을 할까요?"

P는 주저함 없이 말했다.

"예, 그래 주세요."

그는 P의 입을 더 크게 벌리게 했다. 이가 빠진 동공은 검은 밤 같았다. 오랫동안 빛이 들지 않은. 그곳에서 그는 오래전 그 날 밤 풍경들이 빠져나오는 것을 보았다. 나목의 숲과 불기 없는 카페와 모딜리아니의 그림 속 여자가, 그리고 P가……. ✝

토끼 잡으러 가지 않을래요?

토끼 잡으러 가지 않을래요?

송 교장이 전원마을 대표를 맡고는 마을 모임이 잦아졌다. 그는 말이 많은 게 흠이었지만 전원마을의 외로운 생활을 달래주기엔 적격자였다. 그는 정례적인 반상회 말고도 건수가 생기면 모임 공지를 했다. 그는 없는 일도 만들어내는 부지런한 사람이었다. 송 교장은 내가 이곳에 온 지 6개월 쯤 되었을 때 이사 왔다.

전원주택에 적응해가는 동안 우리 집 옆에 그의 집이 지어지고 있었다. 소음 때문에 시끄럽고 먼지도 날렸지만 그것도 나의 심심함을 달래줄 벗쯤으로 생각됐다. 삼십 채 정도 집이 들어서는 이곳은 이미 반 이상의 사람들이 입주해 있었고, 몇 채만 더 지어지면 단지가 완성되는 시점이었다. 그 어수선한 때에 마을 자치회 같은 게 있을 리 없었다. 송 교장은 이사정리가 어느 정도 끝난 뒤에 바로 마을 자치회를 소집했고 자청해서 대표가 될 것을 선언했다. 물론 그런 귀찮은 일을 자청할 사람은 아무도 없어서 그는 만장일치로 대표가 되었다. 송 교장은 마치 그곳에 예비 된 사람 같았다. 사람들은 과연 모임이 잘될지 반신반의 하면서도 호기심에 거의 빠지지 않고 나왔다. 역시 송 교장은 전직 교육자답게 부속 모임으로 '독서회'까지 결성했다. 송 교장이 하도 적극적으로 뛰어다니며 홍보를 해서 어느 모임 한군 데라도 참석하지 않으면 왕따가 되는 느낌이었다.

그녀를 만난 것은 첫 반상회에서였다. 그녀는 전원마을에 나보다 먼저 입주했다고 했다. 그동안은 모임이 없으니 누가 어느 집에 사는지 알 수가 없었다. 처음 반상회는 자치회를 만든 송 교장의 집에서 열렸다. 열댓 명의 사람들은 그 모양새와 하는 일들이 다양했다. 전원마을에는 송 교장과 나처럼 현직에서 은퇴한 사람들이 주류였으나 서울로 출퇴근하며 일을 하고 있는 사람도 있었다. 요가와 논어를 가르치고 있다는 도사 같은 풍모의 최 선생, 남편이 해외무역 일로 출장이 잦아서 일찌감치 시골로 왔다는 50대 초반의 오 여사, 온갖 감투를 다 쓰고 세상 유명인사가 다 지인인 것처럼 자신을 소개한 학원 운영자 박 원장은 사실 뻥이 센 것 같았다. 그녀가 마지막으로 자신을 소개했다. 외자 이름 정숙이라고 했는데, 그 외관은 이름하고 걸맞지 않았다. 몸 풍채가 좋아 나이 들어 보였고, 이름 한 번 세련

되게 지었다는 생각이 바뀌었다.

　그녀는 자신의 이름에 대한 내력을 세세히 말했다. 아버지가 면사무소에 출생신고를 하러 가서 분명히 정말숙이라고 했는데 어쩐 일인지 나중에 보니 호적 이름이 정숙이라고 되어 있었다나. 그 시절엔 그런 착오가 부지기수였다는 부연 설명까지 했다. 그녀의 이름 소개는 처음 만난 사람들의 긴장된 분위기를 풀어주었다. 그리고 그녀는 또 눈길을 끌었다. 호위무사처럼 보이는 젊은 장정 두 명을 아들이라고 소개했다. 생김새가 둘 다 산적 같았다. 그녀 자체로도 접근하기 어려운 느낌의 풍모였는데 두 아들까지 옆에 있으니 근처에 얼씬도 하지 말라는 것 같았다.

　송 교장의 부인이 집들이 겸 첫 모임이라고 잔뜩 장만한 음식 외에도 사람들은 집에서 술이며 먹거리를 가져와 한껏 잔치 분위기가 났다. 술까지 한 순배 돌자 마치 잘 알고 있던 사람들처럼 형님, 아우 하면서 농을 건네고 분위기를 돋워 갔다. 그녀의 두 아들은 이제 임무를 다 했다는 듯 식사만 마치고 집으로 돌아갔다. 술기운으로 박 원장이 걸쭉하게 노래를 뽑고 오 여사가 장단도 맞추는 사이에 밤이 깊어갔다. 송 교장 부인이 하품을 하며 눈치를 줄 때에야 사람들은 가까스로 일어났다. 단출하게 혼자 앉아 있던 내가 제일 먼저 현관문을 나섰다. 그녀가 부리나케 따라 나서며 말했다.

"저 선생님, 이번 가을에 저랑 메뚜기 잡으러 가시지 않을래요?"

그녀의 말에 나는 어떻게 대답해야 할지 몰랐다. 아무 말 없이 서 있는 날 보고 그녀가 눈을 찡긋해 보였다. 나는 더 얼떨떨해져 집 쪽으로 사라지는 그녀를 한참 동안 서서 바라보았다.

나는 이곳 입주민 중에서도 좀 독특한 상황이었다. 다른 사람들은 은퇴 후 가족이 다 내려와 그야말로 완전한 전원생활을 하는 것이었으나 나는 혼자만 내려온 터였다. 그래서 집도 혼자 거주하기에 알맞도록 지었다. 방도 작게 하나만 만들고 대신에 다른 집에는 없는 2층을 올려 서재를 만들었다. 그러니까 서재에서는 산과 강이 훤히 내다보였다. 삼면 벽에는 책꽂이를 만들어 그동안 모은 책들을 꽂아놓았다. 물론 나는 글을 쓸 의도가 있었다. 이미 수필집 한 권을 내고 문단의 말석이라도 자리를 차지하고 있던 터였다. 처음에 아내는 2층 서재를 보고 말했다. "당신, 여기서 노벨상 탈 만한 작품 쓰지 않으면 절대로 서울 오지 말아요." 그 말엔 약간 조롱기가 섞이기도 했으나 나는 아내의 단호한 그 말에 한껏 고무되었다.

평생 공무원 생활을 한 나는 은퇴 후 두 가지 소원이 있었다. 하나는 완벽주의자로 평생 나를 옥죄며 간섭해온 아내로부터 해방되는 거였다. 그러면 한없이 자유로울 것 같았다. 다른 한 가지는 원 없이 무슨 글이든 쓰는 것이었다. 다행히 아내는 전원생활 같은 건 하고 싶지 않다고 했다. 도시에서도 하루하루가 바쁜 사람이었다. 주변에 친구들도 많았고 마침 가까이 사는 딸의 아이를 돌봐주어야 했다. 그런 아내 역시 나에게서 해방되는 느낌이었으리라. 이곳에 내려와 처음에는 아내나 나나 자주 왕래를 했다. 소소한 살림살이를 나르고 전원주택이라고 하니까 호기심을 갖고 찾아오겠다는 사람이 있어 그때마다 아내의 손길이 필요했다. 아내와 나는 마치 주말부부라도 된 듯 서로 자유로웠다.

그러나 처음에 꿈꾸던 전원생활은 아니었다. 혼자만의 자유로움도 하루 이틀이지 한 달 정도 지나니까 외로움이 뼛속까지 사무쳤다. 겨울이 지나 봄이 되어서야 정원과 텃밭 가꾸기 등 일거리가 많아 헛된 생각할 겨를이 없었지만 이사 온 가을부터 몇 달 간은 많이 힘들었다. 글을 쓴다고 했지만 생각보다 집중이 되지도 않았다. 이리저리 뒹굴다가 저녁이 되어 서서히 번지는 노을빛을 바라보면 하염없이 눈물이 났다. 이 눈물의 의미는 뭔가? 지독한 외로움, 그 이상한 기쁨을 만끽하는 것이었다. 운치 있는 집의 풍광과 아름다움이 나를 그렇게 견디게 한다고 생각했다.

늦은 가을 조각을 하는 후배가 찾아왔다. 서울에 들렀을 때 술자리에서 후배에게 저녁 무렵 집 풍경 얘기를 한 적이 있었다. 후배는 그걸 귀담아 들었던지 '夕家軒'이라는 집 현판을 새겨왔다. 그 어떤 집들이 선물보다도 맘에 들었다. 후배는 산과 강이 바라다 보이는 거실에서 줄곧 감탄을 했다.

규모가 작은 전원마을이라 난방은 LPG가스였다. 사용량에 비해 비용이 너무 들어 밸브를 올릴 때마다 오금이 다 저렸다. 게다가 대부분의 집들이 거실에 벽난로를 설치했는데 겨울동안 사용할 목재 가격도 만만치 않았다. 잠을 잘 때만 방에 난방을 했다. 종일 2층 서재에서 난방을 하며 글을 쓰는 것은 무리였다. 방문하는 사람마다 감탄했던 2층 서재는 겨울 동안 거의 사용하지 않았다. 혼자 있으면서 벽난로에 불을 지필만큼 나는 여유롭지 않았다. 처음엔 혼자서도 건강을 잘 챙기리라 다짐하고 끼니마다 국과 찌개를 끓이고 아내가 냉장고에 가득 쟁여놓고 간 반찬들을 꺼내 먹었으나 그것도 며칠 못가서 물려버리고 말았다. 그러나 그런 고충을 누구에게도 말하고 싶지 않았다. 아내에게는 더구나 그랬다. 어쨌든 내가 선택한 자유를 잘 누려보리라 생각했다.

송 교장 집에서 첫 모임이 있고 난 뒤로 이상하게도 그녀가 자주 눈에 띄었다. 전원마을로 들어오는 입구에 면사무소와 우체국과 농협이 있었다. 한두 개의 식당과 슈퍼마켓도 있었다. 집에 들어오기 전 소소한 일을 해결하기엔 불편이 없었다. 나는 혼자서 밥을 해먹기 싫을 때는 산책도 할 겸해서 삼겹살 구이를 전문으로 하는 식당에 들러 저녁을 먹었다. 그날도 서울 집에 다녀오다가 저녁을 해결하려고 들어갔는데 그녀가 혼자서 고기를 먹고 있었다. 그녀는 식당으로 들어서는 나를 보고 자기 자리로 오라는 듯이 눈짓을 했다. 어색했지만 그녀 자리로 가서 합석을 했다. 된장찌개로 대충 때우려던 저녁대신 고기를 먹게 되었다. 그녀는 상추쌈을 크게 싸서 입 메지도록 고기를 먹으면서 내게도 권했다. 아예 임자 만났다는 듯이 그녀는 소주까지 시켰다. 자꾸 일전에 그녀가 말한 메뚜기에 대한 궁금증이 일었지만 차마 물어볼 수는 없었다. 몇 번 식당 주인 내외가 번갈아가며 줄어드는 반찬을 채워놓고 갔다. 그때마다 나는 멋쩍어 공연히 말을 걸었다. 꼭 필요한 것도 아닌데 주인 여자가 왔을 때 상의하듯 물었다.

"어디서 벽난로에 쓸 나무를 좀 싸게 살 수 있을까요?"

주인 여자는 뜻밖에도 안색이 변하며 입을 비쭉거렸다. 그리고는 주방에 있는 남편에게로 가서 뭐라고 하는 것 같았다. 나는 무슨 영문인지 몰라 기분이 나빴다. 그때 그녀가 내 옆구리를 살짝 찌르며 일러주었다. 이곳 원주민들은 타지에서 온 사람들에게서 자기네와 다른 수준과 기색을 느끼면 언짢아하고 배척한다는 것이었다. 그녀는 진작부터 그런 것은 알고 있어야지 하는 눈길을 보냈다.

그 다음부터는 그네들과 다른 행색이나 언어는 되도록 삼갔다. 역시 시골 사람들은 무엇이든 순박하게 품어줄 것이라는 나의 기대가 무너진 셈이었다.

10월에 우리 집 반상회 차례가 되었다. 이미 몇 번이나 다른 집에서 반상회가 열렸고 사람들과도 이물이 없었지만 반상회 장소가 우리 집이라는 통고를 받은 날부터 신경이 쓰였다. 아내에게 그날 와서 음식을 해줄 것을 부탁했다. 아내는 그날 마침 계모임 친구들과 단풍 구경을 가야 되서 안 된다고 했다. 남편보다는 자신의 일을 먼저 생각하는 사람임을 알기에 나는 더 이상 부탁하지 않았다. 많이 고민을 했지만 삼겹살이나 구워 먹자고 작정했다. 어쨌든 걱정이 되는 것은 사실이었다. 마을 사람들은 우리 집 반상회를 무척이나 기대하는 듯했다.

그날, 우리 집에서 제일 멀리 떨어져 있는 그녀가 가장 먼저 왔다. 언제나 그랬던 것처럼 힘세게 생긴 그녀의 두 아들이 양옆에 있었다. 큰 아들은 작은 묘목을 들었고 작은 아들은 채소가 담긴 커다란 소쿠리를 들고 있었다.

"배추 속은 것 하고 깻잎이니까 고기 싸먹으라고요."

그러더니 묘목을 들고 있던 아들에게 고갯짓을 했다.

"단풍나무예요. 방문 기념으로 식수하려고요."

뜻밖이었고 감격스럽기까지 했다. 아들은 정원 모퉁이로 가서 능숙하게 구덩이를 팠다. 나무를 심은 다음 이런 것은 일도 아니라는 듯 두둑두둑 삽으로 가뿐하게 눌러주었다. 그러는 동안 그녀는 성큼 성큼 집안으로 들어가 사위를 두리번거렸다. 어느새 2층까지 올라갔다. 따라 올라간 나에게 여느 때처럼 껄껄 웃으며 큰소리로 말했다.

"아니 선생님, 글 써서 노벨문학상이라도 타시려고요."

그녀는 책장 가득한 책들을 바라보면서 감탄했다. 책장과 통유리 창으로 바라보이는 산과 강의 전망을 번갈아 보면서 그녀는 감상을 덧붙였다.

"선생님은 생각 참 잘하셨어요. 2층이 있으니까 기분이 다르네요."

마을 사람들이 하나 둘 모여드는 소리가 들리자 그녀는 2층에서 내려갔다. 사람들은 작정이라도 한 듯 온갖 술을 다 갖고 왔다. 고량주, 와인, 보드카, 위스키. 아무래도 사단이 날 것 같은 밤이었다. 허풍이 많은 박 원장이 도사 같은 최 선생 옆에 앉아 음담패설을 하고, 송 교장은 운동장 구령대에 선 교장 선생님처럼 길게 사설을 늘어놓았다.

10월 말이었지만 산골의 밤은 추웠다. 손님이 올 때만 몇 차례 피웠던 벽난로에 불을 지폈다. 벽난로 피는 것이 그렇게 쉬운 일은 아니었다. 나무 몇 개 집어넣고 불 지피면 될 것 같지만 그렇지 않았다. 제 때 제 때 알아서 장작을 들쑤셔 주고 바람도 일으켜줘야 한다. 나는 다른 집처럼 제대로 대접을 못 한 데 대한 미안함을 벽난로 피우기에라도 쏟으려고 했다. 먼저 종이로 불쏘시개를 하여 불을 지피고 나무들을 집어넣었다. 어느새 거나하게 취한 사람들은 타오르는 불빛을 보며 들떠 있었다. 벽난로 속으로 들어가기라도 할 것 같았다. 오 여사가 한 가락 뽑고 박 원장이 흰소리라도 할라치면 사람들은 한껏 더 흥이 났다. 나도 술 몇 잔에 취기가 돌았지만 그들을 지키는 파수꾼이 된 것처럼 불 곁을 떠나지 않았다. 사람들은 오디오에 CD를 걸었고 일어나 춤을 추었다. 문을 열고 베란다로 나가 밤하늘의 별을 바라보며 소리를 지르기도 했다. 이 마을 반상회는 어느새 우리만의 축제가 되어 있었다. 반듯한 송 교장 내외와 몇몇 마을사람들이 돌아갔고 박 원장과 오 여사가 어느새 베란다 평상에서 바싹 다가앉아 속살거리고 있었다. 나는 벽난로 곁에서 벌게진 얼굴로 우두커니 앉아있었다. 오디오에선 페티 페이지의 '체인징 파트너'가 흘러 나왔다. '내 맘에 뭔가가 일어났어요. 당신이 내 품에 안길 때까지 나는 파트너를 바꿀래요.' 와인 잔을 기울이고 있던 그녀가 갑자기 일어났다. 그러더니 두 손을 들고 음악에 맞춰 빙글 빙글 돌며 춤을 추었다. 육중하던 그녀의 몸이 날렵한 새처럼 보였다. 나도 모르게 그녀 곁으로 다가가 손을 맞잡았다. '당신이 내 품에 오면 다시는 당신을 놓지 않을 거예요.' 나는 곡이 끝나면 다시 리마인드를 시켜 몇 번이나 그녀와 빙글빙글 돌며 춤을 추었다. 나는 그녀를 안은 채 깊이 숨을 들이마셨다. 그녀의 몸에서 오래전 어머니의 냄새가 맡아졌다.

다음날 아침 나는 혼자서 거실에 누워 있었고 벽난로 속은 희미한 재만 남아 있었다. 어질러진 술상은 그대로였다. 나는 꿈을 꾸었다고 생각했다.

비가 살살 뿌렸다. 집에서 꽤 먼 거리인 수타사까지 걸어갔다. 절 뒤편으로 등산로가 이어져 있어 자주 가던 곳이었다. 그냥 걷고 싶은 날이었다. 단풍은 절정이었고 계곡으로는 단풍잎들이 떠내려 오고 있었다. 이른 시각이라 사람들은 거의 없었다. 늙은 남자가 외진 곳에서 혼자 우산을 쓰고 걷고 있는 것이 내가 생각해도 처량하기는 했다. 그런 기분이 잠시 들기도 했지만 비 내리는 날 계곡에서 떠내려 오는 단풍잎을 본다는 것만으로도 가슴이 벅차올랐다. 내 눈에서 눈물까지 나는 것을 봤다면 아내는 분명 이건 신문에 날 일이라고 호들갑을 떨었을 것이다. 사실 이곳 전원마을에 와서 나에 대해 새롭게 알게 된 것들이 많았다. 내가 이런 인간이었구나, 생각하며 나 자신에 대해 깜짝 놀랄 때가 있었다. 알고 보니 나는 꽤 감성적인 사람이었다. 수타사로 들어가는 다리에 서서 한참동안 계곡에 꽂히는 비를 바라보았다.

"선생님도 비를 좋아하시나 봐요."

여자 목소리에 깜짝 놀라 뒤를 돌아보았다. 그녀였다. 나는 놀란 표정을 감추며 웃었다. 그녀 곁에 보디가드 역할을 하는 두 아들은 없었다. 뚱뚱한 그녀는 클림트의 명화를 프린트한 우산을 쓰고 있었다. 우산 속 그녀는 무척 분위기 있게 보였다. 그렇게 만났는데 떨어져 걷는 것도 어색해서 나는 그녀와 나란히 섰다. 수타사 연못 주위로 난 산책로를 돌았다. 그녀는 말이 없었다. 어색한 기류가 흘렀다. 왜 나에게서 그 말이 튀어나왔을까?

"메뚜기는 많이 잡으셨나요?"

"예전처럼 메뚜기가 없더라고요."

"아, 지금도 메뚜기가 있긴 있군요. 메뚜기는 잡아서 뭐하셨나요?"

"메뚜기 안 드셔 보셨어요?"

메뚜기가 등장한 우리의 대화는 술술 풀렸다.

나는 유년 시절을 시골에서 보냈다. 그 시절엔 학교 다니며 공부하는 시간 말고는 들과 산으로 쏘다니면서 노는 게 일이었다. 가을 추수철이 되면 황금 들녘에 메뚜기가 많았다. 동네 녀석들은 마개가 달린 병이나 깡통을 들고 벼논 논둑길을 다니며 메뚜기를 잡았다. 들녘에 불을 놓거나 누구네 집 불 때는 아궁이로 가서 메뚜기를 구워 먹었다. 그 맛이 기가 막혔다. 때로는 어머니가 메뚜기볶음을 해서 도시락 반찬으로 싸주시기도 했다. 기름을 둘러 튀긴 메뚜기는 정말 고소했다. 평소에 고기를 먹을 수 없던 서민들은 그렇게 단백질을 섭취했다. 전원마을로 오면서 메뚜기를 잡는 것까진 미처 생각을 못했다. 그녀에게서 메뚜기를 잡으러 가자는 제안을 받았을 때 놀라우면서도 어떤 호기심과 아련함에 가슴이 뛰었다. 오래전에 돌아가신 어머니 생각도 났다. 이슬이 마르기 전 이른 아침 두 아들과 함께 메뚜기를 잡는 그녀의 모습이 떠올라 웃음이 났다.

빗줄기는 굵어지지 않았지만 수타사를 나와서도 비는 그치지 않고 계속 내렸다. 우체국 옆을 지나려는데 낡은 다방 간판이 보였다. 동화다방. 거짓말처럼 옛날 다방이 있었다. 볼일 보러 이 근처에 수없이 왔으면서도 그 다방이 눈에 띈 것은 이날이 처음이었다. 커피 한 잔 마시고 싶은 마음이 간절했지만 선뜻 들어가기는 좀 어색했다. 그녀는 그런 내 마음을 들여다본 듯 차 한 잔 하고 가자고 하면서 나를 끌었다. 열어둔 창으로 빛바랜 꽃무늬 커튼이 날렸다. 문을 열고 들어가니 서너 개의 테이블이 놓여있고 가운데에 연통이 있는 난로가 있었다. 중년 사내 서넛이 난롯가 주변에 앉아있었다. 그녀와 내가 들어서자 흘낏 눈길을 주고는 곧 고개를 돌렸다. 여기저기 흠집이 생긴 레자 소파는 앉기에 꺼려질 만큼 낡아 있었다. 출입문 쪽 벽에 몇 십 년은 족히 되었을 그림이 걸려 있었다. 어린 아이가 여름 해변에서 모래성을 쌓고 있는 모습은 쓸쓸해보였다. 예쁜 마담 대신 수더분하게 생긴 아줌마가 담뱃불 자국에 패인 플라스틱 물 컵을 스텐쟁반에 받쳐 들고 왔다. 그것도 예상과는 다른 것이었다. 화장을 두텁게 한 요염한 여자를 생각했었다. 그림 위 차림표엔 쌍화차 사천 원, 커피 천오백 원이라고 씌어있었다. 싼 가격을 보고 역시 시골 인심은 다르구나 하는 생각을 했다. 나는 커피 두 잔을 시켰다. 곧 바로 여자가 간장 종지만한 작은 잔에 커피를 가져왔다. 커피에선 정체모를 떫은맛이 났다. 기분이 좀 그랬지만 옛날 컨셉과 옛날 맛이라 여겼다. 동네 사람인 듯싶은 난로가의 사내들은 자기네끼리 이야기를 하다가 그녀와 나를 가끔씩 흘낏흘낏 쳐다보았다.

"단풍나무는 잘 자라고 있어요."

그녀는 후훗 하고 웃었다.

"그 사이 얼마나 자랐겠어요."

"아니 제 눈에는 자란 것이 보인다니까요."

그녀와 나는 서로에 대해 아무 것도 알지 못했다. 그녀와 나눌 수 있는 대화란 최근에 공유된 사물이나 풍경밖에 없었다. 사실 그녀에 대해 궁금한 점이 많았지만 내 소심한 성격으로 그것을 묻기에는 많은 용기가 필요했다. 어떻게 혼자 되셨나요? 아들들은 무슨 일을 하나요? 묻지 않는 것이 맞다고 생각했다. 그것은 어쩌면 자신의 치명적인 아킬레스건을 건드릴지도 모른다는 생각을 했기 때문에. 비오는 날, 수타사에서 그녀를 만나 이렇게 옛날 다방까지 오게 된 건 무얼까? 자꾸만 계속 되는 우연에 나는 그녀의 존재가 두려워지기 시작했다. 우람한 체격의 그녀 아들들이 오버랩 되기도 했다. 뚱뚱한 모습의 그녀와 동행하는 장성한 두 아들. 그녀의 이미지가 그 반대였다면 나이 들어 찾아든 이 시골에서 나는 이 여인에게 함빡 빠져들었을까? 그녀는 다시 말이 없었다. 열려진 창으로 빗줄기만 바라보았다. 이미지와는 다르게 말이 많던 그녀는 오늘 잠잠했다. 나는 담배를 피우면서 그 침묵의 공간을 메웠다.

나오면서 찻값을 치르려는데 수더분하게 생긴 아줌마가 육천 원을 내라고 했다. 나는 차림표를 가리키면서 저기에 천오백 원이라고 씌어있지 않느냐고 따졌다. 아줌마는 시큰둥하게 며칠 전에 커피 값이 올랐다고 말했다. 나는 순간 마음이 상했으나 비싸지도 않은 커피 값 갖고 왈가왈부 하는 것이 좀스럽다는 생각에 지갑을 열었다. 먼저 나가던 그녀가 와서 천 원짜리 지폐 세 장을 주인 여자 앞에 던지듯 내놓았다. "아줌마, 차림표에 쓰인 것과 다르면 어떻게 되는 줄 아시죠?"하면서 눈을 크게 떴다. 수더분해 보이던 아줌마는 어물어물 하면서 고개를 떨어뜨렸다. 상한 마음을 안고 급히 나오는데 뒤에서 들려오는 목소리가 잡혔다. 서울내기들은 다르다니까. 난 얼른 다방으로 다시 발길을 돌리려고 하는 그녀의 손을 잡아끌었다. 그녀의 따뜻한 손이 어머니의 체온을 느끼게 했다.

안마당의 잔디는 이태 째가 되자 보기 좋게 자랐다. 그런데 문제는 잔디와 함께 솟구치는 잡초였다. 뽑아내기 무섭게 잡초는 무성해졌다. 잡초를 뽑다보면 한 나절이 다갔다. 잡초를 뽑기 위해 내가 이곳에 왔나 하는 생각에 한심하기도 했다. 정원 한켠에 텃밭을 만들어 상추, 고추, 깻잎, 토마토, 감자 등을 조금씩 심었다. 그런데도 그 양이 솔찮아, 그것들을 거두어 저장하는 것도 벅찬 노릇이었다. 처음엔 부지런히 서울 집으로 날랐으나 어느 순간엔 아내도 별로 탐탁해하지 않는 눈치였다. 한여름에는 일부러 파라솔과 야외 테이블을 구입하여 베란다에 설치하고 아들 딸 내외와 손주 녀석들을 불렀다. 베란다에서 고기를 굽고 텃밭에서 갓 따온 채소들을 곁들여 식사를 했다. 그 당시에는 그 분위기에 젖어 모두들 매주 올 것처럼 법석을 떨더니 돌아가선 또 함흥차사였다. 나의 고독을 들키는 것 같아 다시 연락하는 것도 쉽지 않았다.

밤에는 산새 소리에 잠을 청하고 해가 뜨면 탁 트인 산야를 내다보며 차 한 잔의 여유를 누리는 것도 하루 이틀이지 일 년 가까이 지나면 무감각해지기 마련이다. 그러다 보니 잘 안마시던 술도 저녁마다 홀짝거리게 되고 전원생활 일 년 만에 거의 알콜중독자가 되었다면 과장일까. 술에 취하면 본의 아니게 술버릇이 나와서 지인들에게 전화를 하여 성가시게 했다. 아내가 제일 편한 존재라 술만 취하면 아내의 번호를 눌렀더니 이제 아예 늦은 밤에 내 전화벨이 울리면 받지도 않았다. 이쯤 되어서 이곳으로 내려 올 때의 호기롭던 나의 자유 선언은 맥이 풀렸다. '인간은 사회적 동물이다'라는 격언을 다시금 뼈아프게 새

겼고 고독이니 문학 정신 운운하던 것도 저 속 깊이 꾹 눌러놓았다.

물론 송 교장과 자치회, 독서회 같은 모임이 나에게 큰 힘이 된 것도 사실이나 뭐라 표현하기 힘든 한계 같은 것이 있었다. 아니 어쩌면 그 가운데서 더 깊은 허무와 고독을 느꼈을 지도 모른다. 수타사에서 그녀를 만났던 날, 그 생각이 더욱 짙어졌다. 그녀의 존재가 내 속 깊은 곳에 들어와 있다는 것을 알게 된 것과 더불어.

아니 그 이전부터였을지도 모르겠다. 여러 사람이 있는 곳에서 유독 그녀만이 눈에 들어왔다. 독서회로 처음 모였을 때 사람들은 일 년 동안 읽을 책을 추천했다. 책에서 추천한 사람의 취향과 성격이 나타났다. 최 선생은 『명심보감』을, 송 교장과 박 원장은 방법론적 교육지침서를, 오 여사는 웰빙 책을 추천했다. 그녀가 모 방송작가가 쓴 『지금 사랑하지 않는 자, 모두 유죄』라는 책을 언급했을 때 사람들은 놀란 듯 생경한 시선으로 그녀를 바라보았다. 그녀는 그 시선에 당황한 듯 했으나 "이런 책도 읽어야 정서적으로 좋아요." 하며 깔깔 웃었다.

독서회가 몇 번 거듭되고 그녀가 정한 책 차례가 왔던 날은 특별했다. 나는 책 제목과 표지를 보면서 여자들의 감성을 자극하는 에세이류겠구나 하며 시큰둥하게 책을 펼쳐들었다. 책장을 넘기며 나는 몰입되었다. 지금까지 읽은 에세이와는 다르게 한 문장 한 문장이 가슴에 와 박혔다. 작가가 가슴으로 쓴 것이 느껴졌다. 청춘 시절에 절절하게 와 닿았던 사랑, 상처, 이별이란 단어에 가슴이 싸해지면서 설렜다. 무엇보다 아직도 그런 감정이 살아있는 내가 놀라웠다. 알 수 없는 기대감을 갖고 독서 토론회에 참석했다. 먼저 한 사람씩 돌아가며 책을 읽은 느낌을 얘기했다.

"크게 느껴지는 것은 없었지만 막연히 아름다운 글이라는 생각을 했습니다."

매번 독서회에서 열변을 토했던 송 교장은 예의를 차리면서 짧게 말했다.

"진정한 사랑과 삶이 무엇인지 묻는 성찰의 책인 것 같습니다."

최 선생이 간단명료하게 말했다. 비교적 우리 그룹에서 젊은 편에 속하는 오 여사와 박 원장이 다투듯 입을 열었다.

"저는 어제 이 책 읽으면서 한숨도 못 잤어요. 가슴이 울렁거려서요."

"정말 오랜만에 사랑과 삶에 대해 뜨거웠던 20대를 떠올리면서 지금 나의 모습을 돌아보았습니다."

그리고 두 사람은 그 책을 선택해준 그녀에 대한 감사 인사도 잊지 않았다. 내 차례가 되었다. 나를 쳐다보고 있는 그녀의 시선이 의식되었다. 수많은 단어들이 머릿속에서 윙윙거렸다. 나는 그 단어들을 겨우 문장으로 조합했다.

"나는 지금까지 상처를 받은 것만 생각했습니다. 내가 상처를 준 것을 왜 생각 못했을까요?"

물음으로 끝난 내말을 그녀가 받았다. "그러니 이제부터 누구든 사랑합시다." 그녀의 음성이 울먹였다. 나는 고개를 숙였다. 누구의 얼굴도 마주 대할 수 없었다. 내 몸에서 그동안 죽어 있던 사랑이란 감정 세포가 소름 돋듯 일어났다.

언젠가부터 그녀가 꿈에 자주 나타났다. 남세스럽게도 그녀와 나는 벗은 모습이었다. 그 장소는 우리 집 아니면 그녀의 집 욕실이었다. 그녀의 벗은 몸은 겉모습처럼 풍만했다. 그 모습이 흉하다는 생각은 들지 않았다. 늘 그녀가 먼저 나의 등을 밀어주었다. 비누거품 속에서 움직이는 그녀의 손길은 부드러웠다. 어릴 적 어머니가 씻기 싫어하는 나를 붙잡아 씻길 때 처음엔 싫었지만 나중엔 어머니의 손길에 다 맡기는 포근함 같은 것이었다. 꿈속에서도 그녀의 그 손길이 멈추지 않기를 간절히 바랬다. 꿈은 내가 돌아앉아 그녀의 등을 미는 순간에 깨었다. 그런 날이면 창밖으로 그녀 집 쪽을 한참동안 바라보았다.

그날도 그녀 꿈을 꾼 날이었다. 늘 다니던 마을 어귀의 산책길이 아닌 골짜기 쪽 등산로로 향했다. 올라갈수록 아직 임자를 만나지 못한 택지가 많았다. 도중에 그녀 집 앞을 지나가야만 했다. 운 좋게 마당에 나와 볕에 빨래라도 널고 있는 그녀를 보면 날씨 인사라도 건네려는 심산이었다. 그러나 그런 생각은 보기 좋게 어그러졌다. 그녀 집에 다가갈수록 뭔가 불안한 기운이 내 마음을 옥죄었다. 나는 다른 때와는 달리 먼발치에서 그녀 집 쪽을 바라보았다. 울타리로 쳐놓은 향나무 너머로 수선스런 기운이 감지되었다. 나는 까치밥으로 서너 개의 감만 달려있는 감나무 뒤로 바싹 붙어 그녀의 집 동태를 살폈다. 술 취한 낯선 남자가 그녀의 두 아들 손에 붙들려 발버둥 치며 고래고래 소리를 지르고 있었다. 그녀는 뒤쪽에 떨어져 두 손으로 얼굴을 가리고 있었다. 아마도 울고 있을 터였다. 한 낮의 햇볕이 쏘듯 비추는 거실 창문은 깨져 조각들이 여기저기 흩어져 있었다. 두 아들 중 한 명이 내지르는 소리가 들렸다. "두 번 다시 여기 오면 죽을 줄 알어. 우리에게 아버지는 이제 없어……." 그 말을 들으며 나는 그동안 일어났을 앞 뒤 정황을 알 것 같았다. 그녀의 상처에 대한 말이 떠올랐다. 가슴이 아려왔다. 나는 발길을 돌려 마을 어귀 산책길로 향했다.

어느덧 나의 전원생활은 자연스럽고 편안해졌다. 적게 소비하고 많이 얻으려고 하지 않으면 크게 문제될 게 없었다. 다 자란 배추와 무를 얼기 전에 뽑아 놓으면 아내와 아들 내외, 손주들이 와서 김장을 할 것이었다. 그 김장은 번거롭긴 해도 한바탕 축제가 되리라. 송 교장은 누구네 집 김장 한다고 방송을 해 댈 테고 그러면 마을사람 누구라도 달려오겠지.

그녀는 내가 그날 골짜기를 내려온 뒤로 마을 모임에 나오지 않았다. 나는 그녀가 자신을 추스를 시간이 필요하다고 생각하며 가만히 기다렸다. 우리 집 김장하는 날이 되면 그녀는 장정 아들 두 명을 앞세우고 오지 않을까. 그래서 첫 해 가을 우리 집 정원에 단풍나무를 심었던 것처럼 이번엔 김장독을 묻을 구덩이를 파지 않을까?

저녁 무렵, 마을사람들이 단체로 주문한 벽난로 땔감이 왔다. 장작을 수습하여 베란다 옆 추녀 아래 쌓았다. 그러면서 마음속에 선명해지는 그녀의 모습을 지우는 중이었다. 그때 내 귀에 익숙한 목소리가 들렸다.

"김장 끝나고 눈 내리면 토끼 잡으러 가지 않을래요?"

그녀는 활짝 웃으면서 말했다. 나는 오랜만에 만난 그녀가 너무 반가워 대답할 겨를도 없이 입만 크게 벌렸다. '메뚜기도 같이 잡으러 가지 못했는데. 암요, 토끼는 꼭 잡으러 가야죠. 토끼는 어떻게 잡나요?' 나는 묻지 않았다. 그날을 기다리는 시간은 그녀가 내게 오는 시간이기 때문이었다. 나는 그녀를 똑바로 바라보았다. 노을빛이 그녀를 붉게 태우고 있었다. ✸

핑크로즈

핑크로즈

보스가 짖는 소리가 들린다. 보스는 저만치서 버스가 오는 것을 보고 내가 내릴 것이라 짐작했을 게다. 파블로의 개처럼 보스도 일정한 시간이 되면 몸에 느낌이 오고 자연스럽게 짖게 되는가 보다. 버스에서 내려 길을 건너는 내 모습을 보고 목줄에 묶인 보스는 나를 향해 컹컹 짖으며 제자리 뛰기를 한다. 사람만 보면 짖어대는 통에 보스의 목엔 붉은 힘줄이 생겼다. 보스라는 이름에 걸맞지 않게 보스의 운신 폭은 목줄이 움직이는 만큼의 거리이다. 다행이라면 도시 외곽의 가건물들 사이에 무질서하게 솟아있는 잡초들을 바라볼 수 있다는 것일까. 나는 문을 열고 들어가기 전에 보스의 머리를 쓰다듬는다. 보스는 낮게 그르렁거린다. 일 년 전 처음 이곳에 와 목줄에 묶였을 때 보스는 몸을 날리며 사납게 짖어댔다. 나는 개집과 거리를 두고 돌아가면서 늘 경계를 늦추지 않았다. 한 달이 안 된 어느 날, 보스는 짖지 않고 공장 마당으로 들어서는 나를 물끄러미 바라봤다. 그 눈빛이 뭐랄까, 이제 나와 친구하고 싶다는 전언처럼 느껴졌다. 그날부터 나도 만나고 헤어지는 아침저녁으로 보스에게 인사를 건네고 머리를 쓰다듬었다. 보스가 나를 기억한 뒤로 한결같게 나를 대하는 것을 보면 기분이 좋아졌다. 보스만은 나를 배신하지 않고 끝까지 내 편이 될 것 같았기 때문이었다.

문을 열고 작업장으로 들어서면 늘 은은한 향기가 난다. 부드럽고 매혹적이다. 하루 종일 나를 상쾌하고 편안하게 하는 최음제와도 같은 것이다. 잔잔한 음악도 흐른다. FM의 클래식 방송에서 흘러나오는 음악은 제목과 작곡자 같은 건 모르지만 왠지 끌린다. 더구나 아침 시간을 진행하는 남성 디제이의 목소리는 착착 감겨와 나를 기분 좋게 한다.

어느 날은 여느 때와는 다르게 남자 성악가가 부르는 비장한 노래가 흘러나왔다. 노래가 끝나기도 전에 내 옆에서 일하는 광자 언니가 그것은 꼽추에 대한 이야기를 갖고 만든 뮤지컬 노래라고 알려줬다. 외국어로 된 노랫말이라서 무슨 뜻인지 모르지만 절절하게 내 가슴속을 파고드는 것이 있었다. 꼽추를 대상으로 한 뮤지컬이 있다는 것은 새롭고 신기했다. 그토록 내 가슴을 절절하게 하는 걸 보니 그 노래를 만든 사람이 대단하게 느껴졌다. 꼽추 남자가 사랑하는 여자를 위해 노래를 부른다는데 나는 그 꼽추 남자의 심정을 십 분 알 것 같았다. 가끔 내가 남편과 바뀌어 절름발이가 되고 남편이 곱사등이라면 좋겠다고 생각한 적이 있었다. 그러면 나는 곱사등이인 남편을 지극히 사랑할 텐데 하는 상상을 했다.

작은 인쇄소를 하는 남편은 요즘 일거리가 없다고 그게 내 탓이라도 되는 양 나만 보면 짜증을 냈다. 아니 노골적으로 말했다. "니, 그 낙타 같은 등만 보면 내 불행이 다 거기서 흘러나오는 것 같단 말이야." 다리를 펴고 앉는 것이 힘들어 무릎을 가슴에 대고 의자에 오도카니 앉아서 밥을 먹으면 남편은 못마땅하게 쳐다보았다. "꼭 큰 새우 한 마리가 내 앞에 놓여있는 것 같아. 밥 맛 떨어진다." 하고 통박을 주었다. 오늘도 식탁에 밥을 차려놓고 남편이 일어나기 전에 나왔다. 교회에 열심히 나가는 고등학생 아들은 언제부턴가 내 지갑의 돈을 훔쳐내기 시작했다. 한 번은 내 눈에 띄어 야단을 치니 그 돈을 교회에 헌금했다고 큰소리를 쳤다. 그런 아들이 나에게 교회 가자는 소리는 한 번도 안했다. 사실 내가 알아서 아들의 눈에 안 띄지만 내가 번 돈을 교회에 갖다 바치고, 더구나 교회의 사명은 전도라는데 아들이 나에게 교회 가잔 말을 안 한 것은 섭섭했다. 남들은 두 남자가 불쌍하기 짝이 없는 내 등골을 빼먹는다고 했다. 하지만 나는 그렇게 생각하지 않았다. 어렸을 때부터 모든 사람들이 나를 외면했지만 그래도 남편과 아들은 어쨌든 매일 나와 얼굴을 마주 대하는 사람들 아닌가? 남편은 다리를 절었다. 그 장애가 없었다면 남편은 꼽추인 나를 아내로 맞이하지 않았을 것이다. 고모의 소개로 나를 처음 만났을 때 남편은 내 목소리가 곱다고 했다. 목소리 외에는 아무 것도 상관이 없는 사람처럼 굴었다. 남부끄럽다고 결혼식 같은 건 생략했지만 사진관에 가서 웨딩드레스를 입고 사진을 찍었다. 둘 다 아래 부분이 보기 싫어서 상체만 찍어 액자에 넣었다. 아들 녀석은 그 사진을 보고는 남편과 내가 결혼 후에 사고를 입어 장애인이 된 것으로 생각했다. 사실 나의 꼽사등은 태어날 때부터 그런 것은 아니다. 세 살박이 나를 업고 있던 고모가 산에서 진달래를 꺾으려다가 절벽에서 떨어졌다. 그때 나는 뼈가 부러진 채로 굳어버렸던 것이다. 물론 재빠르게 조치도 할 수 없던 산골이었다. 그때 이후로 고모는 나에 대해서 애면글면 했다. 나에 대한 부채를 조금이라도 갚겠다는 심정으로 남편과의 결혼도 서둘렀었다.

내가 들어오고 두 차례 더 보스의 짖는 소리가 들리면 늘 입에 주님을 달고 사는 광자 언니와 한 달 전부터 일을 시작한 아줌마라고 하기에도 그렇고 할머니라고 하기에도 애매한 성주댁이 들어온다. 그녀는 외손녀를 본지 몇 년 됐다고 했지만 할머니로 보이진 않았다. 자식들 다 여의고 심심해서 이 일을 시작했다는 데 도무지 날이 아무리 가도 늘 일솜씨가 첫날 같다고 광자 언니는 안 보는데서 한 소리 했다. 세 사람이 자리에 앉을

라치면 고양이 쿠키를 안고 경아 엄마가 들어온다. 경아 엄마는 사장 부인이다. 사람 좋고 싫은 소리 잘 못하는 남편 사장을 대신해서 작업장에서 일을 진두지휘하는 여인이다. 처음에 나는 경아 엄마가 무척 무서웠다. 일을 빨리 못한다고 화를 내면서 재촉을 했고 조금이라도 일한 것이 제 맘에 안 들면 신경질을 부렸다. 그러나 먹은 맘은 없는 것 같았다. 금방 풀어지고 잘해줄 때는 또 무척 살가웠다. 그런 맘을 알게 되니 내 쪽에서 먼저 그러려니 하고 내 일만 잘하면 되었다.

경아 엄마는 쿠키를 테이블 다리 위에 묶어놓는다. 쿠키는 작업장에서 일하는 우리들처럼 경아 엄마 말을 잘 듣지만 그래도 돌아다니면서 저지레를 한다고 묶어놓았다. 경아 엄마는 일을 하다가 가끔씩 쿠키와 눈을 맞추고 한 마디씩 건넸다. 그러면 쿠키는 갸르릉거리며 애기처럼 아양을 부렸다. 나는 그때마다 쿠키를 바라보는데 마치 사랑을 갈구하는 애첩의 몸짓을 했다. 한군데 묶여 움직이지를 않아 살이 찐 쿠키를 볼 때마다 쿠키라는 이름보다는 차라리 뚱이라고 부르는 게 낫지 않을까 하는 생각을 자주 했다. 제 뜻대로 되지 않아 늘 신경이 곤두 선 경아 엄마에게 그래도 무조건 복종하는 쿠키가 있는 게 다행인지도 몰랐다. 경아 엄마는 사실 모든 불만을 쿠키에게 풀고 있었다.

경아 엄마와 광자 언니가 건조기에서 수건을 꺼내 테이블에 쌓아 놓았다. 나와 성주 댁은 수건이 나오자마자 일하기 좋도록 헤쳐 놓았다. 테이블에 펼쳐진 새하얀 시트와 수건에선 김이 모락모락 나면서 헹굼제 향기가 났다. 나는 이 순간이 제일 좋았다. 대형 세탁기에서는 2차로 들어간 세탁물이 돌아가면서 철퍼덕 철퍼덕 규칙적으로 물소리가 났다. 아침부터 내려쬐는 햇볕과 방금 건조기에서 꺼낸 수건에서 나는 열기에 몸이 후끈거리지만 그 물소리를 들으면 좀 시원해지는 것 같기도 했다. 경아 엄마가 소리쳤다. "저 물소리 들으면서 계곡에 왔다고 생각해요." 경아 엄마는 돈 들어가는 일은 질색이어서 되도록 말로 생색을 냈다. 쿠키도 더위에 지치는지 고양이인지 개인지 모를 둔중한 몸을 뒤척이면서 갸르릉거렸다.

11시가 되자 경아 엄마는 다른 FM방송으로 채널을 돌렸다. 좀 색다른 음악 프로였다. 국민 디제이를 찾는 라디오 오디션 프로그램이었다. 다양한 분야에서 일하는 사람들이 출연하여 자기가 준비해 온 사연을 읽었다. 세 사람 정도가 나와 자기가 써온 사연을 읽으면 그중에서 제일 잘 한 사람을 뽑는 것이다. 몇 차례 경쟁을 해서 우승을 하면 정말 음악프로를 담당하는 DJ가 된다고 했다. 오늘은 은행원과 CCM가수로 활동하는 사람과 포도밭 농부가 나왔다. 은행원은 목소리가 성우처럼 좋았다. 그리고 실패라곤 모르고 살았던 사람처럼 자신만만했다. 방송을 듣는 내가 그 자신감에 오히려 위축되는 느낌이었다. CCM가수라고 하는 여자는 자기가 실패를 많이 겪은 것처럼 말했지만 내가 느끼기에는 세상물정 모르고 하는 투정만 같았다. 얼굴을 안 봐도 가녀리고 창백한 모습이 떠올랐다. 시련을 이기려고 강변을 매일 아침 뛴다고 했다. 강변을 달릴 수 있는 그녀는 세탁 공장 한 구석에 웅크리고 앉아 종일 세탁물을 개고 있는 여자를 상상이나 할 수 있을까. 모두 같은 생각을 한 듯 작업장에 침묵이 흘렀다. 마지막으로 유기농 포도 농사를 짓는 농부가 나왔다. 그는 제초제와 농약에 신음하는 포도나무와 풀들의 외침을 들었다고 했다. 그 목소리는 농부의 거친 손길처럼 투박했지만 진정성이 느껴졌다. 경아 엄마와 광자 언니가 재빠르게 문자 투표를 했다. 그 덕인지 주 결선에서 포도밭 농부가 우승을 했다. 모두들 수건을 손에서 놓지 않으면서 함성을 질렀다.

점심시간이 되기까지, 그러니까 잠시 우리가 라디오를 끌 때까지 우리의 손은 한 시도 쉬지 못한다. 그러나 우리들의 귀와 입은 손과 같이 움직인다. 라디오 방송을 들으면서 또 끊임없이 이야기를 한다. 그렇게 하는 것이 일에 지장을 주는 일은 없으니까. 경아 엄마도 그것에 대해서는 뭐라고 하지 않는다. 그렇다, 나는 이 일이 참 좋다. 남들은 내 체구를 보고 그렇게 힘든 일을 어떻게 해내냐고 하지만 다들 자신에게 맞는 일이 있는 법이다. 가끔 경아 엄마가 속없이 나에게 모욕을 주는 말을 해도 나는 괜찮다.

일을 하려고 하면 키가 작고 꼽추인 내 외모에 사람들은 손사레를 쳤지만 그래도 나를 받아준 데가 이 세탁공장이었다. 어떻게든 일을 시작하는 것이 중요했다. 어디서든 간신히 사정을 해서라도 일을 시작하면 일하는 걸 보고 나를 인정하였다. 내가 그래도 일은 야물게 한다는 소리를 듣는다. 그동안 사람들이 안 보이는 뒤에서 험한 일을 수도 없이 많이 했다. 일은 잘했지만 주인들은 얼마 안가 나를 해고했다. 나는 억울했지만 호소할 처지도 못 되었다. 이유는 한 가지라는 걸 알기 때문이다. 나를 보면 기분이 나빠진다는 거다. 주인들은 돌려서 그 이유를 말했지만 그 정도는 내가 알아채서 물러나야 하는 것이다.

세탁공장 사장님은 마음씨가 참 착하다. 부인인 경아 엄마에게 큰소리 한 번 내는 걸 보지 못했다. 무엇보다 나에게 친절하진 않더라도 적어도 나를 해고하진 않는다. 사장 부인인 경아 엄마도 성깔은 있지만 다 뭐 일 잘하라고 그러는 것 아니겠는가. 그리고 제 성질에 못 이겨 소리소리 질러댈 때는 오히려 안쓰러운 생각까지 든다. 놀랍게도 대학 다닐 때 성악을 전공했다고 한다. 나는 가끔 노래대신 일을 재촉하는 소리를 지르는 사장 부인이 안 됐다는 생각을 하기도 했다. 아, 또한 고마운 건, 경아 엄마가 그래도 수준이 있어서 지금까지 일하던 다른 공장과는 달리 자주 클래식 방송을 틀어놓는 점이다. 경아 엄마는 살집이 두둑한 게 도대체 성악을 전공한 사람 같진 않다. 자신도 민망한지 '이게 다 이 일을 하며 생긴 스트레스 살이라고' 하며 변명을 하곤 했다.

더위가 사람 체온에 가깝다. 실내 온도가 35도다. 90도에 육박하는 건조기에서 꺼낸 수백 장의 수건들은 스텐 용기 안에서 더운 김을 내뿜고 있다. 대형 선풍기가 돌아가고 있지만 오히려 더운 열기를 부추기고 있는 것만 같다. 세탁물에서 나는 헹굼제 향기도 더운 열기 속에서 자꾸 가라앉는다. 요즘 웬만한 작업장에는 에어컨이 다 설치되어 있겠지만 이곳은 예외다. 한 대의 대형 세탁기와 두 대의 건조기만으로도 감당하기 힘든 전기 요금이 나오기 때문이라고 한다. 가만있어도 땀이 비 오듯 흘러내린다. 사장님이 견딘다는데 이 안의 누구도 에어컨 타령은 할 수 없다.

'몽'이란 로고가 새겨진 하얀 시트가 테이블에 놓여 있다. 타월 같은 것은 개는데 좀 여유를 부려도 되지만 시트는 건조기에서 나오는 즉시 열이 식기 전에 접어서 개야 한다. 그래야 구김이 없이 접혀진다. 접혀진 시트의 각도가 조금이라도 어긋나면 안 된다. 처음엔 눈썰미가 있는 나도 그 각도를 잘 맞추지 못했다. 몇 년째 이곳에서 이 일을 하고 있는 광자 언니와 나는 작업대 양끝에 앉아 시트 끝을 잡고 각을 맞춰 접는다. 앉은키가 작은 나는 의자 위에 두꺼운 방석을 깔았다. 이제 나도 베테랑인 광자 언니와 제법 호흡이 맞는다. FM방송에서 춤추는 듯한 선율이 흐를 때면 마치 춤을 추듯이 천을 펼쳤다 접었다 한다. '몽'의 시트 천은 융처럼 보드랍다. 매번 '몽'의 시트를 접을 때는 그것을 깔고서 눕고 싶은 생각이 든다.

시트에 가득한 헹굼제 향은 핑크로즈향이라고 했다. 매일 맡으면서도 그 향은 내 코를 킁킁거리게 한다. "핑크로즈의 꽃말이 행복한 사랑이래." 언젠가 경아 엄마가 말해주었다. 향만큼이나 꽃말도 좋았다. 이곳에 누워 잠드는 사람들은 누구일까? 나에게는 매번 아득한 상상이다. 수 십장의 '몽' 시트를 다 개고 나면 어깨와 팔이 시큰거린다. 고개를 이리저리 움직이고 팔이라도 돌릴라치면 쉬는 꼴을 못 보는 경아 엄마가 얼른 작업대 위에 '파라다이스'의 시트를 올려놓는다. 두께가 있는 '파라다이스'의 시트는 다른 곳보다 몇 배의 힘이 더 든다. 시트 끝에는 초록색 야자수 그림이 그려져 있다. 팔에 힘을 줘 각을 맞추느라 시트 끝을 잡아당기노라면 키 작은 내가 마치 정글 속에 들어와 헤매고 있는 것 같다. 경아 엄마도 광자 언니와 내가 안쓰러웠는지 한 마디 내뱉는다. "파라다이스 거는 애벌빨래를 몇 곱절이나 해야 한다니까. 꼭 그날까지 그 짓을 해야 하는지⋯⋯. 젠장, 더러워서." 하긴 사장님과 경아 엄마는 세탁기에 들어가기 전 완전한 세탁을 위해 일일이 상태를 살펴야 하니까 더러운 꼴은 다 보는 셈이다. 광자 언니와 나는 다 된 빨래를 개면서도 가끔 누렇게 배인 얼룩을 볼 때가 있는데 그게 마치 내가 토해낸 배설물 같아 마음이 개운치가 않다. 그런데 매일 모텔에서 막 수거해 온 것을 보는 사장님과 경아 엄마는 오죽 하랴? 우리 야, 팔 다리가 좀 아프긴 하지만 하얗게 된 시트를 만지며 게다 가 향기까지 맡고 있지 않은가?

광자 언니와 내가 각도를 맞추면서 시트를 접고 있을 때 들어 온 지 얼마 안 된 성주댁은 계속해서 수건을 모텔 별로 분류해 서 갠다. 그런데 가끔 서로 다른 모텔 끼리 섞어 놓기도 해서 경 아 엄마는 그때마다 신경질을 부린다. 또한 성주댁이 시트를 갤 때 시트를 호청이라고 부르고 좀처럼 각도까지 맞지 않을 때 경 아 엄마는 한숨을 내쉬었다. "도대체 애 키우는 것도 아니고……. 어째 한 달이 지났는데도 매일 새로 온 사람 같다니까." 성주댁 듣는 앞에서 큰 소리를 냈다. 광자 언니와 나는 매일 그런 지청 구를 듣는 성주댁을 보면서 내일은 안 나올 것이다, 하면서 내 기를 걸기도 했다. 그러나 성주댁은 그 수모를 당하면서도 굳세 게 나왔다. 오히려 경아 엄마가 한 소리 할라치면 "그러니까, 나는 수건만 갠다고 해서 쉬운 줄 알았는데……." 하면서 말끝 을 흐렸다.

'파라다이스'가 끝나면 고온의 건조기에서 계속 '유토피아' '발렌타인' '꿈의 궁전'의 시트나 수건들이 나온다. 그곳은 정 말 시트나 수건에 새겨진 이름처럼 그렇게 좋은 곳일까? 자주 그런 생각을 하지만 잘 상상이 안 된다. 지금까지 한 번도 가본

적이 없고 앞으로도 내가 그곳에 갈 일은 없을 테니까 평생 나는 그 의문을 풀 수 없을 것이다. 광자 언니는 그 로고가 새겨진 수건을 개면서 가끔 객쩍은 소리를 했다. "이런 곳에 드나드는 연놈들은 지옥 갈 거야." 나는 광자 언니가 그런 소리를 할 때마다 속으로 생각했다. 그럼 그 사람들이 쓸 시트와 수건을 개는 우리들은 과연 어디로 갈 것인지를.

또 내가 돈 많이 벌면 등뼈를 펴는 수술을 한다고 했더니 광자 언니는 나를 참 안됐다는 듯이 바라보면서 쯧쯧거렸다. "왜 애먼 데 돈을 들이나. 예수님은 앉은뱅이도 일으키고 소경도 눈 뜨게 하고 꼽추의 등도 펴셨어. 예수 믿고 기도하면 된다니까." 그렇게 안 해 본 건 아니었다. 아들 환이가 초등학교 들어갈 무렵 엄마인 나를 부끄러워하는 것 같아 어떻게든 내 곱사등이 펴지길 간절히 원할 때였다. 늘 내게 전도지를 건네며 교회를 다니라고 성화하던 옆집 여자를 따라 교회에 간적이 있었다. 집 앞까지 온 대형 버스를 타고 교회에 도착했을 때 예배당이 어마어마하게 크고 사람들이 많은데 너무나 놀랐다. 멀리 있는 목사의 얼굴은 잘 보이지 않았다. 커다란 스크린에 목사의 모습이 나타났다. 목사는 설교를 마치고 아프거나 장애가 있는 사람들은 다 앞으로 나오라고 했다. 옆집 여자가 쿡쿡 찔러서 나도 앞으로 나갔다. 열댓 명의 사람들이 앞으로 나갔는데 목사는 차례로 머리에 손을 얹고 기도를 했다. 나는 줄의 맨 끝에 서서 흘끔 흘끔 옆을 봤다. 먼저 기도를 받은 사람이 몇 명 쓰러졌다. 그때마다 "할렐루야, 아멘" 하면서 예배당에 있던 사람들이 일제히 소리를 질렀다. 나중에 옆집 여자가 말해줬는데 그 사람들은 병이 나은 것이라고 했다. 하여튼 나는 그 광경을 보면서 얼마나 무서웠던지 그 자리를 도망쳐 나오고 싶었다. 나는 부들부들 떨면서 꼼짝도 할 수 없었다. 목사가 내게 다가왔을 때 나는 눈을 꼭 감고 굳어버린 듯이 서 있었다. 목사가 내 머리에 손을 얹었는데 순간 뜨거운 물이 쏟아지는 느낌이었다. 목사는 내가 알아들을 수 없는 말로 기도를 하면서 지나갔다. 눈을 떴을 때 나는 그대로였다. 옆집 여자는 내가 그때 쓰러지지 않아서 등이 펴지지 않은 것이라고 했다. 쓰러질 때까지 기도를 받으라고 했지만 나는 그 때 이후로 더 이상 교회에 가지 않았다.

모텔들의 시트나 타월 세탁물은 하루도 빠짐없이 들어온다. 그것은 참 신기하지만 다행스러운 일이기도 하다. 그렇지 않다면 사장님과 경아 엄마는 큰 타격을 받을 것이고 여기서 일하는 나와 광자 언니, 성주댁, 배달 기사 조씨까지 일할 데가 없어지는 것이다. 몇 년 전에 모텔들이 모여 있는 이곳 주변 동네 사람들이 집값 떨어진다고 모텔을 없애라고 데모를 했었다고 한다. 그때 사장님과 경아 엄마는 생존권 사수를 위해 데모를 하고 싶었다고 한다.

모텔의 세탁물만 이곳에 들어오는 것은 아니다. 이 동네 가까이 있는 골프 연습장이나 휘트니스 센터, 뷔페식당에서 나오는 수건이나 냅킨 등도 수없이 많다. 시트를 접다가 부피가 작은 수건이나 냅킨을 접으면 손놀림이 경쾌해진다. 기분이 좋아져서 남편과 아들을 생각하기도 한다. 이 세탁공장에 들어오기 전에는 빨래를 할 때에 헹굼제 같은 건 넣지 않았다. 가끔 생각나서 넣다가도 떨어지면 그만이었고 때로는 건강에 별로 좋지 않다는 말도 들은 터라 굳이 헹굼제를 쓸 필요가 없었다. 이곳에 온 작년부터는 핑크로즈향 헹굼제를 떨어지지 않게 사다가 사용하고 있다. 아들 환이가 외출할 때면 옷을 갈아입으면서 콧노래를 부르기 시작했다는 것도 달라진 점이다. 여자 친구를 만날 때 좋은 소리라도 들었는지 언젠가는 나에게 이렇게 말을 건넨 적도 있었다. "엄마, 헹굼제 다른 향으로 바꾸지 마세요." 그때 나는 얼마나 기분이 좋았는지 모른다. 요구 사항이 있을 때만 말을 거는 아들이 오랜만에 웃으면서 말을 했고 아들이 나로 인하여 행복해하는 것 같았기 때문이다. 분명 핑크로즈는 사람을 행복하게 하는 신비한 힘이 있었다. 그래, 한 달에 두 번 쉬는 일요일에는 나도 꼭 이불 빨래를 해서 핑크로즈향에 담갔다 말려야지. 생각만 해도 기분이 상쾌해진다. 평화롭게 잠들 남편과 아들의 모습이 눈에 아른거린다. 남편과 잠자리를 한 지는 아주 오래되었다. 아들 환이를 가진 뒤로는 그 기억이 가물가물하다. 남편은 곱사등이인 나와 신혼 초 몇 번 잠자리를 가지면서 점점 나에게서 멀어져 갔다. 반듯하게 누울 수 없는 나를 남편이 돌려놓을 때마다 나는 통증 때문에 고통스럽게 신음 소리를 냈다. 그때마다 남편은 거부당한다고 생각되어 심한 모욕감을 느꼈는지도 모른다. 결국 남편과 나는 등을 돌리고 자게 되었다. 그리고 그것은 원래 그렇게 하는 것이 맞는 것처럼 자연스럽게 되었다.

허리에 통증이 심해지고 팔이 저릿저릿 해져 견디기 힘들다 싶을 무렵이면 점심시간이 된다. 가까이 있는 가정집 식당에서 배달 시켜 먹는데 그 메뉴는 거의 한결 같다. 오뎅 백반, 순두부 백반, 된장찌개 백반, 김치찌개 백반. 가끔 비싼 것을 시킨다는 게 고작 육개장이다. 때로는 경아 엄마도 이 메뉴에 싫증이 나는지 2층 살림집에 올라가 특별 메뉴를 만들어 내기도 한다. 오늘이 바로 그런 날이었다. 또한 거실에서 시원한 선풍기 바람이라도 쐴 수 있으니 모처럼 소풍 온 기분도 난다. 수박이라도 쪼개는 날이면 정말 천국이 따로 없다는 생각까지 든다. 그리고 맘씨 좋은 사장님을 닮은 딸 경아도 볼 수 있다. 사장 내외는 경아를 작업장 근처에 얼씬도 못하게 한다. 교육상 안 좋다는 이유다. 내가 생각해도 피아노를 잘 치는 경아와 모텔 세탁물을 취급하는 세탁공장과는 거리가 있다.

경아 엄마는 무슨 생각에선지 오늘 점심으로 뜨거운 칼국수를 준비했다. 사람까지도 삶을 것 같은 팔월 복 날씨에 뜨거운 칼국수라니. 분명 경아 엄마의 심경에 변화가 있었다는 신호다. 감정을 주체할 수 없을 때 경아 엄마가 취하는 방법임을 몇 번 겪어 보면서 알았다. "이열치열이라고요. 칼국수 한 그릇 들이키고 나면 시원해질 거예요." 경아 엄마가 그렇게 말하는 터에 누구도 항변할 수 없었다. 땀을 뻘뻘 흘리면서 칼국수를 먹었다. 이 더위에 멸치 국물을 내고 칼질을 해서 국수 가락을 뽑은 경아 엄마보다 더 더운 사람이 있을라고. 모두들 그런 마음으로 후루룩 국수 가락을 넘겼다. 그런데 웬 걸. 여기까지면 좋으련만. 사람들이 상을 물리려고 하는 순간 경아 엄마의 소프라노 음성이 퍼졌다. "도대체 이 더위에 땀 뻘뻘 흘리면서 일하면 뭐 하냐고요. 남 좋은 일만 시키는데. 세탁기 모터 가는데 백만 원이 들었다니까요. 엎친데 덮쳐 건조기까지 고장이 나서 전기 기사가 잠깐 만지는데 십만 원을 주었다니까." 그 모든 것이 작업장에서 수건을 개는 우리들의 잘못인 것처럼 여겨져 고개를 들지 못했다.

오후 작업시간은 그렇게 풀기 없게 시작되었다. 그러나 그런 기분도 잠시, 건조기에서 쉼 없이 쏟아져 나오는 수건과 시트를 밀리지 않게 정리하려면 그런 감정의 여유는 없어진다. 오후에는 핑크로즈향기도 찐득찐득한 열기에 눌려 누린내 비슷한 냄새로 변한다. 심지어 광자 언니는 그 냄새가 남자의 정액 냄새 같다고 했다.

이때쯤이면 지쳐서 감각도 없어진 사람들은 쏟아져 나오는 일감들을 기계적으로 처리한다. 늘 기운을 잃지 않는 용감한 경아 엄마만 이럴 때일수록 더욱 팔팔해진다. 라디오 채널을 돌리고 볼륨을 높인다. 개그맨 두 남자가 진행을 하는 엄청 수다스런 음악프로이다. 청취자들이 보낸 사연도 재미있고 그것에 즉흥적으로 대응하는 두 진행자의 말솜씨 또한 혀를 내두를 정도다. 게스트라도 있으면 더욱 흥이 나고 폭소가 연달아 터진다. 가끔 우리 같은 작업장에서 전화를 걸거나 사연을 보낸 경우도 있어서 정감 가는 프로이다. 도대체 일을 하면서 졸리거나 지치다니. 있을 수 없는 일이다. 하여튼 경아 엄마는 사람들을 잘 부리는 대단한 지략가이다. 그런데 오늘은 라디오에서 쉼 없이 들려오는 속도감 있는 두 진행자의 말들조차 속살거리는 자장가로 들렸다. 시트를 펼칠 때마다 그 위에 눕고 싶은 충동을 느꼈다. 그럴 참에 내 주머니에 있던 핸드폰이 울렸다. 안 받으려고 작정을 했는데도 그치지 않았다. 작업 시간에 핸드폰을 들여다보거나 통화를 할 여력은 전혀 없다. 어쩌다 나에게 연락할 사람들도 알아서 내가 일을 하는 시간을 피해 전화를 한다. 받을 때까지 끊지 않으려고 작정한 것 같은 벨소리를 듣고 경아 엄마가 신경질 적으로 한 마디 했다. "받아요. 안 받으면 큰일 날 것 같은데."

남편이었다. 한 집에 있을 때도 말을 잘 안하는 남편이 전화를 거는 일은 거의 없었다. 뭐 연례행사라고 해도 괜찮았다. 나는 가슴이 쿵쾅거리는 상태에서 전화기를 귀에 댔다. 놀람과 설렘, 한편으로 전화를 늦게 받은 데에 대한 남편의 질책이 떠올라 두려움이 섞인 복잡한 감정이 일어났다. 남편은 나의 반응 같은 건 아랑곳하지 않고 차분하게 말했다. "나 오늘 저녁에 일이 있어서 지방 내려가. 오늘 집에 못 갈 것 같아. 아주 중요한 일이야." 남편이 일 때문이라도 외박을 하는 일은 거의 없었고 만약 그렇게 되더라도 나에게 군이 말을 할 사람은 아니었다. 나는 알았다고 하고 전화를 얼른 끊었다. 남편의 전화가 의외였지만 기분은 좋았다. 졸음이 확 사라졌다. 누린내로 변하려던 핑크로즈향기가 다시 원래대로 살아나는 듯했다. 남편에게 무심하려고 했던 심경을 돌려 최근 남편의 모습을 떠올려 보았다. 요즘 세탁 바구니에 아들의 옷만큼 남편의 옷도 자주 쌓였다. 남편은 핑크로즈향이 가득 배인 새 옷으로 갈아입을 때마다 옷에 코를 대고 씩 웃으면서 생각에 잠기는 것 같기도 했다. 그때 남편은 나를 생각했을지도 모른다. 내 목소리가 곱다고 좋아했던 그 시절을 떠올렸는지도 모른다. 분명 핑크로즈는 행복한 사랑을 전달하는 묘한 마력이 있다.

오늘도 밥 먹을 때를 빼고는 쉴 틈이 없었다. 수건으로 땀을 닦아내지 않고 받아 놓았다면 한 양동이는 되었을 것이다. 퇴근 준비를 하는데 마음씨 좋은 사장님이 봉지 가득 하드를 사왔다.

순식간에 여러 사람의 손이 하드를 집었다. 메론바, 보석바, 죠스바, 수박바……. 나는 마지막 남은 한 개를 집었다. 내가 좋아하는 짙은 핑크색의 딸기바이다. 핑크로즈향이 감도는 작업장에서 또 나는 짙은 딸기향의 하드를 깨문다. 작업장 문을 나서면서 보스의 집을 들여다보았다. 뜨거운 해를 피해 당연히 집에 들어가 있으리라고 생각을 했다. 보스는 개집에 없었다. 개집 입구에 있는 목줄을 걸어놓은 말뚝이 뽑혀 있었다. 개집 뒤편에서 보스가 죽은 듯이 누워있었다. 더워서 물 대신 흙 목욕이라도 했는지 온통 흙을 뒤집어쓰고 축 늘어져 있었다. 내가 퇴근 인사를 하려고 보스의 머리를 쓰다듬었더니 천천히 몸체를 일으켜 게슴츠레한 눈으로 나를 쳐다본다. 여느 때와 같이 짖지도 않는다. 나는 순간 불길한 예감으로 가슴이 덜컥 내려앉았지만 내일 아침이면 또 큰 소리로 짖어대며 나를 맞이하겠지 하며 돌아섰다.

배달 기사 조씨가 배달하러 가는 길에 나를 집에 내려준다고 했다. 운전석 앞에는 말린 장미 포푸리가 걸려 있었다. 내 눈길이 그 포푸리에 닿자 조씨가 웃으며 말했다. "이것도 핑크로즈를 말린 것이야." 내가 좋아하는 핑크로즈. 내가 있는 곳이면 어디나 놓여있는 핑크로즈. 나는 행복한 여자라는 생각을 했다. 조씨가 잠깐 한군데만 들러 세탁물을 주고 오겠다고 했다. '몽' 모텔 이었다. 나는 모텔 주차장에서 차의 보조석에 앉아 기다렸다.

조씨는 좀처럼 나오지 않았다. 모텔 사장이 세탁물의 상태에 대해 트집이라도 잡은 것일까. 익숙한 얼굴의 남자가 주차장 쪽으로 나있는 '몽'의 후문에서 다리를 절며 걸어 나온다. 뒤이어 젊은 여자가 따라 나온다. 나는 몸을 낮추고 창문을 내렸다. 남편을 꼭 닮았다. 남자와 여자는 주변을 둘러보더니 배달 차 앞을 휙 지나간다. 아, 익숙한 향기가 코끝에 스친다. 핑크로즈향이다. 은은하면서 매혹적인. 나는 정말 복이 많은 여자다. 나는 오늘도 종일 핑크로즈향을 맡았다.

모르는 불빛

모르는 불빛

이사한 지 한 달이 되어 이곳에서 처음으로 맞는 반상회였다. 반상회는 15층인 맨 위층부터 내려왔다고 했는데 이번에는 9층이었다. 엘리베이터 안이나 지나는 길에 눈인사만 건네던 901호 여자, 전적으로 아줌마라는 칭호만을 쓰기에는 어떤 아우라가 느껴졌었다. 901호 거실은 베란다를 확장한 넓은 공간에 소박하면서도 기품 있는 앤티크 가구가 조화롭게 배치되어 있었다. 어느 집이나 거실 등은 똑같았다. 그런데 901호는 화려한 크리스털 등으로 바꿔 달렸다. 눈길을 여러 방향으로 두며 탐색하는 듯한 사람들에게 901호 여자는 말했다. "이 장식장은 시어머니가 물려주신 40년 된 것이에요." 가구마다 역사가 숨어 있었다. 901호 여자는 간식으로 종류가 다른 피자 두 판을 타원형 목기에 담아 내왔다. 다음 달 반상회의 주인이 될 801

호 여자가 움찔하는 것이 감지되었다. 피자 위에는 싱싱한 연둣빛 잎이 달린 단풍나무 가지가 멋스럽게 장식되어 있었다. 선명한 단풍잎 빛깔에 대한 사람들의 호기심을 901호 여자는 얼른 해결해 주었다. "지난 사월, 새벽예배 마치고 돌아오는 길에 나쁜 짓인 줄 알지만 가슴 쿵쾅거리며 아파트 화단 단풍나무에서 잘라냈어요. 바로 냉동실에 넣어두면 빛깔이 그대로 유지 되요. 고백했으니 용서해 주세요." 하며 민망한 듯 소리 내어 웃었다. 가구와 도자기 사이를 아슬아슬하게 뛰어다니는 아이들을 보면서 아이 엄마들은 계속 핀잔을 주었다. 아이들은 멈추지 않았다. 901호 여자는 아이들이니까 그렇지 않겠냐고, 다칠까봐 걱정된다고 하면서도 불안한 눈빛을 아이들에게서 떼지 않았다. 아무튼 901호 여자는 백조 아파트 3동에 사는 사람들을 잠시나마 격조 있게 만들었다.

라인별로 있는 반장은 맨 아래 층부터 올라오며 6개월씩 돌아가면서 한다고 했다. 긴 생머리를 하고 있는, 새댁으로 보이는 반장은 우선 30세대의 출석 여부를 확인했다. 불참 세대는 벌금을 낸다고 했는데 장기 불참자의 벌금 액수도 공개했다. 한번도 반상회에 얼굴을 내밀지 않은 1401호가 호명되자 사람들이 수군거렸다. "도대체 얼굴을 볼 수가 없다니까요." "밤늦게 그 집 트럭이 들어오는 것을 봤어요. 감자탕집을 하는 것 같던데요." "초등학교에 다니는 남매가 있어요." 사람들의 말은 꼬리를 물고 이어졌다. "벌금을 받으려고 몇 번이나 그 집 벨을 눌렀는데 아무도 나오지 않았어요. 사람의 기척이 난 것 같기도 했는데요. 한 번 더 가볼 게요." 새댁 반장이 어수선한 분위기를 진압이라도 하듯 단호하게 말했다. 그리고 다음 안건들을 꺼내 놓았다.

I신도시와 인접해 도농지역이라고 할 수 있는 곳에 위치한 아파트였다. 집집마다 출입구 벽에는 30분 간격으로 운행하는 마을버스 운행시간표가 붙어 있었다. 출퇴근과 통학 시간을 빼고는 마트나 시내의 볼일을 위해 나가는 서너 명의 여자들이 이용객의 전부였다. 두 명의 노인 기사가 교대를 했고, 그들은 마치 오지의 시골 버스 기사라도 되듯 그 아파트 사람들의 일상을 꿰고 있었다. 이렇게 손님이 없으면 기름 값이나 제대로 나오겠냐는 승객의 질문에 기사는 시 보조를 운운하며 여유 만만했다. 200세대가 약간 넘는 아파트의 주민들은 대부분이 시간에 쫓기지 않는 노부부이거나 아이가 어린 젊은 부부였다. 나머지는 편리한 교통과 백화점이나 헬스장 같은 편의 시설을 이용하는 대신 값싼 비용으로 넓은 공간과 전원적인 분위기를 택한 중년 부부들이었다.

1501호, 나는 너무하지 않아요

나는 이 아파트 사람들이 나를 두고 수군대는 것을 잘 안다.

그렇지만 그것에 대해 대거리 할 마음 같은 건 없다. 얼마 전에 새로 산 소울이라는 이름을 가진 빨간색 내 자동차가 주차장에 세워진 것을 보면 사람들은 잠깐이라도 눈길을 주다 사라진다. 그들의 동행인이 있을 경우에는 이렇게 말하는 소리도 들린다. "참 차도 꼭 그 여자 닮지 않았어? 색깔 야한 것 하고 모양은 또 어때? 얌생이 모양." 내가 그들을 바짝 따라붙어 눈을 흘기듯 웃으면 그들은 멈칫한다. 그들을 한참 앞서 갈라치면 뒤꽁무니 에서 또 나를 향한 그들의 목소리가 들려온다. "피아노학원을 한다지, 아마." "아냐, 술을 주로 파는 카페라던데. 그러니까 저 렇게 들어오는 시간이 불규칙하지. 옷차림은 어떻고." 그들은 마치 수사관이나 탐정처럼 나에 대해 끊임없는 설전을 벌인다. 어느 때는 마치 내가 그 사람들이 말하는 다른 사람이 되어 있 는 것 같기도 하다.

그들은 문이 닫히려는 엘리베이터를 보고 달려오지 않는다. 나에 대해 써야 할 시나리오가 한참 더 남아있을 것이다. 나는 15층까지 올라가는 엘리베이터 안에서 언제나 그렇듯 지역광 고를 끊임없이 내보내고 있는 모니터를 무심하게 쳐다본다. 그 건 나뿐만 아니라 인사하기 어려운 처지에 있는 사람들끼리 만 났을 때 어색하지 않을 좋은 구실이 된다. 그 모니터 옆에는 어 제 있었던 반상회 결과표가 붙어 있다. 나는 한 번도 참석한 적 이 없지만 반장이 찾아올 때마다 꼬박꼬박 벌금을 내났다. 반상회 결과표에는 각 집의 벌금이 부채 액수처럼 숫자가 적혀 있다. 1401호 36000원. 바로 내가 사는 아래층이다. 매달 누적되는 액수가 저 표에 적혀 있었을 테고 아래층 사람은 꿈쩍도 안했을 게다. 고등학교 때 전체성적표가 복도에 나붙었을 때 느꼈던 분노가 치밀어 올랐다. 한 사람을 낙인찍고 매도하는 저 숫자. 도대체 어느 세상의 법이란 말인가? 남에게 무심하게 살아온 습성이 그것을 북 찢어버리고 싶은 마음을 제지시켰다. 엘리베이터에서 15층을 올라오는 1분이라는 시간은 때로는 참 많은 것은 보고 듣고 생각할 수 있을 만큼 충분하다.

숫자의 상념에서 벗어나려는 찰나에 벌금표 옆에 희미한 사진과 함께 있는 글귀가 눈에 띈다. '이거 너무 하지 않습니까?' CCTV에 찍힌 사진은 희미해서 어떤 혐의를 더욱 짙게 했다. 대형 폐기물을 운반하는 남자와 여자였다. 그들은 마치 큰 보통이를 들고 야간도주 하려는 불륜남녀처럼 보였다. 오늘 하루 종일 엘리베이터를 오가며 사진을 보았을 같은 라인 아줌마들의 얼굴이 허공에서 떠도는 유령처럼 흔들거렸다. 조금 전의 나를 먼저 보내고 뒤쳐진 두 명의 여자들도. 이틀 전 파주에서 옷가게를 하는 오빠가 쉬는 날이라며 다녀갔다. 집근처에서 저녁으로 감자탕을 먹고 헤어지려다 우연히 거실에 있는 부서진 장식장을 얘기했더니 굳이 그것을 아래층에다 내려다 주고 가겠다고 했다. 도저히 그 무게 때문에 혼자서는 처치 곤란한 물건이어서 잘 되었다 싶었다. 밤이 늦어 일단은 그 장식장을 바깥에 내놓고 날이 밝으면 관리실에 가서 스티커를 갖다 붙이려고 했다. 그런데 깜박했던 것이다. 텅 빈 머리에 스산한 바람이 쏙쏙 지나갔다. 다양한 시나리오를 쓰는 그들에게 이 사진은 명백한 구실이 될 것이다. 나는 확실히 술을 파는 카페의 여주인이 되고 오빠는 그날 나를 찾아온 남자가 되는 것이다. 게다가 혼자 사는 여자의 집까지 따라 온 남자……. 끔찍했다. '이거 너무하지 않습니까?' 라는 글씨가 크게 클로즈업 되어 들어왔다.

땡 하는 소리와 함께 엘리베이터가 15층에 멈추었을 때 나는 다시 1층과 닫힘 버튼을 눌렀다. 타는 것과 타지 않는 쓰레기로 분류된 커다란 통 옆에 그날 버린 장식장이 천덕꾸러기처럼 어둠 속에 우두커니 놓여 있었다. 나는 할 수만 있다면 그 장식장을 집으로 다시 옮겨놓고 싶었다. 꿈쩍도 하지 않는 그 물체를 한 번 쓸어주고 나는 야간 조명이 꺼진 어두컴컴한 테니스장을 돌아 베란다가 보이는 쪽으로 돌아왔다. 불이 꺼진 내 집을 올려다보았다. 1502호 옆집도 불이 꺼져 있었다. 아기 울음소리가 자주 들리더니 일찍 잠자리에 들었나보다. 난 왜 남의 집 불빛을 들여다보고 있나? 나는 눈길을 아래 위 좌우로 주었다. 우리 집 바로 아래층인 1401호의 거실 쪽에서 불빛이 어른거렸다. 거실 쪽에서 움직이던 불빛은 안방에서 작은 방으로, 주방으로 옮겨가면서 움직였다. 반상회비가 오랫동안 밀린 바로 그 집. 불빛은 초 단위로 껌벅거렸다. 마치 손전등을 휘두르는 것처럼 불빛은 원을 그리기도 하고 전후좌우 직선으로 움직였다. 꼬마 아이들이라도 있어 잠을 자지 않고 손전등으로 불빛놀이라도 하는 것일까? 그 집 부모는 아이들이 잠을 자지 않는다고 성화를 하며 아이들을 야단치고 있겠지. 아이들은 부모가 야단을 치는 그 순간 뿐 이 방 저 방 도망을 치면서 손전등을 돌려대고 있을 게다. 아래층인 13층에서는 천장이 소란스러워 아이들에게 주의를 주라고 인터폰을 했을지도 모른다. 집을 바라본 적이 없었다. 멀리서도 가까이에서도. 지금까지 내가 살았던 집에서는 저렇게 흔들리는 불빛은 없었다. 저토록 유쾌하고 노래하는 듯한 불빛은…….

702호, 분위기에 약한 나를 보기 위해 불을 밝혀야 해요

나는 이 동네가 마음에 든다. 4개 동이 섬처럼 솟아있는 아파트 담장 주변으로 농사를 짓는 농가가 있고 산책로는 중간에서 뚝 끊어져 폐차장과 재활용수집장으로 연결되어 있다. 도시에서 태어나고 자란 나는 처음으로 모가 심어지고 벼로 자라 수확이 되는 전 과정을 보았다. 아파트 주민들은 끊임없이 소음과 유해 가스를 배출하는 재활용수집장과 폐차장을 없애달라고 시에 민원을 넣었다. 그러나 그곳에서 일하는 사람들은 끄떡도 안했다. 정문으로부터는 하루에 몇 차례만 운행하는 마을버스가 오가는 큰 길이 뻗어있다. 큰 도로로 진입하기까지 일 킬로미터 남짓한데 그 옆으로 신설된 예술고등학교로 가는 골목이 있다. 가끔 그 골목길에서 조잘대며 쏟아져 나오는 아이들을 본다. 자기 몸보다 큰 악기나 화구를 든 아이들은 위대한 예술가 같다. 그 골목을 따라가 보면 원목 가구를 만드는 가구 공장과 과연 사람이 알고 올까 싶은 찻집도 있다. 찻집 마당에는 조각가가 주인인 듯 투박하지만 멋스러운 돌 조각품들이 낮게 핀 꽃들을 배경삼아 놓여있다. 편안하게 엉덩이를 걸칠 수 있는 나무 그네는 늘 비어 있다. 그 찻집 위로 몇 채 안 되지만 넝쿨장미로 울타리를 친, 안이 훤히 들여다보이는 집도 있다. 나무판자를 엮어 만든 대문에는 부부 이름을 새겨 넣은 문패가 달려 있고 그 옆에 빨간색 우체통이 서 있다. 잔디 마당에서는 덩치 큰 개가 졸고 있다. 가끔 어린 새댁이 빨랫줄에 빨래를 널다가 허리를 펴는 모습도 보인다.

전에 살던 아파트에서는 베란다 창문으로 에스컬레이터가 내려가는 지하철 입구와 지하철 역사와 연결된 백화점에 계절마다 바뀌어 붙는 광고 현수막이 바라보였다. 베란다 밖을 바라보며 밥을 먹고 엄마와 떨어지려 하지 않는 4살 된 가은이를 1층 어린이집에 맡기고 지하철역까지 달려가는 데는 10분이 채 걸리지 않았다. 숨 가쁘게 돌아가며 자주 밤샘 작업까지 해야 하는 광고회사에 다니는 나를 위한 남편의 배려였다. 자동차로 서울까지 출근을 하는 남편은 그것이 나를 위한 선물이라며 가끔 생색을 내기도 했다. 평범한 샐러리맨이 골프를 치고 동창들을 만나 술값을 치르는 여유를 갖는 것이 나의 공이란 건 망각한 듯했다. 작년 이맘때쯤 나는 회사에서 위기의식을 느끼고 있었다. 광고라는 한 분야에서만 10년이 된 베테랑이었지만 갓 들어온 후배들의 참신함에 열등감을 느꼈고 결혼해서 늘 남편과 아이를 의식하며 다람쥐 체바퀴 돌듯 직장과 집을 오가는 생활에 극도의 피곤함이 몰려왔다. 야근이 있을 때면 남편에게 전화를 해 어린이집에서 돌아올 아이를 부탁했으나 남편은 늘 시간을 지키지 않았고 가은이는 아이들이 다 가버린 어린이집에서 불안하게 엄마나 아빠를 기다렸다. 가은이는 엄마 없는 집에서 아빠의 성화를 돋우었고 그것을 참아낸 남편은 밤샘을 하고 새벽에 돌아온 초취한 아내에게 화를 내었다. 그날도 남편의 자상한 배려는 아니더라도 화를 내는 것은 못 참겠다는 각오로 집에 들어섰다. 아직 덜 끝낸 작업을 마치기 위해 거실 컴퓨터의 전원을 켜는 데 남편은 순식간에 그 많은 선들을 뽑아대고 컴퓨터 본체를 들고 베란다로 나갔다. 거기까지는 하면 안 되었다. 남편은 컴퓨터를 마치 휴지를 버리듯 가볍게 베란다 밖으로 내던졌다. 그날 나와 남편과의 관계성은 물론 남편이 선물로 주었다는 그 집의 존재 의미는 모두 파괴되었다. 나는 남편과 이혼을 하지 않았지만 직장을 그만 두었고 남편의 직장과는 더 멀어진 이곳으로 이사를 했다.

어린이집은 멀리 떨어져 있다. 신도시 아파트에 있는 어린이집에서 이곳에 있는 아이들을 아침저녁으로 실어 나른다. 아침이 되면 아파트 정문 앞으로 유치원과 학원 차량들이 줄을 서있다. 나는 가은이와 같은 또래 아이들 엄마들과 서 있다가 가은이를 차에 태워 보낸 뒤에 산책하듯 아파트 주변 동네를 한바퀴 돈다. 그것은 어느새 규칙적으로 직장을 다니는 것처럼 익숙한 습관이 되었다. 그러면 어느새 한 나절이 다 가고 점심때가 된다. 오후에 신도시에 있는 대형 마트에라도 다녀오는 날이면 하루해가 저문다. 그러면 또 아침에 아이들을 배웅했던 엄마들이 그 아이들을 맞이하러 나온다. 엄마들은 곧바로 집에 들어가지 않고 아이들을 데리고 놀이터에 머물거나 집에 자랑할 만한 것이라도 있으면 자기 집으로 아이와 엄마들을 이끈다. 어린이집에서 엄마와 아빠를 기다리며 불안 증세를 보이던 가은이는 집에 오면 늘 엄마가 있다는 사실이 좋았는지 얼굴이 한결밝아졌다.

남편은 그동안 묶였던 시간들을 벌충이라도 하듯 하루가 멀게 늦게 들어왔다. 가은이는 이제 아빠 얼굴 보기가 힘들어졌고 남편은 마치 우리 집에 하숙하는 사람 같았다. 나는 주말이면 남편과 가은이를 데리고 동네를 산책하고 싶었다. 하숙생 같은 남편은 주말이면 그동안 못했던 원이라도 풀듯 아예 필드에 나가 골프를 쳤다. 나는 남편과 말을 한 지 오래되었다. 내 컴퓨터가 부서진 날이 기점이었다.

비가 내린 뒤에는 아파트 보도블록 위로 달팽이가 가득했다. 가은이는 꿈틀거리는 그 생명체가 사람들의 발에 밟힐까봐 풀밭 가운데로 가만히 옮겨주었다. 주변 농가의 논밭들이 서서히 파헤쳐지고 그 가운데에 하늘을 찌를 것 같은 크레인들이 들어섰다. 이 동네에서는 아직 개구리 울음소리를 들을 수 있었다. 마치 신도시에서부터 밀리고 밀려온 개구리의 마지막 절규 같았다. 여름밤이면 그악스럽게 울어대는 개구리를 원망하는 사람은 아무도 없었다. 그것은 어느새 즐겨 듣는 노래와도 같았다.

가은이가 짧은 어린이집 방학을 마쳤을 때는 구월이었다. 밤이 길어지면서 어린이집에서 돌아온 가은이와 놀이터에 있다 보면 하늘에 노을이 지고 있었다. 아파트 창문마다 노랗게 불이 켜졌다. 집집마다 아이들과 가장들이 돌아오고 있다. 여자들은 불을 켜고 그들을 맞이하고 있는 것이다. 주황색 불빛이 집집을 밝히고 있는데 우리 집 창문은 까맣다. 오랫동안, 불이 켜지는 베란다 창을 올려다본다. 집들은 환해진다. 그중에 14층의 불빛은 희미하다. 주방의 한쪽으로만 붉은 빛이 동그랗게 모아져 있다. 그 빛은 부드럽다. 쉴 새 없이 미끄럼틀을 오르락내리락하는 가은이가 숨을 헐떡거리며 미끄럼대에서 내려왔을 때에도 그 집의 불빛은 오독하니 집의 한 부분만을 비추고 있었다. 그 집의 식탁 한가운데는 은촛대라도 놓여 있을 것 같았다. 노부부의 기념일이라도 되는 것일까? 나는 수수한 은촛대 위에서 조용히 일렁이는 촛불을 상상한다. 5년 전 남편과 나는 가평 어디쯤 어둠에 묻힌 산장에서 불을 끄고 촛불을 밝히고 있었다. 그 분위기 탓이었을까? 남편은 프러포즈를 했고 나는 쉽게 응낙을 했다. 불이 있는 분위기는 많은 역사를 이루어지게 한다. 나는 가은이를 위한 촛불이라도 밝혀야겠다.

302호, 나에겐 비밀이 있어요

나는 이 동네가 싫다. 그런데 엄마와 아빠는, 심지어 동생까지 이 동네가 좋다고 한다. 엄마와 아빠는 이곳이 전원적이라 하고 온갖 것에 호기심이 많은 동생은 길만 나서면 개구리, 메뚜기, 달팽이 등 살아있는 것이 날뛰고 있으니 신나지 않겠는가? 나는 전원적인 것을 좋아할 만한 나이도 아니고 도무지 사람을 제외하곤 살아있는 생물들이 무섭다. 강아지를 좋아하는 누리도 싫고, 특히 햄스터를 키우는 보람이는 더욱 이해할 수 없다. 이런 나를 보고 엄마는 인정머리 없는 계집애라고 한다. 이 동네엔 애완견 말고도 끈 풀린 개들이 대낮이나 한밤중에도 어슬렁거린다. 야간 자습을 마치고 버스정류장에서부터 집에까지 오는 고개를 넘다보면 가끔 그 개들을 만나는데 머리가 쭈뼛하며 온몸이 오싹하다. 절대로 개를 보면 대거리를 하거나 뛰면

안 된다는 아빠의 말을 명심하지만 단숨에 뛰고 싶은 마음이 굴뚝같다. 집에 오는 길이 천리 길 같다.

얼마 전에 수행 평가를 함께 하기 위해 우리 집에 놀러왔던 친구들은 신도시와는 다른 풍경에 낯설어 하면서 이런 동네도 있었냐고 신기해했다. 등교 시간에 한 노선 밖에 없는 마을버스를 놓치기라도 하면 여지없이 지각을 하게 된다. 이런 동네 사정을 구구하게 말하기 싫어 침묵으로 일관하다보면 난 담임에게 버르장머리 없는 아이가 된다. 가끔 아침 등교 시간이 엄마의 출근 시간과 일치하면 차를 타기도 하는데 그것 또한 순조롭지가 않다. 이 아파트엔 지하주차장이 없다. 한겨울에는 차에 성에가 끼고 눈이라도 오게 되면 차를 뒤덮고 있는 눈을 제거하느라 출발하는데 지체가 된다. 어느 때는 시동이 안 걸려 차를 포기하고 택시를 불러 가기도 한다. 나는 이런 상황에 늘 툴툴거리는데 엄마는 풀냄새에 사람냄새까지 나는 이 동네가 얼마나 멋지냐고 한다.

요즈음은 소형차라도 엄마가 차를 갖고 이동하지만 전에는 목걸이나 팔지 같은 금속 액세서리를 커다란 가방에 갖고 다니면서 발품을 팔고 다니셨다. 어느 날 보니 엄마의 한 쪽 어깨가 쳐져 있었고 밤마다 앓는 소리를 했다. 아빠가 깨어 엄마의 어깨를 주무르는 것을 본적도 있다. 엄마는 그 천 근 만 근 되는 액세서리들이 아빠가 사업에 망하고 다 쓰러져가는 우리 집을 일으켰고 지금도 우리의 밥이 되고 책이 된다고 입버릇처럼 말했다. 그러니까 나는 툴툴거리는 이상의 표현은 할 수 없는 것이다. 그래서 나도 어느 날, 엄마처럼 낙천주의자가 되기로 했다. 그러니까 이 동네가 다시 보이기도 했다. 고개에서 커다란 개를 만났을 때도 여유 있게 발걸음을 옮겼다. 고갯길을 유유히 내려오다 보면 마당 있는 집의 담장 아래로 라일락 향기가 나고 유월이 되면 아카시아 향기와 곧이어 밤꽃 냄새가 진동을 했다. 한 여름에는 달빛 아래서 빛나고 있는 달맞이꽃을 보았다. 그 길을 걸어가다 보면 그동안 잊고 있던 노래가 읊조려지기도 하고 시 구절이 떠오르기도 했다. 짝꿍 누리에게 이 광경을 얘기했을 때 마치 내가 딴 세상 아이라도 되는 것처럼 쳐다보았다.

내가 이 동네의 모든 풍경에 대해 친숙해질 무렵이었다. 아마도 고단한 나의 삶에 대한 툴툴거림도 잦아들었을 때다. 이 아파트의 맨 꼭대기에 있는 3동을 헉헉거리고 올라오면서도 주변의 나무들을 살피고 하늘을 올려다보았다. 관리사무소와 놀이터 옆에 있는 우리 집 3층에 눈길을 주었다. 동생 방 불은 꺼져 있었고 나를 기다릴 엄마, 아빠가 거실에서 TV를 보고 있었다. 이사를 하면서 새로 장만한 TV의 대형 화면 불빛이 커졌다 작아졌다 했다. 집에 다가가며 나는 우리 집부터 15층까지 층수를 세기도 하고 다시 세어 내려오기도 했다. 마치 잠이 들기 위해 양을 세는 것처럼 말이다.

14층에 눈길이 갈 무렵 무언가 섬뜩한 느낌이 들었다. 회오리 같은 불빛이 거실로 방으로 옮겨 다니는 것이었다. 잠깐 그 불빛이 멈칫거리며 한 곳에 머물기도 했지만 다시 소용돌이를 치며 이리저리 옮겨 다녔다. 내가 잘 못 보았을까봐 다른 집 창문을 쳐다보았다. 불빛이 비치는 창문은 고요했다. 갑자기 무서운 생각이 들었다. 저 불빛이 아파트 집집마다의 벽을 뚫고 돌아다닐 것 같았다. 그 불빛을 처음 본 날은 3층까지 계단을 오르는 대신 엘리베이터를 탔다. 마치 그 불빛이 나를 따라올 것만 같았다. 밖에서 그 불빛을 보았을 때는 집에 들어오면 당장이라도 엄마, 아빠에게 그 이상한 불빛에 대해 호들갑스럽게 이야기할 작정이었으나 나는 비밀이라도 간직한 것처럼 조용히 내 방으로 들어왔다. 다음날도, 그 다음날도 나는 학교에서 돌아오는 한밤중에 그 집의 회오리치는 불빛을 한참동안 바라보다 들어왔다. 오늘은 엄마, 아빠에게 얘기 해야지 하면서도 며칠을 넘겼다. 엄마와 아빠와 동생은 여전히 명랑했다. 아무것도 모르는 듯했다. 나는 무섭다. 그것은 내가 가진 커다란 비밀이 되었다. 다시 나는 이 동네가 싫어진다.

1301호의 불빛 시인입니다

그날 밤, 아마도 크리스마스가 지난 이틀 후였을 것이다. 얼마 후면 사라진다는 종로의 청진동 골목에서 일행은 한 해를 보내는 송년모임을 하고 청진동 해장국까지 포장하여 오는 길이었다. 차를 가지고 온 K작가의 친구가 운전을 했고 나와 K작가, 문화평론가 부부가 동승을 했다. 오는 길에 눈이 내렸고 사람들은 취기도 있었던 터에 마냥 들떠 있었다. 나는 신도시에서 벗어난 우리 집까지 오는 것이 부담스러웠으나 사양할 수도 없는 입장이었다. 10시만 되면 대중교통은 끊어지고 택시기사도 되돌아 나가는 길이 적막해서 꺼리는 동네였다. 다행히 K작가와 문화평론가 부인이 죽이 맞아 흰소리를 해대면서 분위기를 띄웠다. 눈은 계속 내리고 도로는 눈이 쌓여 미끄러웠다. 신도시를 벗어난 지점부터는 가로등이 제대로 없어 어두웠다. 모두들 신도시 인근에 있는 이 동네를 생소해했다. 보조석에 앉은 나는 운전을 하는 K작가의 친구에게 방향 지시를 했다. 고개를 올라가고 내려가는 동안 운전자와 나는 마음을 졸였는데 뒷좌석에 앉은 K작가와 문화평론가 부부는 놀이공원에 온 어린아이처럼 감탄을 연발했다. "시인에게 딱 알맞은 동네구먼." K작가의 그 말은 절정을 이루었다.

집 앞까지 올라왔을 때도 눈은 계속 내렸다. 늦은 밤이지만 차라도 한 잔 하고 가라고 나는 권했고 일행들은 잠들어 있을 나의 아내를 걱정하며 그냥 가겠다고 했다. 대신 그냥 눈 구경이나 하고 가겠다고 했다. 어둠 속에 외딴 섬처럼 서 있는 아파트 단지에 눈은 내려 쌓였다. 불빛이 점령한 도시에서 이토록 순수한 세상은 보기 힘들었다. 일행들은 한참을 그렇게 서있었다. 무엇에 홀린 듯이. 그때 외쳤다. "저 불빛 좀 봐요!" 문화평론가 부인이었다. 일제히 그녀가 가리키는 손끝을 바라보았다. 어둠 속에서 유일하게 한집만이 불이 켜져 있었다. 우리 집쯤으로 가늠되는 곳이었다. "이 시인 집이 13층이라고 하지 않았어? 시인의 아내는 다르군. 이 시간에 촛불 켜놓고 서방님을 기다리니." 나는 눈을 비비고 다시 올려다보았다. 그럴 리는 없었다. 나는 재빨리 눈높이를 올리며 층수를 세었다. 바로 나의 집 위층인 14층이었다. 불빛은 눈을 껌벅거리듯 커졌다 잦아들었다 했다. 일행들은 빨리 들어가서 분위기 잡으라고 멍청하게 서있는 내 등을 떠밀었다. 일행들은 눈 오는 그 밤에 그렇게 왁자지껄하고 사라졌다.

　나는 그날 처음으로 그 집의 불빛을 발견했다. 다음날, 아내가 출근을 하고 유치원 가는 석이를 배웅하고 돌아오면서 현관에 있는 우편함을 살폈다. 대부분 그 시간의 우편함은 우체부가 오기 전이라 비어 있는데 우리 집 우편함 바로 위 칸 1401호에는 우편물이 가득 차 있었다. 가득 차다 못해 우편물이 삐져나와 있었고 문도 제대로 닫혀 있지 않았다. 그것은 그 집 주인이 쳐다보지도 가져가지도 않았다는 것이다. 나는 궁금함을 참지 못하고 주변을 살피며 그 우편물을 꺼냈다. 발신지는 은행이나 카드회사나 전력회사나 도시가스 회사였다. 거의가 결제대금 청구서와 공과금 고지서였다. 이미 몇 달이 지난 것도 있었다. 전광석화처럼 스치는 것이 있었다. 그날 밤 불빛의 정체가 우편함 속에 가득 쌓인 우편물과 연관이 되었다. 어떤 사람들이 살고 있을까? 언제부터 그 집의 불빛은 흔들렸을까? 언제까지 그들은 견딜 수 있을까? 의문이 꼬리에 꼬리를 물고 일어났다. 나는 습관대로 13층 우리 집 현관문 키의 번호를 누르다가 멈추었다. 발길을 돌려 한 층을 걸어 올라갔다. 열려진 복도 창문으로 차체와 부품들 위로 눈이 쌓여있는 폐차장이 보였다. 인부들이 쌓인 눈을 제거하고 있었다. 폐차장을 바라보며 담배 한 대를 피웠다. 순간 내가 14층에 올라온 이유를 더듬어야만 했다. 문을 열고 들어가 그동안 어떻게 지냈냐고, 내가 어떻게 도움을 줄 수 있겠냐고 말이라도 할 작정이었단 말인가? 나는 담배 한 대를 다 피우고 나서 그 집의 닫힌 문을 흘깃 보고 슬그머니 내려왔다. 소파에 앉아 아내와 석이가 빠져나간 어수선한 집을 한참 쳐다보고 있는데 K작가에게서 전화가 왔다. 먼저 내가 그날은 잘 들어갔냐고 안부 전화를 넣었어야 했다. "그날 밤 분위기 죽이던데 불타는 밤은 보냈겠지?" K작가는 무언가를 상상하는지 낄낄거리면서 말했다.

석이를 재운 아내는 산책을 나가자고 했다. 아파트 단지를 나서면 논과 밭 사이로 개천이 흘렀다. 여름에는 냄새가 나고 오물이 떠다녔다. 그래도 그 더러운 물에서 오리가 헤엄을 치고 왜가리가 날아다녔다. 예전에는 시절이 좋았을 물새들을 볼 때마다 안쓰러웠다. 밤이 되면 들판의 풀들과 하천에 무성한 갈대들이 바람에 일렁여 시원했다. 가로등이 없는 들길을 걷다 하늘을 쳐다보면 무수한 별들이 반짝거렸다. 분위기에 약하고 착한 아내는 감탄을 연발했고 노골적으로 나에게 사랑한다는 말을 했다. 이런 풍경 속에 살면서 아내와 나는 호사를 누린다고 생각했다. 유치원에서 석이가 돌아오면 나는 아내대신 석이를 데리고 들로 산으로 돌아다녔다. 석이는 이곳에 와서 벼가 자라는 것을 처음 보았고 여름내 개구리의 울음을 들었다. 나는 사람들을 적게 만났지만 대신 다시 시를 쓸 수 있게 되었다.

사람들과 차의 행렬이 드문 들길엔 오랫동안 눈이 그대로 쌓여 있다. 아내는 내 손을 잡고 미끄러운 길을 조심스럽게 걷는다. 겨울 밤하늘의 별들은 더욱 명징하게 반짝거린다. 아내와 나, 또 석이는 여름과 가을과 또 지금 겨울밤의 들판을 수없이 거닐었다. 숨바꼭질 미끄럼틀이 있는 놀이터까지 오면 내가 사는 304동이 보인다. 나는 14층을 올려다본다. 그날 밤 가만히 정지해 있던 불빛은 거실에서 주방으로 옮겨 다니며 흔들거린다. 아이들이 잠들지 않고 왔다갔다 하나보다. "석이가 깼을지도 몰라요." 아내는 길을 재촉한다. 나는 계속 그 불빛에서 눈을 떼지 않고 아내 뒤를 따라간다. 나는 아내에게 저기에 있는 불빛을 바라보라고 말하지 않는다. 나는 그 불빛이 하루빨리 멈추기를, 더 이상 그 불빛이 여러 사람의 눈에 띄지 않도록 기원하며 그 불빛으로부터 멀어진다.

1401호의 어둠을 밝히는 남매 이야기

여름에는 괜찮았다. 저녁 8시나 되어 어두워졌기 때문에 그 안에 모든 것을 해두면 되었다. 빈이와 같이 밥을 먹고 설거지와 간단한 옷가지를 빨고 나면 빈이는 슬슬 졸기 시작했다. 그리곤 어느새 내 무릎을 베고 잠이 들었다. 사실 TV조차 볼 수 없으니 달리 할 것도 없었다. 춤을 잘 추는 빈이는 내가 랜턴으로 조명을 비춰주면 거실 한 복판에서 깔깔거리며 춤을 추었다. 장난친다고 야단을 치는 엄마 아빠도 없었고 웬일인지 천장에서 나는 소리가 거슬렸을 텐데도 아래층에서도 올라오지 않았다. 그러나 그 놀이도 몇 번 하고 나니 싫증이 났다. 전기가 끊어진 8월부터는 많은 것들이 달라졌다. 그전에 나는 세상에 전기가 끊어진다는 것은 상상할 수조차 없었다. 문을 열고 닫는 것처럼 전기도 스위치를 누르기만 하면 언제든지 얻을 수 있는 것으로 생각했었다.

24시간 감자탕집을 하는 엄마는 6학년인 내가 다 컸다면서 많은 일을 시켰다. 세탁기에 돌려진 옷을 꺼내 베란다에 너는 것과 청소와 설거지도 다 내가 할 일이었다. 1학년인 동생 빈이를 돌보는 것도 내 몫이었다. 전기가 안 들어오는 처음엔 세탁기가 돌아가지 않으니 빨래를 안 해도 되니까 좋아라했다. 엄마는 밤늦게 들어오셔서 손빨래를 하셨고 잘 때 앓는 소리를 냈다. 전에는 엄마가 전기밥솥에 밥을 해놓고 나가면 빈이와 꺼내 먹으면 되었는데 전기가 끊기고 난 뒤에는 엄마가 아침에 해놓은 찬밥을 먹어야 했다. 가장 큰 문제는 냉장고가 돌아가지 않는 것이었다. 매일 엄마가 감자탕집 냉장고에 있는 반찬을 가져와 먹었는데 그것도 잠시 보관을 잘못하면 상해버리기 일쑤였다. 그래서 만만한 게 라면을 끓여먹는 것이었다. TV도 컴퓨터도 할 수 없는 집은 너무 조용했다. 우리가 사는 아파트는 뒤에 야산이 있어 여름엔 벌레가 많았는데 전자 모기향을 피울 수도 없어 물것에 약한 빈이는 손과 다리가 항상 붉게 부어올라 있었다.

팔월 말부터 전기가 안 들어오기 시작했는데 벌써 겨울이 되었다. 날은 빨리 어두워졌다. 엄마 아빠는 전기 값을 내면 곧 전기가 들어온다고 했다. 그 곧은 쉽게 오지 않았다. 엄마아빠는 우리가 잠들어 있을 때나 들어왔다. 그런데 왜 전기 값을 빨리 못 내는지 모를 일이었다. 가끔 잠결에 엄마 아빠가 거실에서 수런대는 소리가 들렸다. 아빠의 목소리가 커지고 엄마의 울음소리가 들려올 때도 있었다. 내가 알지 못하는 큰일이 있는 것 같았다. 전기 값을 못내는 것도 그 큰 일속에 포함된 것으로 짐작됐다.

엄마 아빠가 모두 나가신 토요일이었다. 상가 2층에 있는 푸른초장교회 목사님과 사모님이 우리 집에 오셨다. 나는 교회에 안 나가지만 가끔 빈이가 나를 기다리다가 교회 쉼터에서 시간을 보내곤 했다. 목사님과 사모님은 가재도구로 어지러워진 거실을 둘러보며 혀를 차셨다. 목사님은 성경책을 펼쳐 읽으셨다. 그리고 나와 빈이에게 따라 읽게 했다. 목사님은 내가 따라 읽을 때마다 내가 구원 받았다고도 천국에 간다고도 했다. 내가 가장 솔깃한 것은 두드리고 구할 때마다 열리고 얻을 것이라는 성경말씀이었다. 이런 말씀이, 이런 능력 있는 분이 있다고는 한 번도 생각을 못했었다. 목사님과 사모님은 떠나기 전에 빈이와 나의 손을 잡고 기도를 해주셨다. 아버지의 감자탕집이 잘 되게 해달라고도 하고 우리 집 형편이 낫게 해달라고도 하셨다. 그러나 내가 기도를 한다면 제일 먼저 하고 싶은 말은 우리 집에 전기가 들어오게 해달라는 것이었다. 아무래도 목사님과 사모님은 우리에게 가장 필요한 것이 그것인 줄 모르셨나 보다.

날이 어두워지는 저녁 무렵에 동생 빈이하고 아파트 상가에 있는 씽씽슈퍼에 초를 사러갔다. 슈퍼 아줌마는 초를 찾는 우리를 의아하게 쳐다봤다. 요즘도 초를 찾는 사람이 있구나 하면서 진열대 꼭대기에서 먼지 묻은 초 상자를 내려주었다. 나는 초에 불을 켜서 식탁 위에 올려놓았다. 엄마는 아침에 초 살 돈을 주면서 나에게 신신당부를 하셨다. 나갈 때나 잠들기 전에는 반드시 불을 꺼야 한다고 하셨다. 나는 빈이와 밥을 차려 먹은 다음초가 켜진 식탁에서 숙제를 하였다. 빈이는 그림일기 숙제를 했는데 크레파스 색깔이 선명하지 않아 날이 흐린 것처럼 보였다. 화장실을 가거나 방향 이동이 있을 때는 랜턴을 비추며 다녔다. 빈이에게 랜턴 불빛을 비추다가 장난기가 동하면 랜턴을 다른 데로 돌려버렸다. 빈이는 무섭다고 소리를 질러댔다.

3동 1401호의 단전반 직원은 왜 희망이고 불안일까

나는 한전의 단전반 직원이다. 전기요금이 3개월 이상 연체된 집을 찾아가 전기가 돌아가는 것을 끊는 일을 한다. 그것은 몇 분이면 되는 간단한 일이다. 남의 집 전기를 끊는 일이 그 집의 안식과 평화를 없애는 일이니 유쾌하진 않지만 세상엔 남의 안식을 침해하여 자신의 안위를 얻는 일이 얼마나 많은가? 처음 이 일을 시작할 땐 남의 집 전기를 끊을 때마다 가슴이 조마조마 하고 식은땀이 났으나 지금은 그냥 서류조각을 넘기는 것처럼 자연스러운 일이 되었다. 요금만 내면 바로 연결해주는 것 또한 나의 일이다. 후자의 일을 할 땐 보람을 느낀다고 하면 불만스런 내 일에 대한 반대급부일까. 나는 이 일을 시작하면서 신도시 외곽의 아파트 전세를 얻을 수 있었고 결혼식은 올리지 않았지만 영숙이와 함께 살게 되었다. 나는 성실하게 남의 집 전기 끊는 일을 하고 영숙이게도 성실한 남자가 되려고 노력한다. 나는 남의 집 전기를 끊다가 하루에도 몇 번씩 나의 안부를 묻는 영숙이의 전화를 받는다. 일이 끝나면 하루의 피곤함을 말끔히 씻을 수 있는 불빛이 따뜻한 집으로 들어간다.

전기를 끊어야 될 집은 대게 다세대 주택이 밀집되어 있는 곳이나 산동네에 있다. 최근 들어서는 아파트에서도 관리사무실을 통해 연락이 온다. 그러니까 관리비가 3개월 이상 연체가 되면 전기를 끊게 된다. 내가 그 집의 전기를 끊게 된 것은 뜻밖이었다. 내가 사는 아파트의 바로 앞 동이었다. 이미 단전 고지는 여러 번 되었고 전화 연락도 갔을 것이었다. 나는 단지 그 주소지를 찾아가 전기를 끊는 일만 하면 된다. 이쪽의 일방적인 행위이지만 상대방은 이의를 제기할 수도 없다.

퇴근을 하면서 영숙이가 좋아하는 사과를 사려고 씽씽슈퍼에 들렀다가 어린 남매가 초를 찾는 것을 보았다. 남매가 간 다음 슈퍼 아줌마는 요즘도 초를 찾는 사람이 다 있다고 하면서 웃었고 나는 혹시 그 남매가 내가 전기를 끊은 집의 아이들이 아닐까 생각했다.

영숙이는 담배 냄새를 너무 싫어해서 나는 계단에 나와 창문을 열고 담배를 피웠다. 무심히 담배를 피우는데 주황색 흐린 불빛이 이리저리 움직이는 맞은편 집이 보였다. 내가 전기를 끊은 집이었다. 나는 오랫동안 그 집 불빛의 움직임을 봐왔다. 곧 단전을 해제하겠지 하던 바람은 쉽사리 이루어지지 않았다. 늦여름과 짧은 가을이 스치듯 지나가고 겨울이 되었다. 나는 아예 그 집을 바라보이는 곳을 피해서 담배를 피리라 작정했지만 나는 어느새 습관처럼 어떤 위치에서도 그 집을 바라보고 있었다. 베란다 창으로 어른거리는 불빛 속에서 슈퍼에서 초를 사가던 무표정한 남매의 얼굴이 떠올랐다.

어둠 속에 잠겨있는 그 집을 바라볼 때면 그 흐릿한 주황색 불빛이 떠다니길 기다렸다. 그것은 어린 남매의 안부이기도 했다. 그러나 떠다니는 불빛은 그 어린 남매의 불안이었다. 그것은 점점 나의 불안이 되었다. 그러나 그 불빛의 움직임을 멈추는 사람은 없었다. 불안은 계속 떠다녔다. 전기를 끊었던 당사자인 나도 그것을 다시 연결하는 것은 너무 어려운 일이었다.

맞은편 그 집의 불빛을 바라보다가 들어왔다. 영숙이가 샤워를 하고 침대에 누워있다. 나는 그녀를 원한다. 이렇게라도 하지 않으면 나의 불안은 요동을 친다. 방의 불빛은 너무 밝다. 영숙이는 불을 끄라고 한다. 나는 일어나 방문 옆에 있는 스위치를 내린다. 다시 올린다. 내린다. 올린다. 영숙이는 짜증 섞인 목소리로 왜 그러냐고 묻는다. 그것은 언제 진정될 지 모르는 나의 불안이라고 대답하지 않는다. 대신 나는 끝없이 스위치를 내렸다 올렸다 한다. 남매가 사는 집의 불빛도 이렇게 움직일 것이다.

이렇듯 우리는 서로에게 모르는 불빛으로 꺼지고 켜진다. ✿

메종

메종

    그녀를 본 건 '메종'이라는 카페에서였다. 저녁 무렵 아파트 앞 실개천을 산책하다가 커피 한 잔이 생각나 들렀을 때였다. 주인에게는 안 되었지만 중심가에서 멀리 떨어져 주택가에 있는 이 카페는 사람도 없고 그래서 맘껏 있어도 부담이 안 되는 곳이었다. 물론 외국에서 바리스타 자격증을 따왔다는 주방장이 내린 커피 맛도 일품이었다. 커피 맛 같은 걸 굳이 따지지 않는 나로서도 그 집의 커피 맛을 보고부터는 혀가 고급이 된 터였다. 게다가 하루 스물 네 시간 영업을 하는 곳이었다. 요즘은 그런 곳이 많아졌다고 알고 있었지만 주택가에 있는 카페까지 그렇다는 것은 의외였다. 나중에 알아차린 점이지만 그곳에는 원룸 형태의 임대주택들이 많았고 대학생이나 젊은 직장인들이 많이 입주해 있다고 들었다. 그리고 최근엔 하천가에 고급 오피

스텔도 들어섰다. 그렇게 보면 그 카페는 꽤 시장성이 있는 곳이었다.

그날 내가 '메종'에 들렀을 때 다른 날보다는 사람들이 여러 명 있었다. 창가에 있는 긴 소파에는 누군가가 이미 자리를 잡고 있었다. 한 사람인 듯 했으나 주변으로 배낭과 옷을 놓아 두세 사람이 앉을 만큼의 자리를 차지하고 있었다. 창을 등지고 앉아있는 그녀는 노트북을 들여다보고 있었다. 나는 창밖을 내다보는 자리에 앉았다. 정면으로 그녀가 보였다. 나는 시선을 높이 두고 창밖을 바라보았다. 카페 밖으로는 교복을 입은 중학생 아이들이 친구들과 장난을 치며 지나가고 있었다. 주문한 커피가 다 되었다는 진동 벨이 울려서 커피를 가져왔을 때에도 중학생들은 내 눈에 들어왔다. 아까 그 아이들인지 아닌지 생각했는데 알 수 없었다. 카페 맞은편에는 남녀공학의 중학교가 있었지. 끊임없이 아이들이 지나갔을 것이었다. 노트북 자판을 두들기고 있던 그녀도 여전히 그 자리에 있었다. 모자를 눌러 쓰고 앉아 있어 얼굴은 잘 보이지 않았다. 의자 옆에 배낭이랑 짐이 있는 것으로 봐선 여행 중일지도 모르겠다는 생각을 했다. 여행 중에 카페에 들러 문득 떠오른 생각을 노트북에 기록하고 있는 것이리라. 내가 하지 못하는 것을 하는 그녀가 부럽다는 생각을 잠시 했지만 곧 의구심을 가졌다. 수도권에 있는, 사람들만 바글거리고 별 특색도 없는 이 도시를 여행한다는 것이 우습다는 생각이 들었다. 여행에 제한을 두고 있는 나의 편협함일 수도 있었지만 아무래도 이상하게 느껴지는 건 어쩔 수 없었다. 차라리 허름한 소도시의 옛날 다방이라면 더 낭만적이고 소설적이지 않을까, 낯선 여자에 대한 객쩍은 생각이 꼬리를 물었다.

벽 선반 위에 놓여있는 시계, 저울, 전화기, 장난감 자동차 등 빈티지 물건들이 그녀의 분위기를 살려주고 있었다. 그녀가 고개를 들었다. 선반 위에 고풍스럽게 놓여있는 지난 세기의 유물들을 바라본다. 나는 커피 잔을 감싸 쥐고 계속 그녀에게서 시선을 떼지 못했다. 그녀와 시선이 마주칠까봐 커피 잔에 눈을 맞추고 있다가 살짝 살짝 고개를 들어 그녀를 훔쳐보았다. 나는 누군가를 정면으로 바라보는 그런 성격이 못된다. 그런데 마치 오래전부터 알고 있는 사람을 보고 있는 것 같았다. 분명 나와 연결된 무엇인가가 있을 것 같은데 잘 떠오르지 않았다. 한참동안 그녀를 바라봐도 머릿속에 엉킨 그 실타래는 풀리지 않았다. 식은 커피를 그냥 두고 '메종'을 나왔다.

내가 이 동네로 이사 온 건 순전히 전망 때문이었다. 텔레비전 광고에서는 숲과 실개천에서 뛰노는 아이들을 보여주며 도시 속의 자연을 강조했다. 그때마다 나는 저런 집에 한 번 살아봤으면 좋겠다고 말하며 남편을 흘낏 쳐다보았다. 결국 살고 있는 집을 팔아도 한참 부족한 돈을 대출 받아 분양을 받았다. 사람들은 우리가 상투를 잡은 거라고 했다. 그래도 처음엔 위로 받을 수 있는 여지가 있었다. 비싼 분양가임에도 불구하고 매스컴에 거론될 만큼 높은 경쟁률은 보이지 않게 내 어깨를 으쓱하게 했다. 남편 역시 그랬을 것이고 오를 분양가에서 얻는 차액까지 계산했을 것이다. 2년 뒤 입주 시기가 되었을 때는 참담했다. Y시의 아파트는 과다 공급되었고 무리하게 아파트를 장만한 입주자들은 전에 살고 있던 아파트를 팔 수 없어 이사 오지 못했다. 연일 매스컴에서는 입주율이 반도 안 되는 Y시의 S아파트를 보도했다. 봄이 다가고 여름이 되도록 이십 오층의 고층 아파트는 반이 넘는 집이 불이 꺼져 있었다. 밤이 되어 언덕 위에 우뚝 서 있는 컴컴한 아파트를 보면 괴기스럽기까지 했다. 가까스로 이사를 왔지만 남편의 얼굴은 어두웠고 그 얼굴을 매일 대하는 내 속도 편할 리 없었다. 그 분위기에서 내가 유일하게 위로받을 수 있는 건 베란다 창밖으로 보이는 산과 그토록 광고에서 내세웠던 새들이 지저귀고 물고기가 뛰논다는 실개천이었다.

지하철을 타고 버스를 타고 아직 제대로 정비된 것 하나 없는 이 동네에 여고 동창들이 왔을 때 그들은 집에 들어서자마자 합창을 하듯이 외쳤다. "이거였구나!" 새집에서 볼 거라곤 창밖의 전망뿐이라는 뜻이었다. 나는 무엇이라도 품을 듯한 그 산이 이곳까지 찾아온 방문객의 모든 노고를 다 씻어줄 수 있을 것이라는 생각을 했다. 그들은 바람이 들어오는 열린 창문 곁에 있다가 무거운 엉덩이를 천천히 들며 한 마디씩 했다. 교통이 안 좋다느니, 이렇게 언덕에 있으면 운동 깨나 하겠다고 구시렁거리며 하던 말들도 쏙 들어갔다. "신선놀음이 따로 없구나. 이렇게 있다 보면 도끼 자루 썩는 줄도 모르겠는 걸." "너 이제 여기 나오기 정말 힘들겠다." "에고, 나는 언제 이런 곳에서 팔자 편하게 살아 보나."

지방 대학에 다니는 아들은 기숙사에 들어가 있고 재수를 하는 딸아이는 미대에 간다고 밤낮으로 화실에 가서 처박혀 있었다. 오랜만에 참으로 한가한 인생이 내게도 찾아왔다는 생각을 했다. 기대에 못 미치는 자식들을 보며 남편은 한숨을 쉬었다. 무엇을 하며 살아왔는지 지금까지의 자신의 삶이 허망하다고도 했다. 그것은 어미인 내 몫인지도 몰랐으나 나는 의외로 태연했다. 조급해하는 남편을 위로하는 일이 더 힘들었다. 아이들은 어떻게든 자기 길을 갈 것 아닌가. 부모인 내가 간섭을 한다고 달라질 것이 없다는 생각을 했다. 저녁을 먹고 나서 남편과 나는 실개천을 따라 만들어진 산책로를 걸었다. 일찍 노인이 된 기분이 들었지만 나는 참 오랫동안 갈구해 온 시간이라는 생각에 흡족했다. 아직 입주하지 않은 세대의 불 꺼진 창을 바라보면서 이 산기슭 아파트에 불이 환하게 밝혀지도록 기도를 하기도 했다.

그날은 남편과 실개천을 따라 걷다가 상가와 단독주택이 있는 골목으로 들어섰다. 사실은 카페 '메종'에 갈 생각이었다. 남편과 함께 저녁에 카페에 들러 커피 한 잔은 어떨까 하는 호기심 어린 생각을 하였다. 그런 부부를 간혹 본적이 있었다. 여성회관에서 열리는 수요 음악회에 클래식 음악을 같이 듣고 카페에 가는 노부부가 있었다. 무엇이든지 연습 뒤에 자연스러움이 따르는 법. 남편과 나의 그런 모습은 잘 상상이 되지 않았다. 중학교에서 맞은편 주택가로 가기 위해 횡단보도를 건널 때 나는 아니면 말고 하는 심정으로 남편에게 말을 걸었다. "저기 '메종'이라는 카페 있는데 가서 커피 한 잔 할래요?" "그럴까?" 이 밤에 커피는 무슨 커피냐고 하며 돌아설 것을 예상했던 나는 좀 싱거워지기까지 했다. 남편도 나처럼 이 동네에 동화되고 있음이 틀림없었다. 아니면 늙고 있었던가. 자식에 대한 기대도 조금씩 버리고 있었던 중인지도. 10시가 넘었는데도 '메종' 창으로 제법 많은 사람들이 앉아있는 것이 보였다. 밖에서 바라보는 카페의 불빛은 커피를 마시며 이야기를 나누는 사람들처럼 수런거렸다. 그녀가 있었다.

그녀의 자리는 그날과 같았다. 배낭이 손가방과 함께 긴 소파를 독차지 하고 있었다. 우리 자리 또한 그때와 마찬가지로 창밖으로 향해 있었다. 남편은 창을 등지고 나는 그녀와 밖을 바라볼 수 있었다. 남편은 마치 처음 카페에 들어와 본 사람처럼 실내를 두리번거렸다. 그리고는 빈티지 물건들이 놓여있는 선반에 오랫동안 시선을 두었다. 나는 아메리카노 한 잔과 남편이 마실 카페라테를 주문하고 자리로 돌아왔다. 그녀는 전과 달리 노트북 대신 책을 읽고 있었다. 책이 그녀의 얼굴 절반쯤을 가리고 있었다. "이 집 주인은 빈티지 물건들 수집가인가 봐. 당신은 이곳에 언제 와봤나?" 남편은 이 카페에 호감이 간다는 듯 여러 가지 질문을 던졌다. 그녀가 화장실이라도 가는지 자리에서 일어났다. 화장기가 없는, 갓 세수라도 한 것 같은 얼굴이었다. 그녀는 다른 사람의 동태에 대해서는 전혀 관심이 없는 것 같았다. 마치 자기 집에서 일상생활을 하는 사람처럼 보였다. 그녀가 떠난 테이블에는 머그컵과 접시 위에 먹다 남은 와플 조각이 놓여 있었다. 혼자 와서 저녁 한 끼 분의 열량이 나가는 와플을 먹는 저 여인의 정체는 무엇인가? 골똘해 있는 내 모습을 보고 남편은 무슨 생각을 하느냐고 했다. 진동 벨이 울려 주문한 커피를 가지러 일어서려는데 화장실 쪽에서 그녀가 걸어오고 있었다. 뒤로 질끈 동여 맨 머리 때문에 그녀의 얼굴이 자세히 보였다. 또렷한 이목구비, 큰 키의 여자였다. 조금은 등이 굽은 듯 했다. 개량 한복 바지를 입은 그녀는 여염집 여자 같아보이진 않았다. 또 다시 첫날 그녀를 보았을 때처럼 의구심이 고개를 쳐들었다. 그리고 곧 그 의구심은 어떤 확신으로 다가왔다. 분명 그녀는 내가 아는 어떤 사람일 것이라는. 얼마 안 있으면 그 실마리가 풀릴 것도 같았다. 주문한 커피를 들고 와서도 나는 그 생각에 몰두하느라 아무 말도 하지 않았다. 남편은 천천히 커피를 마시며 그런 나의 기분을 살피는 듯했다.

그녀는 노래를 잘 불렀다. 고등학교 2학년 음악 시간에 '돌아오라 소렌토로'란 이태리 가곡을 배웠다. 음악 선생은 성악가였다. 키가 작고 뚱뚱했지만 노래를 부르면 그런 것은 아무 상관이 없게 돼버렸다. 성질이 불같아서 여학생들에게도 기분 내키는 대로 화를 내거나 소리를 질렀다. 우리들은 이태리어로 써 있는 가사 아래에다 선생이 불러주는 것을 한글로 받아 적었다. 얼마나 그 노래를 많이 불렀는지 모른다. 학교에서 돌아오는 버스 안에서 속으로 불러도 보고 집 옥상으로 올라가 목청껏 부르며 연습을 했다. 무슨 뜻인지 잘 몰랐지만 그 이태리어를 완벽하게 외웠다. 1학기 음악 평가는 가창 시험이었다. 곡목은 '돌아오라 소렌토로'였다. 까짓 것 자신 있다고 생각했다. 그날, 반주는 대학에서 피아노를 전공하겠다는 효선이가 했다. 나는 중간 번호라서 한참을 기다렸는데 기다리는 동안 너무 떨리면서 자신이 없어졌다. 정작 내가 나갔을 때는 제대로 서 있을 수가 없었다. 반주가 시작되고 노래 시작을 해야 하는 데 한 박자 늦었다. 효선이가 다시 시작하라는 눈짓을 했다. 나는 가까스로 다시 시작했지만 목소리는 내 귀에만 들릴 만큼 작았다. 그렇게 자신 있게 외운 가사도 잘 생각이 나지 않았다. 반쯤 불렀을 때 선생은 크게 소리쳤다. "그만." 나는 쥐구멍이라도 들어가고 싶었다. 나는 자리에 들어와서 고개를 들지 못했다. 얼굴이 화끈거려서 어디론가 증발될 것 같았다. 다행인 건 몇 몇 아이들을 제외하곤 나 같은 아이들이 대다수였다. 키가 커서 뒤 번호인 그녀는 거의 맨 끝에 노래를 불렀다. 그녀는 조금도 떨지 않았다. 그녀의 목소리는 마치 태양을 향해 달려가는 것 같았다. 그녀의 목소리가 리듬을 탈 때마다 우리는 아득한 이국의 땅을 여행하는 느낌이 들었다. 그녀가 노래를 끝냈을 때 한참동안 정적이 흘렀다. 뚱보 음악 선생이 박수를 치자 아이들도 따라 박수를 쳤다. 좀처럼 누군가를 칭찬하는 일이 없는 음악 선생은 그날 그녀를 입이 닳도록 칭찬 했다. 우리는 그때 그녀가 성악과를 갈 것이라고 생각했다. 그 뒤로 그녀는 다른 교과목 시간에도 교탁 앞으로 불려나가 노래를 불렀다. 그녀가 노래를 부를 때면 그녀의 얼굴에 후광이 번졌다.

방과 후에 공부를 위해 학원에 다닐 필요가 없던 우리 시대의 아이들은 비교적 여유로운 저녁 시간을 보냈다. 방과 후에 삼삼오오 짝을 지어 분식집이나 서점, 친구 집에 들렀다. 대형 분식집엔 디제이가 있는 뮤직 박스가 있어서 발음도 잘 안 되는 제목의 팝송을 신청해 들었다. 그것은 꽤 멋스러워 보였다. '왕자분식'이라는 상호의 분식집에 드나들 때마다 우리는 공주라도 된 것처럼 으쓱했다. 그림을 잘 그리는 현주는 좋아하는 선생에게 시화를 그려 판넬로 제작하여 선물하기도 했다. '바람이 분다. 떠나야겠다.' 뭐 이렇게 시작하는 시였던 것 같은데 그 판넬은 현주가 좋아하는 선생 집의 거실 벽에 걸렸다는 풍문이 돌았고 뭇 아이들은 현주를 부러워했다. 그 시대의 아이들은 참 감성이 풍부했다. 국어 시간, 알퐁스 도데의 '별'을 배울 때는 국어 선생은 목동이오, 자신은 목동을 사모하는 스테파네트 아가씨라 자처하는 엉뚱한 양경숙도 있었다. 나는 소심하여 친한 친구 몇몇과 조용히 지내는 편이었다. 가끔 금지된 것들을 살금살금 저지레 했다. 어느 날, 짝궁인 미리와 함께 야간 자율학습을 살짝 빠져나와 명동에 있는 극장에서 '바람과 함께 사라지다'를 보았다. 시월, 극장 가는 길에 바람이 불었고 나무가 흔들렸다. 붉은 노을이 하늘 가득했다. 그날 저녁의 장면이 그대로 옮겨진 스크린 앞에서 우리는 울었다. 그날 이후로 우린 서로 영화 주인공인 스칼렛과 멜라니를 자처했다. 미래의 자화상을 우리는 그렇게 멋있게 그려놓았다. 학교 후문 쪽 담장으로는 장미가 가득했고 오월이면 넝쿨이 아치형 기둥에까지 늘어졌다. 그리고 그 시대에는 드물었던 커피 자동판매기까지 그곳에 놓여 있었다. 쉬는 시간은 물론 점심시간, 야간자습이 시작되는 틈새에도 그곳은 아이들로 북적거렸다. 일명 그곳은 '장미 카페'였다. 나는 그곳에서 그녀를 자주 볼 수 있었다. 커피 잔을 들고 서 있는 그녀의 눈빛은 형형했다. 키가 크고 이목구비가 뚜렷한 그녀는 어느 곳에서나 눈에 띄었다. 아이들은 수군거렸다. 그녀가 안개

낀 도시 뮌헨을 걸어가고 있는 전혜린 같다고. 그녀에게서 범접
할 수 없는 아우라가 느껴졌다. 그녀를 교정에서 우연히 만날
때마다 그냥 지나쳐지지 않았다. 그녀는 묘한 여운을 주었다.
그것이 뭔지는 알 수 없었지만.

그녀를 가까이 할 기회가 몇 번 있었다. 그 당시에 김동건 아
나운서가 진행하는 '우리들 세상'이라는 프로가 있었다. 학교를
탐방하여 어떤 주제를 갖고 토론을 하는 것인데 언변도 있고 재
치가 있어야 했다. 우리 학교가 그 프로에 나온다고 했다. 그 프
로에 출연할 학생들을 예비 시험을 치러 선발한다고 했다. 학교
에서 난다 긴다 하는 애들이 수십 명 몰려왔다. 나는 자신이 없
었지만 티브이에 나오고 싶은 마음에 신청을 했다. 예비 시험은
우선 자신이 써온 원고를 읽는 것이었다. 모두들 학교에서 한
가닥 하는 친구들이었는데도 떠는 기색이 역력했다. 중간 쯤 차
례가 된 그녀는 원고도 보지 않고 실전처럼 말이 술술 나왔다.
그 프로 출연자를 선정하는 선생은 흐뭇하게 그녀를 바라보았
다. 나는 괜히 그 자리에 나왔다는 후회를 했다. 물론 실제 녹화
에 참여하지 못했다. 그녀는 실제 방송에서도 단연 돋보였다.

학교에서는 매년 10월이 되면 문학의 밤 행사를 했다. 강당
에서는 시화전도 하고 문학의 밤 당일이 되면 음악회와 문학 작
품 낭송을 했다. 그날은 남학교를 포함해 타학교 학생들의 출입
도 허용되었다. 나는 교지 편집 일을 하고 있어서 후배들과 어

울려 문학의 밤 행사를 주관했다. 그날 낭송할 시나 수필 원고를 선별하고 출연자가 정해지면 당일이 되기까지 몇 차례 모여 연습을 해야 했다. 노래와 연주 등이 곁들여 있어 시나 수필 낭송자는 서너 명에 불과했다. 그 내용은 낙엽이니 그리움이니 하는 가을이라는 계절에 맞는 무척 감상적인 글이었다. 그런데 그녀의 수필은 독특했다. 나는 지금까지 그녀가 쓴 수필을 기억하고 있다. 제목은 '상사'였다. 아버지에 관한 이야기였다. 나이가 들어서도 만년 상사인 아버지, 그러나 그런 아버지를 무척 사랑한다는 그런 내용이었다. 그녀는 낭송 중간에 목이 메어 잠깐 멈추었다. 그녀의 눈에 눈물이 맺혔다. 문학의 밤 행사를 담당하는 국어 선생은 그녀에게 낭송 당일에는 감정을 절제할 것을 당부했다. 밤늦게까지 행사 연습을 한 날은 학교 앞에 있는 중국집에서 자장면을 먹었다. 그녀는 그런 곳에서도 튀었다. 얼마나 우아하게 젓가락질을 하던지 우연히 그녀와 눈이 마주쳤던 아이들은 신기한 것을 발견한 듯 그녀를 바라보았다. 그녀 입가에는 다른 아이들과 달리 자장면의 흔적이 전혀 없었다.

그녀는 노래도 잘하고 글도 잘 쓰고 감정도 풍부하고 우아한 여학생이었다. 그녀와 한 번도 같은 반 된 적이 없었다. 점심시간 복도에서, 장미 카페에서 가끔 그녀와 부딪쳤다. 그녀는 언제나 여러 명의 아이들에 둘러싸여 있었다. 그녀들은 깔깔대었고 언제나 유쾌했다. 그녀가 늘 선봉의 자리에 있는 것처럼 보였다. 나는 똑똑하고 친구들에게 인기까지 있는 그녀가 참 궁금했다. 그런 생각을 더 부풀리게 한 일이 있었다. 학교 정문을 나오면 서점이 있었다. 아이들이 서점을 이용하는 건 고작 참고서를 살 때뿐이었는데 서점을 자기 집처럼 편하게 여기며 드나들었다. 그건 서점주인 아저씨 때문이었다. 교지 편집을 하는 우리 학생기자들과는 더욱 친분 있게 지냈다. 아저씨는 많은 학생들의 이름을 기억하고 있었다. 그냥 지나치려 하면 불러서 과월호 잡지나 지난해 참고서를 공짜로 주기도 했다. 심지어 그 아저씨에게 인생 상담을 하는 아이들도 있는지 아저씨는 우리 학교 선생님들이나 학생들에 대해서 시시콜콜 아는 게 참 많았다. 어느 날 문방구에서 새로 들어 온 팬시 제품을 뒤적거리고 있을 때 그녀가 지나가고 있었다. 아저씨가 그녀를 보며 혼잣말 하듯이 말했다. "지수, 저 녀석. 참 똑똑하단 말이야. 책도 많이 읽고 생각하는 게 보통을 넘어." 나는 갑자기 호기심이 발동해서 아저씨에게 이것저것 물어보았다. "지수, 어느 대학 간대요? 과는요?" 아저씨는 마치 내가 적절한 질문이라도 했다는 듯이 신이 나서 말했다. "천문학과를 간다지, 아마. 별에 아주 관심이 많더라고." 별을 보는 그녀라. 그날 이후로 그녀에 대한 나의 로망은 더 커졌다.

일이 학년을 어영부영 보낸 나는 고 3이 되자 잔뜩 긴장이 되었다. 진지하게 나의 미래를 염려해서라기보다 대학 진학과 관련하여 친한 친구들과 헤어지는 것이 더 두려웠다. 나만 대학에 떨어지는 꿈을 수도 없이 꾸었다. 대부분의 아이들은 10시까지 이어지는 야간 자습을 하고 집에 돌아갔다. 선생들은 당번을 정해 우리들을 살폈다. 오월이었다. 3학년 들어 두세 차례 본 모의고사에서는 그게 나의 한계라는 듯 점수는 좀처럼 올라가지 않았다. 그날은 도저히 나 자신을 견딜 수 없는 날이었다. 방과 후 자습을 하다가 가만히 교실을 빠져나왔다. 어둑어둑해지는 시간이었다. 교문을 나서도 사방은 고요했다. 담장을 따라 걸었다. 혹하고 향기가 콧속을 뚫고 들어왔다. 저녁 어스름 속에서 낮은 담장안의 보라색 라일락이 희미하게 보였다. 아, 꽃이 피었구나. 환한 낮에 친구들과 왁자지껄하게 지나갈 때는 한 번도 볼 수 없던 꽃나무였다. 나는 고요와 어스름 속에서 보이는 그 꽃과 향기가 너무 신기했다.

나는 한참 동안 담장 아래 머물러 있었다. 그런데 왜 하필 그때 그녀가 그곳을 지나가고 있었을까? 그동안 한 번도 내 곁에 단독으로 있지 않았던 그녀였다. 그런데 도망 나온 내가 우연히 꽃향기에 취해있던 그 시간에 그녀가 거기에 있었던 것이다. 많은 다른 아이들과 마찬가지로 교실에서 공부를 해야 마땅한 그녀가. 아니, 나는 그녀에 대해 아무 것도 몰랐다. 그녀는 보통 아이들과는 달리 특별한 장소에서 공부를 하고 있었을지도 모른다. 나는 그날 라일락 꽃향기에 취했을까? 없던 용기가 생겼다. 나는 앞만 보고 똑바로 걸어가는 그녀를 불러 세웠다. "이리 와 봐. 라일락 향기가 너무 좋아." 그녀는 잠시 나를 쳐다보더니 내 곁으로 왔다. 그녀도 순식간에 라일락 향에 취했는지 아무 말 없이 담장 밖으로 휘어진 나뭇가지 아래 서있었다. 그 시간 동안 마치 마술에 의해 다른 세계로 옮겨진 느낌이었다. 참 이상했다. 그 자리에서 그녀와 나는 오래전부터 알고 있었던 것처럼 친밀감을 느꼈다.

담장을 벗어났을 때 배가 고팠다. 학교 앞에 분식집이 있었다. 벽을 노랗게 칠한 집이었다. 간판 같은 것은 없었지만 우리 학교 학생들은 그 집을 노란집이라 불렀다. 또한 쫄면 맛이 일품이었다. 주인인지 종업원인지 모를 언니 또한 참 예뻤다. 나는 그녀에게 노란집에 들어가서 쫄면을 먹지 않겠냐고 말했다. 그녀는 잠시 머뭇거렸다. 그녀에게서 볼 수 없었던 모습이었다. 나는 그녀가 배가 불러서 그런가 보다고 생각했다. 그래서 그 제안을 한 내가 미안하기도 했다. 그녀가 약간 수줍은 표정을 지으며 말했다. "네가 사줄래?" 나는 나와 처음 말을 튼 그녀가 그렇게 말해서 순간 당황했지만 기분 좋기도 했다. 그녀와 아주 가까워졌다는 느낌에. 노란집 언니는 그날도 그 예의 상냥한 미소와 말을 건네며 우리에게 다가왔다. "어머, 너랑 같이 온 친구는 처음 보네. 전학 왔나봐." 나는 또다시 당황했지만 그 궁금함을 해결할 생각의 여유가 없었다. 우리는 쫄면을 두 그릇

시켰다. 그녀는 쫄면이 나오자 군침을 삼키고 먹기 시작했다. 한 젓가락을 음미하듯이 먹은 그녀는 말했다. "정말 맛있구나." 마치 그런 음식을 처음 먹은 사람 같았다. 그녀가 먹는 것 따위에는 초연할 것이라고 상상했던 나는 사실 속으로 어찌할 바를 몰랐다. 쫄면을 다 먹고 나오는데 그녀는 아무 말도 하지 않았다. 꼭 그래야 하는 것은 아니지만 그녀가 잘 먹었다든지, 다음엔 그녀가 사겠다든지 하는 정도의 말을 할 줄 알았다. 그녀와의 우연한 만남부터 이상했지만 그녀에게 실망을 한 것은 아니었다. 그녀와 내가 서로 친하게 되었다는 사실만이 감격스러웠다.

낮에도 몇 번 '메종'에 들렀다. 혹시 낮 시간에 그녀를 볼 수 있지 않을까 하는 생각에서였다. 그녀는 없었다. 낮 시간에 테이블은 거의 비어 있어서 그런 파악은 정확히 되었다. 둘째 아이 학원에서 대학 설명회가 끝난 뒤에도 그곳에 들렀다. 이래저래 나는 그곳에 내 존재를 심어놓은 격이 되었다. 커피를 내리거나 계산을 하던 주인은 나를 볼 때마다 활짝 웃으며 인사를 했다. 한 마디로 나는 그 카페의 단골이 된 것이다. 누군가에게 내가 드러나는 것이 싫었지만 나도 모르게 그렇게 되어버렸다. 다 그녀 때문이었다. 그녀에게 집착하고 있는 내가 우습기도 했다. 그냥 직접적으로 그녀에게 나를 밝히면 되는 것인데, 나도 내가 왜 이러는지 잘 몰랐다. 저녁 시간이 되면 그녀는 늘 창을 등진 그 자리에 앉아있었다. 나는 지나가다 그녀를 본 적도 있고 어느 날은 직접 들어가 커피를 앞에 두고 책을 보면서 흘낏흘낏 그녀를 염탐했다. 그녀는 화장실을 몇 차례 들락거리며 자신의 용모를 바꾸었다. 그것은 마치 집에서 하는 행동처럼 자연스러웠다. 그 다음엔 케이크나 와플과 함께 커피를 시켜 놓고는 노트북이나 책에 코를 박았다. 그녀의 양 옆에 있는 짐을 제외하고는 사람들의 눈에 띌 것은 없었다. 그녀의 몸짓은 조용조용했다. 저녁부터 홀로 남게 되는 카페 주인 남자나 알바인 젊은 남자는 그녀의 존재를 신경 쓰는 것 같지 않았다. 참으로 이상한 건 내가 그녀의 존재를 의식하고부터 그녀의 집에 대해서 의심을 하지 않은 것이었다. 그녀는 밤늦게라도 그녀의 집으로 돌아가는 것일까, 그녀의 집은 어디일까에 대해서 말이다. 카페 '메종'에서 그녀의 존재는 너무 익숙하게 느껴졌다. 마치 그녀의 집이라도 되는 양.

라일락의 향기가 진동하던 그 봄날 이후로 그녀를 보기는 힘들었다. 고3이었다. 서로의 교실에서 밤늦게까지 나오지 않았고 별을 보며 집으로 돌아왔다. 나는 별을 볼 때마다 천문학자가 된 그녀를 생각했다. 그것은 멀리 있는 별처럼 나에게 아득했다. 그땐 모든 게 아득했다. 고등학교를 졸업한다는 것도 대학에 간다는 것도 어른이 된다는 것도 모두 다. 여름방학이 되어서도 학교에 나갔다. 보충수업 같은 게 없어도 십여 명의 아이들이 나와 교실에서 자기만의 자리를 차지했다. 대부분의 아이들은 창을 마주해서 책상을 놓았다. 창틀은 책꽂이가 되었다. 나머지 아이들은 각자 구석을 찾아 앉았다. 점심때가 되면 모여 앉아 도시락을 먹고 가끔은 학교 앞 분식집에서 라면이나 떡볶이 등으로 대신했다. 들어올 때는 아이스 바 하나 씩을 물고 들어왔다. 그때는 그것도 큰 호사였다. 저녁이 되어 집으로 돌아가는 시간은 각자 달랐다. 나는 아침이 되면 오늘은 꼭 밤늦게까지 공부를 하겠노라고 다짐을 했지만 학교에 오면 그 마음이 달라졌다. 낮에는 책상에 엎드려 잠을 자기도 했고 잠이 깨어 조금 집중하다 보면 금세 저녁이 되었다. 저녁놀을 보면 한군데 붙박여 공부를 하는 것이 너무 답답하게 느껴졌다. 그 순간을 견딜 때도 있지만 자주 책가방을 버리고 떠나고 싶은 충동을 느꼈다.

그녀를 만난 그날도 그런 심정의 변화가 있던 날이었을 게다. 나는 열심히 공부하는 다른 친구들을 방해하지 않으려고 조용히 짐을 싸들고 교실을 나왔다. 집에 가고 싶지는 않았다. 그렇다고 딱히 갈 데도 없었다. 무거운 가방을 들고 털레털레 흔들며 걸었다. 교문 옆 서점 아저씨는 빨간색 플라스틱 의자에 앉아서 꾸벅꾸벅 졸고 있었다. 나는 서둘러 그곳을 지났다. 노란 집 맞은편 라일락 나무가 있는 담장을 지날 때였다. 꽃이 다 진 라일락 나무는 초록 잎으로 무성했다. 봄날의 향기는 없었다.

햇볕은 따가웠고 바람도 불지 않았다. 그때 누군가가 뒤에서 내 이름을 불렀다. 나는 뒤돌아보지 않았다. 더위 때문에 환영 속에서 들리는 음성일지도 모르겠다고 생각했다. 두세 차례 그 목소리를 더 듣고 나서야 나는 뒤돌아보았다. 그녀였다. 곧 푹 주저앉을 것 같은 더위 속에서도 그녀의 눈빛은 형형했다. 그녀의 보폭은 바뀌지 않았고 나는 한 자리에 서서 내 곁으로 다가오는 그녀를 기다렸다. 그녀와 나는 나란히 버스정류장까지 걸었다. 적산가옥을 지났고 양복점과 빵집을 지나도록 그 누구도 입을 열지 않았다. 그렇게 끝까지 걸어갈 기세였다. 그녀가 먼저 말을 걸었다. "어디 갈 데라도 있어?" 마치 정처 없는 내 깊숙한 마음의 한가운데를 찌르는 것 같았다. 나는 우물쭈물 말했다. "뭐, 그냥……." 그녀가 말을 받았다. "네 정신이 서늘해지는 곳으로 데려가줄까?" 그녀라면 충분히 그런 곳을 알고 있을 것이라고 생각했다. 그녀는 정류장 반대편으로 발걸음을 돌렸다. 나는 그곳이 어디일까 궁금했지만 묻지 않았다. 이번에도 그녀가 먼저 말했다. "우리 집에 가자. 너는 신기한 체험을 하게 될 거야." 나는 우선 그녀의 집에 간다는 것에 마음이 설레었다. 집에 가자고 하는 사람의 말치곤 이상했지만 별로 개의치 않았다. 그녀의 화법은 늘 특별했기 때문에 그러려니 했다. 그녀와 나는 학교 정문 쪽으로 다시 왔다. 그러니까 처음엔 그녀도 그냥 내가 가는 방향으로 따라왔던 것이다.

그녀의 집은 내가 가려던 방향과 반대쪽에 있었다. 육교를 건넜다. 나는 3년 동안 학교와 강 건너 집을 오가는 똑같은 행로를 반복했을 뿐 학교 건너편 동네는 처음이었다. 그곳에는 오래되고 낡은 목조 건물에서 그림을 파는 화구상과 초상화집들이 거리를 따라 즐비했다. 명함과 도장 파는 집들도 많았다. 그녀는 골목으로 들어섰다. 미로처럼 연결된 골목으로는 끝없이 집들이 이어졌다. 해 기운이 가득한 낮인데도 골목 안은 어두웠다. 나는 혼자 그 길을 다시 나올 수 없을 것 같았다. 동화 속의 헨젤과 그레텔처럼 돌멩이나 과자부스러기라도 떨어뜨리며 가야 그 길을 되돌아 나올 수 있을 것 같았다. 그녀는 나지막한 집 앞에 멈추었다. 문은 녹슨 둔중한 자물쇠로 채워져 있었다. 문을 열자 플라스틱으로 엮인 발이 길게 드리워져 있었다. 어두움 속에서 내부의 형태가 서서히 드러났다. 서너 걸음 앞에 부엌세간이 눈에 띄었고 바로 미닫이방문이 보였다. 벽은 페인트칠이 벗겨져 얼룩덜룩했다. 씽크대 위에는 플라스틱 바구니에 스텐 그릇이 엎어져있었다. 나는 시선을 어디에 두어야 할지 몰랐다. 그녀의 말대로 정말 몸이 오싹했다. 그녀는 쓴 웃음을 지으며 방문을 열었다. "들어와." 나는 그곳을 얼른 벗어나고 싶었지만 그녀의 말 한 마디 한 마디가 거부할 수 없는 명령 같았다. 나는 방안에 들어가 조용히 앉았다. 개지 않은 이불이 그대로 있었고 앉은뱅이책상에는 책꽂이 대신 플라스틱 바구니에 책이 쌓여있었다. 벽지는 비의 얼룩과 곰팡이가 무늬를 대신하고 있었다. 그녀가 말했다. "시원하지? 덥다는 생각이 싹 달아났을 거야." 나는 그녀의 말에 어떠한 대꾸도 할 수 없었다. 그녀는 또 말했다. "우리 집에 누가 온 건 네가 처음이야. 그러니까 너는 최초 방문자, 1호가 된 셈이야." 그날, 나는 그녀의 집을 방문한 1호 여자가 되어 그녀가 끓여준 라면을 먹었고 그녀의 얘기를 들었다.

그녀의 집은 가난했다. 동생들이 셋 있는데 집엔 잘 안 들어온다고 했다. 부모는 새벽부터 밤늦게까지 일하지만 집안 형편은 전혀 나아지지 않는다고 했다. 부모는 자신에게 관심이 없고 뭐든지 그녀 스스로 알아서 해야 한다고 했다. 그녀는 그 집에 잘못 떨어진 별이 아닐까? 그녀는 그곳에 너무 어울리지 않았다. 그녀는 그날, 자신의 모습을 있는 그대로 보여주고 말하는 것 외엔 아무 것도 하지 않았다. 자신은 너무 힘들다, 외롭다, 오히려 이런 소리를 했더라면 그녀가 인간적이지 않았을까? 그녀의 집 끝에는 작은 언덕이 있었다. 그곳 역시 덤불 사이에 쓰레기더미가 있었지만 그녀가 유일하게 숨통을 틀 수 있는 장소가 아닐까 하는 생각을 했다. "여긴 지대가 높아서 밤이 되면 별이 많이 보여." 그녀가 말했다. 그녀의 그 말이 다른 때와 다르게 아프게 내 마음에 박혔다.

지나치게 웃고 지나치게 친절한 카페 여주인에게 어렵사리 물어보았다. 그녀의 행방에 대해서만 물었다. "아침에 언제 카페를 나가죠?" 지나치게 친절한 카페 여주인은 내가 물어본 것 이상으로 대답해 주었다. "정말 희한한 여자예요. 좀 거슬리기도 하지만 뭐, 특별히 지장을 주지도 않으니까요. 항상 주문을 하고 24시간 영업을 하는 카페니까 만약에 오지 말라고 하면 오히려 우리가 법에 걸리는 거지요. 언젠가는 제 풀에 지치겠지요. 아, 참. 뭘 물으셨더라? 아, 아침 일찍 나간대요. 8시경. 그 시간에는 알바생이 있는데 아침에도 아마 간단하게 샌드위치랑 커피를 마시고 나간다고 하죠, 아마."

나는 아침에 남편과 아이를 내보낸 뒤 카페 앞으로 갔다. 중학교로 가는 횡단보도가 있어서 교복을 입은 아이들이 가득했다. 재재거리는 아이들은 참새 같았다. 상가들은 문구점과 아침 식사를 하는 식당을 제외하곤 문을 열지 않았다. 문구점이 있는 골목에 서서 카페 '메종'을 바라보았다. 간판이 크게 클로즈업되어 눈에 들어왔다. 카페가 아니라 누구나 들어갈 수 있는 집의 이름 같았다. 처음에 그녀는 저 이름에 끌려 카페로 들어왔을까? 어렴풋이 카페 문 위에 달려있는 종이 흔들리는 것이 보였다. 그녀가 나왔다. 망토를 걸치고 신발은 군화 같은 갈색 부츠를 신었다. 그녀는 그녀의 차림과는 어울리지 않는 배낭을 메고 있었다. 그녀는 카페 문 앞에서 심호흡을 한 번 하더니 내가 사는 아파트 단지 쪽으로 난 등산로로 향했다. 아마도 산에 오르려는 듯했다. 누구나 가볍게 오를 수 있는 산이었다. 정상까지 가는 데는 한 시간이면 충분했다. 벌써 부지런한 주부들은 울긋불긋한 등산복을 입고 모여드는 시각이었다. 나는 재빠르게 그 대열에 합류했다. 그녀를 놓치면 안 되었다. 바짝 쫓아가지 않아도 그녀의 행장 때문에 놓칠 염려는 없었다. 산에서는 잘 모르는 사람들도 말을 건네며 친밀해질 수 있는데 그녀에게는 감히 접근하는 사람이 없었다. 앞에 가는 여자들이 수군거리는 소리가 들렸다. "저 여자, 얼마 전부터 맨 날 본다니까. 참 독특하지?" 한 여자의 동의를 구하는 듯한 말에 다른 여자들도 한 마디씩 했다. "저 여자, '메종'에서 봤어." "가족이 없나봐." 이러쿵저러쿵 말 뒤에 또 한 여자가 대단한 발견이라도 한 듯이 소리쳤다. "나, 저 여자 S역 사거리에서도 봤어. 그런데 참 이상하더라. 저 여자, 거기서 구걸을 해." 그 여자의 말 뒤에 이어지는 호기심으로 가득 찬 여자들의 목소리가 벌들이 윙윙거리는 소리로 들렸다. 구걸이라니, 나는 현기증이 났다. 그게 21세기에 가능한 일이란 말인가? 천문학자가 되어야 할 그녀가 구걸이라니.

나는 그 해 가까스로 서울에 있는 대학에 들어갈 수 있었다. 왠지 모르겠지만 나는 그녀 집을 다녀온 뒤로 그녀를 만나지 못했다. 어쩌면 내 스스로 그녀와 만날 수 있는 통로를 은연중에 차단했는지도 모르겠다. 그런 마음이 항상 걸리기는 했다. 그녀가 대학에 들어갔다는 소식은 못 들었다. 소식통이던 서점 아저씨도 그녀의 소식을 모른다고 했다. 그녀가 그 뒤로 무엇을 하고 사는지는 아무도 몰랐다. 고등학교 시절 내내, 그녀를 선망하던 친구들도 그녀 곁에서 다 사라지고 없었다. 그때부터 그녀의 존재는 나에게도 희미해졌다. 별이 사라지듯. 그녀 소식을 딱 한 번 들은 적이 있었다. 대학 2학년 때 길거리에서 우연히 만난 고등학교 동창에게서였다. 그녀가 결혼을 했다고 했다. 고3때 그녀 반 담임 선생이 결혼식에 갔다 왔다는 얘기도 했다. 그날도 너무나 뜻밖의 소식에 줄곧 그녀 생각에 사로잡혔다. 그러나 그날 하루뿐이었다. 너무 오래 걸렸다. 그 별이 다시 내 시야로 나타나는 데는. 그런데 이런 식은 아니어야 하지 않는가?

그녀는 산에서 수군거리던 여자들 말대로 산에서 내려와 마을버스를 타고 S역에서 내렸다. 역 사거리에는 대형 백화점이 있었다. 바로 앞은 커다란 광장이었다. 그곳에는 군데군데 옷이나 액세서리를 파는 노점상과 잔 군것질거리를 파는 포장마차들이 포진해 있었다. 광장을 에워 싼 건물들엔 고급 커피전문점과 음식점, 술집 등이 들어와 있었다. 아침부터 밤까지 늘 사람들이 오가는 왁자지껄한 곳이었다. 주로 학생들과 젊은이들이 많이 찾는 곳이라 그곳에는 묘한 활기가 느껴졌다. 서울의 명동 거리와 비슷한 분위기를 자아내는 곳이었다. 사람들이 끊임없이 오가는 길목에 그녀는 서 있었다. 그녀는 교회의 헌금 주머

니와 비슷한 주머니를 사람들에게 내밀며 왔다 갔다 했다. 나는
상가의 한 모퉁이에 서서 그녀를 바라보았다. 그녀의 시선은 먼
곳을 향해 있었지만 그녀는 부지런히 몸을 놀렸다. 지나가던 사
람들은 그녀를 보려고 발걸음을 멈추기도 했다. 멀쩡한 여자가
왜 저 짓을 하느냐는 표정을 하면서. 가끔 욕을 하고 지나가는
사람도 있었다. 그녀의 귀는 막혀 있는 듯 반응하지 않았다. 나
는 누가 저 주머니에 돈을 넣을까 걱정하는 마음이 되었다. 가
끔 그 주머니에 돈을 넣고 지나가는 사람은 오죽하면 저렇게 멀
쩡한 여자가 구걸을 하겠냐는 표정을 하며 돌아섰다. 그녀는 그
렇게 돈을 벌어 '메종'으로 돌아와서의 일용할 양식을 구하는
것이었다. 적어도 그곳에서의 그녀는 품위가 있었다. 그 품위를
위해 그녀는 저 정도의 치욕은 참고 있는 것일까? 나는 충격에
휩싸여 한참을 붙박인 듯 서 있었다. 그녀는 가끔 큰 소리로 노
래를 부르기도 했다. '돌아오라, 소렌토로……' 그토록 나의
마음을 흔들었던 옛날의 그 노래가 아니었다. 사람들은 지나가
다가 그녀의 노랫소리에 한 번 더 멈추었다. 나는 그래서라도
그녀의 주머니가 두둑해지지기를 바랐다. 차라리 악기라도 하
나 들고 노래를 하면서 모금 형태로 했다면 내 마음이 조금 나
았을 것이다. 그녀는 그런 형편도 되지 않았던 것이다.

　나는 그녀가 '메종'으로 돌아와 안정을 누릴 시각에 그곳으로
갔다. 밤에 자주 외출을 하는 나에게 남편은 바람이라도 났냐고

비아냥거렸다. 그녀는 오랜만에 사우나에라도 다녀왔는지 젖은 머리칼에 홍조 띤 얼굴을 하고서 노트북 자판을 두드리고 있었다. 나는 망설임 없이 그녀 곁으로 갔다. 나는 조용히 그녀 앞에 마주 앉았다. 그녀는 순간 당황한 빛을 띠더니 침착해졌다. 잠깐 숨을 고르더니 말했다. "오늘은 내가 살게. 이집은 케냐 커피가 맛있어. 상큼한 신맛과 단맛이 나. 열대과일 맛이 나는 와인을 마시는 거 같아. 그리고 젤라또가 맛있어. 나는 다크 초콜릿 젤라또가 제일 맛있더라. 고소하고 담백하고 그 쫀득쫀득한 씹는 맛은 어떻고. 세상에서 가장 맛있고 부드러워. 그 순간만큼은 내 온몸에 행복이 가득 퍼져 전율이 이는 것 같아." 수십 년 만에 대면한 친구에게 하는 말 치고는 특별했다. 그녀는 내 대답도 듣지 않고 꼭 내게 그것을 먹여야 하는 것처럼 주문대로 가서 주문을 하고 돌아왔다. 나는 당장 이런 생활을 집어치우라고, 왜 이렇게 사느냐고 그녀에게 따질 기세로 그녀 앞에 앉았지만 아무 말도 할 수 없었다. 그녀는 진동 벨이 울리자 주문한 커피와 젤라또를 가져왔다. 그리고 우아한 손동작으로 테이블에 세팅을 했다. 오래전 여고시절 합창대회 때 지휘를 했던 것처럼. "난 하루라도 커피를 안마시면 살 수가 없어. 인생을 마시는 거지. 시고 쓴 맛도 있지만 달콤하잖아." 난 부드러운 젤라또를 먹으면서 목이 메었다. 그녀에게 하려던 말들이 어디론가 다 흩어져버리고 있었다. "그 때 네가 사준 맵고 새콤달콤한 쫄면도 참 맛있었는데⋯⋯." 그녀는 간단한 비유의 말로 그녀의 표현을 다하고 있었다. "너는 일찍부터 그 맛을 알고 있었으니 참 잘살았겠다."

어느새 그녀와 나는 오래전 학교 담장 아래서 뿜어져 나오던 라일락 향기와 문학행사를 했던 스산했던 가을밤을 떠올렸다. 오랜만에 만난 여고 동창생처럼 밤이 깊어가는 것을 잊은 채 그녀와 나는 오래 얘기했다. 그녀는 카페 '메종'에 가장 잘 어울리는 사람 같았다. 마치 그녀의 집처럼. 나는 그녀의 집에 놀러 온 사람 같았다. 밤에 알바를 하는 잘생긴 청년이 다가와서 케냐 커피를 리필 해주었다. 시고 쓰지만 단맛도 나는 커피를 나는 천천히 음미했다. ⚘

광명의 그녀

광명의 그녀

　매일 아침 다리를 건너면서 다른 도시로 진입하는 이정표를 본다. '어서 오십시오 경기도 광명시입니다' 퇴근하는 저녁에는 그 다리에서 '서울특별시 구로구 개봉동'이란 이정표를 보며 그 도시를 떠나온다. 다리 중간에는 두 도시를 가르는 경계표시가 있다. 만약에 그 경계표를 기준으로 발 한 짝씩을 놓는다면 각각 다른 도시에 발을 놓게 되는 셈이다. 그러니까 속된 말로 양다리를 걸치는 것이다. 매일 반복되는 일이지만 다른 도시로 진입하는 이정표를 보며 다리를 건널 때마다 묘한 기분이 든다.

　아주 오래전에 다리 건너에는 그녀가 있었다. 나는 자주 버스를 타고 다리를 건너 그녀를 만나러 갔다. 때로는 걸어서 가기도 했다. 다리 건너편에 그녀가 살고 있는 도시의 이정표가 보이면 나는 설레기 시작했다. 광명 재개발 지역 아파트의 현장소장으로 발령을 받았을 때 오랜 망각 속에서 깨어나는 섬광 같은 것이 있었다. 나는 남들이 꺼리는 그곳을 좋다고 했다. 오래되었다. 어떻게 그렇게 오랫동안 그녀를 잊을 수 있었을까? 아주 오래간만에 나는 또 설렌다. 지금은 그녀가 살고 있지 않아도. 그 다리를 건널 때마다 고개를 갸웃하며 야릇하게 입술을 이죽거리던 그녀의 얼굴이 떠오른다. 마치 어서 오라는 인사처럼.

다리를 건너면 바로 궁전처럼 보이는 예식장이 있다. 웨딩프린스란 옥외 광고판이 번쩍거린다. 그때는 광명예식장이었던 그곳에서 그녀의 언니가 결혼식을 했다. 그녀는 언니 결혼식에 나를 초대하며 "다리 건너면 바로야"라고 말했다. 그녀는 결혼식 같은데서 가족들이 으레 입는 한복대신 리본으로 앞을 여민 핑크빛 블라우스와 남색 치마를 입고 있었다. 내 눈에는 그녀만 들어왔다. 그녀의 언니는 전화국의 전화교환원이라고 했는데 그 전화목소리에 반한 남자와 결혼을 한다고 자랑 했다. 그녀의 언니 목소리를 들어보지 못했지만 그녀의 목소리도 고왔다. 그녀가 노래를 잘할 것이라고 상상했다. 그때는 그녀를 만난 지 얼마 안 되었는데 언니의 결혼식에 나를 초대한 것이 의아하기도 하고 자랑스러웠다.

간간히 비가 뿌리는데 차 유리창은 빗물과 먼지가 뒤섞여 오물이 튄 것처럼 보인다. 와이퍼는 작동시키지 않는다. 거리에는 우산을 쓴 사람과 우산을 쓰지 않은 사람들이 걸어간다. 장마라고 했다. 비가 오지 않아서 더욱 후덥지근하다. 차안의 에어컨을 작동시키지 않으면 땀이 나면서 몸이 후끈거린다. 서울과 광명시를 가르는 경계를 넘어 조금 가면 광명사거리다. 7호선 광명사거리역과 여러 갈래로 나뉘는 도로가 있는 그곳은 사방에 신호가 있고 횡단보도 앞엔 늘 사람들로 가득차서 차가 멈추게 된다. 즐비하게 늘어선 차들은 한 번의 신호에 통과하기가 어렵다. 광명사거리역 주변 상가의 간판들은 고만고만한 사이즈로 일제히 같은 높이에 걸려있다. 경쟁하듯 간판 크기를 키운 다른 곳과는 달리 정돈되어 있다. 간판정리 사업의 시범 지역이었나보다. '생존권 위협하는 뉴타운 건설 반대 한다' 재래시장 입구에 내건 붉은 글씨의 커다란 현수막이 시야를 막는다.

나는 광명 사거리에 내려 그녀를 불러냈다. 버스 종점이 있는 광명6동에 사는 그녀는 마을버스를 타고 5분 만에 내가 기다리는 사거리에 도착했다. 그녀는 시계를 보면서 그녀가 딱 맞춘 5분을 신기해하고 자랑스러워했다. 신호가 바뀌었다. 광명사거리의 어느 골목에 차를 세우고 그녀를 불러내면 지금도 그녀는 활짝 웃으며 내 앞에 나타날 것 같다. 그녀는 어디에 있을까?

나는 그녀가 살던 광명6동 재개발 아파트의 현장소장을 하고 있다. 그녀와 함께 누비던 골목골목의 집들은 다 사라지고 그곳에 고층 아파트가 올라가고 있다. 나는 그녀의 집을 허물고 그곳에 아파트를 짓고 있다. 공사현장 가림막 앞으로는 아직 헐리지 않은 상가들이 포위하고 있다. 광명 6동 끝 지점의 컨테이너에는 '광명6동 철거대책 본부'가 있다. 철제 벽은 온통 죽음도 불사하겠다는 결연한 의지로 가득 찬 붉은 글씨의 문구들로 도배되어 있다. 종점에서 버스를 기다리는 사람들은 폐차된 트럭에 붙은 붉은 구호와 가로수에 연결하여 걸어놓은 철거반대 현수막을 익숙한 표정으로 쳐다본다. 철거대책 본부 옆에는 철거당시 미처 갈 곳을 정하지 못한 세입자들이 얼기설기 판자로 지어놓은 집들이 있다. 두세 평 정도 공간의 판잣집들은 더위 때문에 문을 활짝 열어놓아 지리멸렬한 세간들을 보이고 있다. 천막집 옆에는 '아름다운 광명'이라는 시의 비전 메시지가 써진 철제 표지판이 세워져 있다. 그 옆으로는 낡은 상가 건물 2층에 '푸른초장교회'가 있다. 올라가는 계단에 녹색의 인조잔디를 깔아놓았다. 종점 위쪽으로는 20년 전의 이름을 간직한 가게들이 그대로 있다. 종점 커피숍, 불란서 베이커리, 예명관, 여주 슈퍼, 수정 미용실······.

나는 종점 커피숍에서 그녀를 기다렸고 토끼처럼 어디선가 튀어나온 그녀는 불란서베이커리 마크가 찍힌 봉지에 담긴 바게뜨나 아직 자르지 않은 이탈리아식 빵을 사갖고 나타났다. 내가 아직 밥을 먹지 않았다고 하면 테이블을 두세 개만 놓고 배달을 주로 하는 중국집 예명관으로 데리고 가서 자장면을 시켰다. 자장면 한 그릇을 시켜놓고도 그녀는 당당했다. 종점 커피

숍은 나이가 지긋하고 억세게 보이는 남자들이 주로 드나들었
으나 그녀는 그런 것은 아랑곳하지 않았다. 가끔 나이 지긋한
남자와 커피숍 여주인과의 실랑이가 일어나기도 했는데 세상의
모든 일들이 신기하다는 듯 그녀는 귀를 쫑긋 세웠다. 그녀가
들어가는 곳은 어디든 환해졌다. 활기가 넘치고 사람들의 눈빛
은 빛났다. 그녀는 동네 아줌마들이 가득할 수정 미용실에서 퍼
머 한 머리를 나에게 와서 자랑했다. 거기서 아줌마들에게 들은
이야기들을 참새처럼 나에게 물어 나르기도 했다. 그녀는 수다
쟁이이기도 했지만 그녀의 즐거움은 곧바로 나에게 전염이 되
었다. 불란서 베이커리의 빵이 얼마나 맛있는데…… 예명관 자
장면보다 더 맛있는 데는 아마 없을 걸…… 수정 미용실에서
자른 이 머리, '누구를 위하여 종은 울리나'에 나오는 잉그리트
버그만 같지 않아…… 그녀에게 그녀가 가는 곳, 그녀가 이용
하는 모든 것은 언제나 최고였다. 나는 그녀를 만날 때마다 나
도 그녀에게 최고가 되는 것 같았다. 실제로 그녀는 나를 만날
때마다 나의 얼굴이나 옷차림의 변화를 세밀하게 감지하여 과
장될 정도로 칭찬을 했다.

불란서 베이커리, 예명관, 수정 미용실, 기사식당……. 그동
안 몇 번은 교체했을 간판은 이제 더 이상 사람이 없는 이곳에
서 존재 의미를 잃었다는 듯 퇴색해 있다. 폐가처럼 을씨년스럽
다. 본격적으로 이 동네의 집들이 철거 되는 시점부터 상가들은

그 원래의 기능을 상실했다. 시간대 별로 빵을 굽지 않아도 되었고 중국집은 기껏 공사장 인부를 상대로 하는 점심장사였기 때문에 가정집에서 한 차례 손님 초대 하는 정도의 면을 뽑아내고 재료를 준비하면 되었다. 미용실은 가끔 멀리서도 찾아오는 단골손님에게 실망을 주지 않기 위해 느긋하게 문을 열고 퇴근시간이 정해진 회사처럼 문을 닫았다. 주인여자는 오랜만에 인생의 한가로운 시간을 맞이했을 것이다. 아니면 그동안 몇 차례 영악한 주인들이 제 몫을 챙겨 나가고 마지막으로 남은 지금의 주인은 하루의 생계를 걱정하고 있는지도 모른다.

오후에 가게 밖으로 나온 상인들은 아득한 눈빛으로 먼 산을 바라보다가 기지개를 켠다. 언제 끝날지 모르는 이 투쟁이 너무나 지루하고 견디기 힘들다는 표정을 하고서. 건설회사 밥을 십년 이상 먹은 경험상, 나는 이 투쟁의 결말은 언제나 정해져 있다는 걸 알고 있다. 어느 편이든 오래 견뎌야만 한다. 그래야만 어느 쪽의 승패와 관련 없이 한 쪽에서 원하는 목적에 가장 접근할 수 있는 것이다. 결사적으로 아파트 공사현장을 포위하고 있는 상가와 집들은 아파트가 외부의 매무새를 갖추고 내장공사를 할 무렵이 되는 시점에서 건설회사와 협상을 한다. 그동안 건설회사는 그들에게 몇 번의 위협 자세를 취하고 그들 또한 투쟁 불사의 모습으로 덤빈다. 언젠가부터 관례처럼 되었다. 갈때까지 가야 하는 시점에서 그들은 최대의 보상금을 받을 수가 있다. 건설회사도 그 정도의 보상 마지노선을 준비해놓고 있다. 그녀는 어느 시점에서 광명을 떠났을까? 나는 이 우울한 공사 현장에서 오래 전의 그녀가 살던 광명6동과 그녀를 그린다.

낮 12시 가까이 되면 현장사무실에 있는 직원들은 큰일을 앞두고 있는 사람들처럼 슬그머니 시계를 본다. 요즘처럼 조합원들의 데모도 잦아들고 한가한 때는 먹는 것이 최대의 낙이라도 되는 양 현장사무실 직원들은 점심시간에 목을 맨다. 자꾸만 밀려오는 이 동네의 추억에 나사라도 풀린 것처럼 구는 나에게 한 시라도 벗어나고 싶은 것도 그들이 점심시간을 기다리는 이유일 것이다. 나는 이 동네에 사는 여직원 미스 김을 먼저 내보내고 다른 직원들에게도 식사하고 오라고 말한다. 그들은 형식적으로 나에게 같이 식사할 것을 권하고 나는 거래처와의 미팅을 핑계로 사양한다. 나는 그녀의 흔적을 찾기 위해 사무실을 나선다.

광명6동은 재건축조합이 설립되고 8년 만에 사업승인이 이루어졌다. 대부분의 조합 주택의 건설이 시행되는 시기로 그렇게 늦다고 볼 수도 없다. 6동과 길 하나를 사이에 두고 건너편엔 비슷한 형태의 빌라들이 밀집해 있는 광명5동이 있다. 그곳은 서울과 시흥시 쪽으로 빠지는 도로에 면한 곳을 제외하곤 집들과 상가들이 그대로 있다. 빌라들 사이 길로 죽 이어진, 규모가 작지만 새마을시장이라고 불리는 재래시장 때문에 조합과 시행사 간에 도무지 타협이 이루어지지 않는다. 빌라와 시장 상가 건물들이 묘하게 혼재되어 있어 각자의 이익을 우선하는 사람들의 의견을 조율하기는 잔뜩 꼬인 실을 풀어내는 것처럼 어렵다. 물론 땅주인이나 점주들은 재건축을 원하기도 하지만 대부분 시장에 생계를 걸고 있는 이들은 현실적으로 그들에게 별로 득이 없다는 판단 아래 상인들끼리 필사적으로 뭉친다.

광명5동은 빌라 건물이 끝나는 지점에서 시장과 연결되어 있다. 다른 연인들처럼 분위기 있는 카페에 들어가서 담소를 나누는 것보다 그녀는 아이들이 재잘대는 골목길을 걷고 시장나들이를 하는 것을 좋아했다. 명랑한 그녀는 나와 함께 시장 길을 걸을 때 퐁퐁 샘솟는 샘물 같았다. 시장 좌판에 나온 생선이나 야채들을 신기하게 들여다보며 모르는 것이 있을 때는 거침없이 시장 사람들에게 물어보기도 했다. 나는 마치 그녀의 남편이라도 된 것처럼 그녀가 물건을 사지 않으면서 종알댈 때는 사실 얼굴이 화끈거렸다. 그녀는 사방이 훤히 뚫린 좌판의 의자에 앉아서 즉석으로 담아주고 썰어주는 떡볶이와 순대를 먹으며 내 입에까지 넣어주었다. 땀이 삐죽삐죽 솟아나는 한 여름에는 그 좌판에 빙수 한 그릇을 시켜놓고 서로의 얼굴을 바라보며 괜히 비실비실 웃음을 흘렸다. 그녀는 시장에 오면 막 힘이 난다며 주먹을 불끈 쥐기도 했다. 지금 생각해 보면 그녀는 참 일찍 인생의 비밀을 꿰뚫고 있었던 것 같다.

두세 동을 단위로 있는 빌라들은 모두 이름을 갖고 담장을 쌓아 경계를 나누고 있다. 지금은 그 담장 안의 여유지에 차들이 잔뜩 주차되어 있지만 그녀가 그곳에 살 당시의 풍경은 달랐다. 담장 아래 키가 작고 가지가 가느다란 볼품없는 대추나무도 있었고 그 나무를 그늘 삼아 평상이 놓여 있었다. 그 평상에 노인들이 앉아 부채를 부치기도 하고 여유가 있는 날엔 수박을 쪼개기도 했다. 사람들이 돌보지 않는 여름 화단에는 개망초가 무성했다. 오후엔 화단 옆으로 아이들이 세발자전거를 타고 끽 끽 소리를 내며 왔다 갔다 했다. 노인들은 그런 손주들의 재롱을 보는 것이 자랑스러웠다.

광명5동에서 유일하게 아파트 골조가 올라가고 있는 곳은 미성빌라였다. 그 위로는 우성빌라, 삼성빌라, 대우빌라가 그대로 있다. 그 무렵 대기업 이름을 가진 빌라에 사는 사람들은 괜히 어깨를 으쓱하기도 했다. 재건축 조합이 설립된 이후로 사람들은 집을 수리하지도 가꾸지도 않았다. 주인들은 집을 팔거나 세를 놓고 떠나갔다. 집을 판 주인들은 재건축 붐으로 올라 간 집값의 시세차익을 챙겼고 가난한 세입자들은 불안하지만 싼 집세를 내고 살았다. 주인의식 같은 건 누구도 없었다. 언제 떠나갈지 몰랐기 때문에.

그녀는 지금은 허물어지고 없는 광명6동의 장미빌라에 살았다. 대기업 브랜드를 모방한 다른 집들보다 나는 그녀가 사는 빌라 이름이 좋았다. 당연히 그녀가 사는 집은 그 이름이어야 할 것 같았다. 그녀의 집은 1번 버스종점에서 내려 첫 번째로 불란서 베이커리를 지나 슈퍼를 거쳐 길 건너편에 있었다. 나는 슈퍼 근처에서 3층에 있는 그녀의 집 창문을 올려다보았다. 늦은 밤에도 자주 그녀의 아버지는 창문을 열고 담배를 피우고 있었다. 자세히 보이지 않았지만 화가 난 것 같기도 하고 뭔가 심각한 생각에 골똘해 있는 것처럼 보였다. 나는 겁이 났다. 그녀의 아버지와 내가 마주치면 그녀의 아버지는 더 화가 날 것 같았다. 나는 그때 나에 대해 자신이 없었다. 가끔 그녀는 그런 나를 못마땅해 했다. 그녀의 아버지가 창밖으로 보이는 날에는 나는 그녀를 슈퍼 앞에서 배웅하고 돌아섰다. 실제로 그렇게 헤어진 날은 드물었다. 헤어지는 것이 너무나 아쉬워 종점을 출발한 버스가 모퉁이를 도는 언덕까지 몇 번을 그녀와 왔다 갔다 했다. 그러다가 다시 그녀 집 앞으로 오면 그녀의 아버지는 사라지고 창문이 닫혀 있었다. 나는 그녀의 집으로 들어가는 1층 현관에서 그녀에게 짧은 입맞춤을 하고 빠르게 돌아 나왔다. 그 여운을 간직하기 위해 나는 바로 버스를 타는 일은 없었다. 광명6동이 끝나는 모퉁이 정류장에서 버스를 기다리기도 하고 아예 광명사거리까지 걸었다. 그때까지 가슴은 뛰었고 얼굴이 화끈거렸다.

시장 골목으로 연결된 빌라 마당에서 다양한 얼굴색의 아이들이 놀고 있다. 그들은 얼굴과는 어울리지 않게 모두 한국말을 쓴다. 아이들의 부모는 베트남 사람도 있고 중국 사람도 있다. 간혹, 러시아 사람도 있다. 그들의 부모는 그 동네 골목골목에 포진해 있는 재활용업체나 가내 하청업체에 다닌다. 내가 진두 지휘하는 아파트 공사장에도 특별한 기술이 필요 없이 그때그 때 투입되는 외국인 일용 근로자들이 있다. 그들은 대부분 불법 체류자들이어서 일에 대한 불만을 말하지 않는다. 여자들은 철 산동 상업지구나 시장의 식당에서 일한다.

그녀와 함께 했던 광명5동 새마을시장 거리는 명랑했고 윤기 가 흘렀다. 시장 사람들의 외침 속에는 언제라도 폭발할 열정과 힘이 보였다. 사람들은 빌라 베란다에 화분을 갖다놓고 물을 주 었다. 아이보리색이나 하늘색으로 빛바랜 담을 페인트칠 했다. 그런데 지금 이 거리에는 어른들의 보호 속에서 놓여난 아이들 이 배회하고 있다. 사람들의 발길이 뜸한 시장 좌판에선 야채 잎이 시들어가고 퀭한 눈을 한 생선들이 누워있다. 신명이 나지 않는 시장 사람은 물건을 파는 대신 공연히 시들어가는 채소 에 물을 뿌리고 물건들을 뒤집는다. 언제 페인트칠을 했는지 모 를 퇴색한 빛깔의 담에는 살벌한 경고문구가 피처럼 붉게 써진 현수막이 걸려있다. 그곳에 뉴타운이 들어선다지만 정작 그곳 에서 쫓겨날 신세가 될지 모를 시장 상인들은 필사적으로 그 땅 을 사수하고 있는 것처럼 보인다.

한창 점심때인데도 시장 먹자골목의 상가들은 썰렁하다, 언제부턴지 모르지만 비워져 있는 가게는 출입구에 먼지가 뽀얗게 쌓여있다. 그나마 띄엄띄엄 문을 열고 있는 식당들도 한산하다. 에어컨 대신 선풍기가 돌아가고 주인과 주방 아줌마는 한가한 듯 이야기를 나누고 있다. 멋모르고 찾아온 손님들도 발길을 돌릴 듯하다. 순댓국집 출입구 앞, 때 절은 커다란 양은솥에서 김이 폭폭 새어나온다. 내가 들어서자, 가게에 딸린 방의 문턱에 걸터앉아 있던 여자가 문소리에 놀라서 벌떡 일어난다. 벽에 붙어있는 차림표에 뼈해장국이니 선지해장국이니 여러 가지 메뉴가 있지만 왠지 그것은 되지 않는다고 할 것 같아 순댓국 한 그릇을 시킨다. 다른 종업원은 없는 듯 여자가 물과 물수건을 내 테이블에 갖다놓는다. 그리고 주방과 출입구 앞에 있는 솥을 굼뜬 모습으로 몇 번 오가며 순댓국 한 그릇을 갖다놓는다. 뚝배기에 담긴 순댓국은 너무 뜨겁고 시어 빠진 깍두기는 눈살을 찌푸리게 한다. 그녀는 열정적이었다. 한 여름에도 냉 콩국수 대신 뜨거운 칼국수를 먹었다. 입이 얼얼할 정도로 매운 것을 좋아했다. 나는 희멀건 순댓국에 고추 양념을 넣고 휘휘 젓는다. 외롭고 맛없는 점심이 꼭 내 인생 같다는 생각을 하면서. 그녀가 지금 내 인생 속에 있었더라면 뭐가 다를지 난 잘 모르겠다.

그녀와 헤어진 지 5년이 지났을 때인가, 뜻밖에 그녀에게서 연락이 왔다. 나는 결혼한 지 2년이 되었고 막 돌 지난 딸아이가 재롱을 떨 때였다. 만나기로 약속을 하고 일주일간의 사이가 있었는데 그 기간은 참 길었다. 그녀는 결혼 날짜를 잡고 나를 마지막으로 만나고 싶다고 했다. 그게 여자의 어떤 심리인지 헷갈렸지만 나는 그녀에 대한 분명하지 않은 미련을 갖고 그날 밤 오랫동안 술을 마셨다. 술김이든 어쨌든 나는 잠깐 그녀가 나의 신부라면 참 행복하고 좋겠다는 생각을 했다. 그런 말을 그녀에게 비쳤던 것 같기도 하다. 그날 밤 오랜만에 그녀를 데려다 주기 위해 광명을 갔다. 오래전과는 달리 그날은 택시를 타고 단숨에 그녀가 사는 장미빌라 앞에 내렸다. 마을버스가 다니는 길을 예전처럼 오가진 않았지만 그녀와 나는 바로 헤어지지 못하고 장미빌라 앞을 서성였다. 뭔가 하고 싶은 말이 속에서 맴돌았으나 입에서만 뱅뱅 돌뿐 나오지 않았다. 그때 장미빌라 3층의 창문이 열리고 기침소리가 들렸다. 아버지의 기척에 그녀는 나를 밀치며 잘 가라고 했다. 그녀는 또각또각 장미빌라의 계단을 올라갔다. 그녀가 돌아간 뒤 나는 그녀의 동네를 배회했다. 그것이 그녀가 사는 광명에서의 마지막이었다. 사실 또 갈 수가 있었을지도 모른다. 나는 우연 속에서 생성될지도 모를 필연을 두려워하면서 그 상황을 피했다. 그녀를 만나고 나서 며칠 뒤 사무실로 편지가 왔다. 만약 내가 그날 밤 그녀를 잡았다면 어쩌면 모든 상황이 변했을지도 모른다는 그녀의 은유적인 표현이었지만 나는 모든 걸 이해할 수 있었다. 나도 그녀를 만나고 온 뒤 며칠 동안 그러지 못한 자신을 자책하고 통탄해하고 있었으니까. 그렇게 세월이 지났다.

오후 사무실은 한가하다. 매일 행해지는 안전 관리 교육이나 물품 배급 같은 건 출근하는 바로 이루어지고 그밖에 공정관리 보고나 거래처와 관계 발생, 민원 보고도 모두 오전에 끝난다. 또한 관공서에 들어가는 일을 빼고는 거래처나 민원 발생 관계 미팅은 퇴근 후에 이루어진다. 공문 발송, 현금 청구, 인건비 지급, 사무 관리에 관한 것은 물론 내가 지시와 결제를 하지만 실제적인 일은 김 대리와 사무원 미스 최가 베테랑답게 척척 잘해낸다. 문제는 대낮에 주민들이 소음이나 먼지 피해 같은 건으로 집회신고를 하고 위험한 공사현장에 와서 시위를 한다든지 하는 것인데 사태가 발생하면 사무실에서도 좌불안석이 된다. 시위가 장기화 되면 공사 일정이 지체되고 심지어 공사자재비의 상승에 의한 피해발생도 일어난다. 그래서 되도록 시위 대표와 협상을 원만하게 하는 것이 최상의 방법이다. 이런 것은 웬만한 공사현장이면 다 있는 일이어서 이제 내성도 생기고 어디쯤에서 상대 단체와 합의 시점을 도출해내는지를 알고 있다. 하지만 처음 건설 현장에 왔을 때는 가장 스트레스를 받는 부분이었다.

퇴근 시간을 한두 시간 앞두고 특별히 할 일이나 회의가 없으면 사무실 분위기는 화기애애해진다. 사다리타기를 해서 간식을 먹기도·하고 벌칙으로 상대방의 장기를 구경한다. 오늘은 미스 최가 꼴찌를 했다. 후라이드 치킨을 시킨다는 걸 내가 대신 하고 그녀는 기타를 쳤다. 클래식 기타 동호회에서 활동하고 있는 그녀는 내가 듣기론 수준급이다. 나는 언제나 기타리스트에게는 기초라고 하는 '로망스'를 쳐달라고 한다. 저녁 무렵, 비라도 뿌리는 날 듣는 로망스라면 더욱 괜찮다.

그녀는 손가락이 길었다. 아니, 가늘어서 길게 보였는지도 모르겠다. 내가 기타를 치면 잘 치겠다고 했더니 그녀는 광명사거리에 있는 기타 학원에 다니기 시작했다. 며칠이 지나 그녀는 지금은 철도 차량기지가 들어서고 시멘트로 정비된 안양천의 둑으로 나를 데려가 첫 연주라며 '로망스'를 들려주었다. 그 수준 같은 건 알 수 없었지만 그때는 마치 나를 위한 헌주로 느껴져 꽤나 감미롭게 들렸다. 짧은 기간 동안 그녀는 얼마나 숱한 연습을 했을까? 그녀의 가는 손가락 끝에 굳은살이 박인 것이 보였다. 그렇지만 나는 그때 아무 말도 하지 않았다. 잘 쳤다고도, 손가락이 얼마나 아프냐고도. 여자는 그런 칭찬을 좋아한다는 것을 그녀와 헤어지고도 오랜 시간이 지나서야 알았다.

미스 최의 연주가 끝나고 결혼 같은 건 관심 없다고 늘 입버릇처럼 말하는 그녀에게 나는 말했다. 결혼은 안하더라도 사랑은 꼭 해라. 미스 최가 입을 비죽 내밀며 고개를 저었다.

대리기사는 내가 살고 있는 집의 주소를 네비게이션에 입력

하고 출발한다.

"아, 그 방향 말고…… 광명사거리를 지나 개봉동 쪽으로……."

"아니 그쪽은 돌아가는 건데요."

"아니, 지금까지 이렇게 많이 돌아왔는데 그 까짓 것 얼마나 된다고 그래. 그렇게 하라고."

대리기사는 만취해서 혀 꼬부라진 소리를 하는 나를 잠시 바라본다. 내 마음을 읽었는지 무슨 말을 하려다가 멈칫하고 차를 돌린다. 차는 밤이 이슥해서 차가 뜸한 거리를 쏜살같이 달린다.

"빨리 가지 마. 지금까지 너무 빨리 왔어. 느린 시간에 대한 돈, 내가 더 줄게."

대리기사는 속도를 줄인다. 나는 취중에도 그 기사가 마음을 읽을 줄 아는 똑똑한 기사라고 생각했다. 모두 뉴타운이 된다고 하는 광명동의 집들은 불이 꺼졌다. 모텔이나 마사지업소 같이 심야영업을 하는 곳들의 레온 사인이 어둠을 은성하게 비추고 있다. 나는 창문을 연다. 바람이 휙 내 얼굴을 훑는다. 개봉교를 지나기 직전이다. 다리를 건너면 나는 광명을 떠나는 것이다. 그녀를 만나고 헤어지는 것이다. 오래전에 그랬던 것처럼.

어느 날 그녀를 바래다주려고 광명에 오는 길에 그녀의 집까지 가는 버스를 타고도 개봉교에 내려 하천 길을 따라 걸었다. 그날, 나는 그녀의 몸을 만지지 못해 안절부절 했다. 온 몸이 화끈거리고 아래 물건은 독이 올라 있었다. 그녀는 나의 그런 상태는 아랑곳 하지 않고 밤의 고요가 좋다느니 바람이 좋다느니 하면서 나를 더욱 안절부절 못하게 하는 말들만 했다. 그녀와 나는 나란히 멈춰 서서 하천 건너 개봉동 거리를 바라보았다. 내 눈에는 상가들 속에서 유난히 반짝거리는 여관의 불빛이 들어왔다. 그녀는 무엇을 바라보고 있었을까? 하늘거리는 푸른색 원피스를 입은 그녀를 뒤에서 가만히 안았다. 그녀의 등은 뜨거웠고 가슴은 뛰고 있었다. 그녀는 아무 말도 하지 않았다. 나는 그녀에게 그 이상의 몸짓을 할 수 없었다. 그 상태로도 숨이 멎을 것 같았다. 나는 그녀에게 쓸데없는 말을 지껄였다. "밤이면 불빛이 번쩍거리는 여관들이 왜 저렇게 많을까? 그 짓을 하려는 사람들이 그렇게 많은 거지. 너는 잘 모를 거야." 나는 혼잣말을 하듯 그녀를 향해 말했다. 나는 사실 그때 사랑에 대해서 비관적이었다. "사랑은 없어." 하지 않아야 할 말까지 해버리고 말았다. 그녀는 아무 말도 하지 않았지만 슬퍼하는 것 같았다. "그러면 이건 사랑이 아냐?" 그녀는 힘없이 말했다. 나는 혼란스러웠다. 나는 대학 졸업반이었고 군대를 가지 않은 상태였다. 내가 서 있는 자리가 모두 불안했다.

　개봉교 밑으로 흐르는 하천에 상가의 불빛이 비쳐 흔들린다. "프랑스의 세느강에 비치는 불빛은 저곳보다 몇 백배 아름답겠지. 그런데 나는 오빠하고 있으니까 지금 여기도 너무너무 아름

답다." 그녀의 목소리가 저 하천의 물결로 흐른다. 제대를 하고 건설회사에 들어가 얼마 되지 않아 운 좋게도 유럽 출장길에 올 랐다. 그때 프랑스의 고풍스런 건축물들이 세느강에 비친 야경 을 바라보며 일행들은 감탄을 했다. 나는 왠지 그 상황이 현실 로 느껴지지 않았다. 마치 놀이동산에서 야간 퍼레이드를 볼 때 처럼 스치고 지나가는 꿈같았다. 나는 흥겨운 유람선의 객실에 서 빠져나와 난간에 서 있었다. 몽환적인 눈빛으로 강물을 바라 볼 그녀가 내 옆에 서 있는 것 같았다. 그녀는 여대에서 교육학 을 전공하고 있었는데 프랑스나 독일 같은 유럽문학을 동경했 다. 가끔 나에게 처음 들어보는 불란서 시인의 시를 들려주었 다. 내용보다는 낭송할 때의 소리가 마치 음악 같아서 좋았다. 나는 세느강을 바라보면서 그녀와 함께 있었던 그날의 하천가 를 떠올렸다.

나는 그날 밤 결국 나의 불안을 가라앉히지 못했다. 나는 그 녀의 손목을 잡고 여관 골목으로 들어갔다. 그녀는 떨고 있었지 만 나를 뿌리치지도 않았다. 그때는 그것이 나에 대한 순정임을 알지 못했다. 광명여관의 조그만 창문으로는 하천이 보였다. 건 너편 개봉동 건물의 불빛이 하천에 비쳐 어른거렸다. 나는 창문 을 열어놓고 담배를 피웠고 그녀는 구석에 앉아 무릎에 얼굴을 묻고 있었다. 나는 그날 그녀에게 무례했다. 짐승처럼 난폭하게 그녀에게 달려들었다. 그녀는 그런 나를 묵묵히 받아들였다. 밤이 짧아 빨리 밝은 새벽에 그녀와 나는 여관을 나와 하천 길을 걸었다. 서로 아무 말도 하지 않았다. 그녀는 하천 길을 따라 광명의 집으로 갔고 나는 다리를 건너 개봉동에서 서울로 가는 첫 버스를 탔다. 그 뒤로 나는 그녀를 찾지 않았다. 그녀 역시 나를 찾지 않았다. 광명과 서울을 이어주는 그 가까운 경계에서 그녀와 나는 점점 멀어졌다. 세월이 지나면서 그녀는 아득한 한 점이 되었다.

어서 오십시오. 서울특별시입니다. 나는 매일 광명의 그녀를 이별한다. 그러나 나는 내일 또 다시 그녀를 만나러 광명에 갈 것이다. 그녀는 해맑게 웃으며 나에게 인사를 건넬 것이고 나는 종일 그 미소를 기억하며 나의 해묵은 잔재들을 씻어낼 것이다. 안녕, 광명! ✗

개소리

개소리

한밤중에 클랙슨 소리가 연달아 들렸다. 자정이 가까워오고 있었다. 베란다 창문을 열어보았으나 그 진원지는 알 수 없었다. 거리의 상점들은 대부분 문을 닫고 24시간 편의점이나 주점 같은 유흥업소의 불빛만 반짝거렸다. 도로는 한산했다. 얼마 후 클랙슨 소리는 멈추고 관리실에서 안내방송을 했다. 한밤중에 안내방송을 하는 것은 입주한 지 3년이 넘었지만 처음 있는 일이었다. 까무룩 잠이 들려고 하던 아내가 일어나 귀를 쫑긋했다. 안내방송은 간결했다. 한밤중의 무례에 대한 간단한 사과마저 생략되었다. 지금 여러 사람들이 개집 앞에 모였으니 나올 수 있는 입주민은 다 나와 달라는 요청이었다. 순간 가슴이 철렁했다. 드디어 올 게 왔다는 생각과 함께 위기감이 느껴졌다. 아내는 어느새 겉옷을 걸치고 나갈 채비를 했다.

단지 안의 놀이터와 어린이집을 지나자 묵직하고 굼뜨고 납빛 기운이 도는 낡은 그의 집 윤곽이 드러났다. 아파트 담장 너머로 있는 상가들 사이에 유일하게 남아있는 집. 아파트와 그의 집을 구분하는 담장 너머로 심어진 고목의 잎이 흔들렸다. 인도 위에서 가로등 불빛에 어른거리는 나뭇잎 그림자는 커다란 짐승의 발바닥 같았다. 한밤중인데도 여느 때와는 달리 아파트 단지는 대낮처럼 떠있는 느낌이었다. "불이 다 켜져 있어요." 아내가 말했다. 이 시간이면 수험생이나 늦게 귀가하는 가장을 위해 불을 켜둔 몇 몇 집의 불빛만 보여야 했다. 그의 집과 마주하고 있는 1동에서 4동까지의 베란다가 훤히 불을 밝히고 있었다. 그의 집으로 통하는 후문이 가까워지자 웅성거리는 소리가 들렸다.

도로변에 있는 그의 집 앞으로 구름 떼 같이 사람들이 모여 있었다. 그 시간에 이따금씩 다니는 차들은 도로를 점거한 군중들 때문에 경적조차 울리지 못하고 사람들을 피해 중앙선을 넘어 반대차선으로 달렸다. 사람들은 삼삼오오 무리를 지어 웅성댔다. 그의 집 대문 앞에는 경찰들이 일렬로 서서 바리케이드를 치고 있었다. 아내는 동네 사람이라도 만났는지 삼삼오오 무리 속으로 들어가고 나는 양철판으로 얼기설기 담을 막아놓은 그의 집을 들여다보았다. 여차 하면 그의 집에 쳐들어갈 기세로 있는 사람들이 집안이 훤히 들여다보이는 담장너머로 목소리

높여 항의를 하고 있었다. 그의 아들 현이가 절절매며 반복되는 설명을 했다. 현이는 울 것 같았다. 이마에서 진땀이 비칠비칠 새어나오고 있었다. "여러분, 정말 죄송합니다. 그러나 저도 정말 할 말이 없습니다. 아버지와는 대화가 전혀 안됩니다. 얼마나 답답하면 제가 매일 꼭두새벽에 나갔다가 이렇게 한밤중에 들어오겠습니까? 여러분들 심정 너무나 잘 압니다. 그런데 저도 어떻게 할 수가 없습니다. 오늘은 일단 돌아가시고 다른 방법으로 접근해주시기 바랍니다." 현이가 말하는 동안 개 우리에서 한밤중 소동에 잠이 깬 개들 몇 마리가 간간히 짖었다. 그 밤에 끝장을 봐야겠다는 각오로 있는 사람들은 그렇게 말하는 현이를 믿으려하지 않았다. "너도 한 통속이야. 그 아버지의 그 아들이지. 더 이상 어떻게 참으라고? 이렇게 더 가다간 미쳐버리겠단 말이야." 평소에 소극적인 아줌마들까지 가세하여 말이 뒤섞였다. 이제 현이는 담장 밖에서 들려오는 말들에 반복적으로 대답하고 있었다.

나는 계속 그의 소재가 궁금하여 사방을 둘러보았다. 이 소동에 그가 편히 집에 앉아 있을 리는 없을 테고 어디에 있단 말인가? 유난히 사람들이 많이 모여 있는 곳에서 규칙적인 고함과 움직임이 일어났다. 그 속을 뚫고 들어가 보니 사람들이 경찰차를 에워싸고 있었다. 경찰 두 명이 더 이상 접근 못하게 사람들을 막았다. 차 창문으로 얼핏 그의 얼굴이 보였다. 차안에서 입을 꼭 다문 채 그 많은 사람들을 무시하고 있는 그를 바라보다가 사람들은 점점 분노가 거세졌다. 차의 창문을 두드리고 여러 명이 매달려 차를 밀었다. 차가 움직였다. 경찰은 제지했고 차체가 뒤집힐 듯했는데도 이만한 요동은 각오라도 했다는 듯 그는 꼼짝도 하지 않았다. 다른 쪽에서 누가 선동을 했는지 일제히 구호를 외쳤다. '개 빼라', '개 빼라.' 새벽 1시가 되었는데도 사람들은 흩어질 기세를 보이지 않았다. 오히려 더 몰려들었다. 집에 들어갔다 온 사람이 관리실에서 한 차례 방송을 더 했다고 전했다. 모 방송사에서 취재를 나온다고도 했다. 아이들까지 나와 불구경이라도 하듯 들떠서 여기저기 옮겨 다녔다. 사람들은 정말 개를 빼기 전에는 돌아가지 않을 것 같았고 내가 아는 한 그 또한 이 정도 소동에는 꼼짝하지 않을 것이었다. 다행이라면 다행일까, 이 수많은 군중과 일대일로 대치하는 그와의 사이에 법치국가에서 중시하는 법이 있었다.

2주 전에 개 소음 대책을 위한 공청회가 있었다. 공청회 며칠 전부터 15개 동의 현관 게시판에 안내문이 붙었다. 그의 집과 멀리 떨어져 개 소음과는 무관한 동에서는 그 안내문을 보고 살다보니 별일이 다 있다는 듯 코웃음을 치고 지나갔다. 개 소음 공청회라니, 신문에 날 일 아닌가? 나 또한 그와 관련되는 일이 아니었다면 무심하게 지나갈 것이었다. 그러나 나는 개 소음과 관련된 안내문이 붙을 때마다 자세하게 내용을 훑었다.

그날도 나는 공청회가 시작되는 8시가 되기 전에 부지런히 퇴근해서 집에 와있었다. 밥을 허겁지겁 먹고 집을 나서는 나를 아내는 못마땅하게 쳐다봤다. 이상하게도 나는 그의 굴레에서 쉽게 벗어나지 못했다. 아주 오래전부터 쉽게 뽑아내지 못할 나무가 내 곁에 뿌리를 내린 것처럼. 어린 시절 그와 한 동네에 살 때부터 시작된 인연은 질기게도 이어졌다.

초등학교 시절, 나는 그를 좋아하지 않았지만 다른 아이들처럼 그에게 복종했다. 동네의 누구도 그를 건드리지 못했다. 심지어 학교 선생님까지도 그랬다. 한 학년에 두 학급이 전부인 초등학교에서 6년을 같이 보내면 마치 또래들이 형제처럼 느껴진다. 그런데 그는 우리 또래들과 잘 어울리는 것 같으면서도 어느 순간에 물과 기름처럼 분리되는 유일한 친구였다. 그는 수업 시간에도 벌떡 일어나 교실을 나가곤 했다. 처음엔 그를 제지하던 선생님도 어느 순간부터는 가만히 내버려 두었다. 몇 시간이 지나 그가 돌아올 때도 있지만 그렇지 않으면 그가 집에 간 것으로 간주하였다. 그런 그에 대해 많은 아이들이 수군대다가도 정작 그가 나타나면 입을 꼭 다물었다. 교내 순찰을 돌던 교장선생님도 수업 시간에 학교 안팎을 배회하는 그를 보면 반갑게 인사를 한다고 했다.

결정적으로 그가 우리 또래들의 복종 대상이 된 건 그날 이후였다. 초등학교 3학년 때였다. 지금과는 달리 과외나 학원 같은 건 없던 시절이라 방과 후면 들과 산, 냇가가 우리 놀이터였다. 여름방학을 앞두고 있던 칠월이었다. 동네 사내아이들이 앞 냇가에서 멱을 감고 헤엄치고 놀고 있었다. 한켠에선 몇몇 애들이 물풀을 덥석거리며 손수 만든 그물로 물고기를 잡고 있었다. 매미가 줄기차게 울어대는 한낮이었다. 그가 냇가 한 가운데서 시원스레 헤엄을 치고 있는데 물고기를 잡고 있던 지점에서 흙탕물이 내려와 섞였다. 물속에서 멋들어지게 몸을 뒤집어재끼던 그가 벌떡 일어서서 물풀을 덥석거리던 아이들에게로 갔다. 그 중 한 놈의 멱살을 잡았다. "니, 지금 뭐하는 거야? 내가 헤엄치는 거 안 보여." 멱살을 잡힌 아이, 재동이도 억울했던지 단숨에 그를 화나게 할 말을 쏟아내었다. "아버지도 없는 놈이……." 나는 그 순간 그의 눈빛을 보았다. 물기가 도는가 싶더니 확 불꽃이 튀는 것 같았다. 잠시 동안 두 주먹을 불끈 쥐더니 서서히 재동이 곁으로 다가갔다. 모래와 자갈이 섞여있는 물가로 재동이를 끌고 나와 멱살을 잡아 패대기쳤다. 쓰러진 아이를 다시 일으켜 세워 몇 번을 패대기쳤다. 재동이 이마에선 피가 났다. 얼굴과 팔과 다리는 자갈에 긁혀 차마 볼 수가 없었다. 다른 아이들은 자기도 같은 처지가 될까봐 넋 놓고 바라볼 수밖에 없었다. 결국 아이들이 동네 어른들을 불러올 때까지 그는 멈추지 않았다. 그때 이후로 동네 아이들은 어떤 이유로든 그를 건드리지 않는 것이 불문율처럼 되었다.

　입주하여 이 동네의 원주민이란 이유로 동대표가 되었고 입주자 대표회의 위원이 되었다. 입주 초기 아파트라 입대위의 할 일은 많았다. 경비, 청소 용역업체를 선정하는 것부터 알뜰시장 유치, 아파트 이곳저곳에 편의시설 설치, 심지어 문화의 대세가 된 작은 도서관 운영까지 만만치 않았다. 그러나 무엇보다 아킬레스건처럼 해결되지 않고 따라다니는 것이 그와의 관계였다. 늘 그랬던 것처럼 나와 일대일 문제는 아니었지만 그는 어떤 형태로든 나의 삶에 따라붙었다.

　이 아파트가 들어선 자리는 원래 공장부지였다. 공장 부근으로 주택과 상가들이 복잡하게 얽혀 오밀조밀 모여 있었다. 건설회사는 큰 덩어리인 공장은 손쉽게 매입을 했으나 그 주변에 있는 상가나 주택의 소유주와는 한 번에 협상이 되질 않았다. 그 당시 시세로선 서운치 않은 보상을 제시했으나 그 소유주들은 버틸 수 있는 데까지 버티어 한 푼이라도 더 받아낼 심산이었다. 나도 그런 마음이 조금이라도 없지 않았지만 골치 아픈 것에 연루되는 것은 딱 질색이어서 적당한 선에서 타협을 하고 집을 비웠다. 내가 살던 집은 그의 집과 불과 50여 미터 떨어져 있었고 그 주변은 모두 상가부지로 결정되었다. 건설회사와 보상비 문제로 실랑이를 벌이던 집들은 공장부지에 아파트 골조가 올라가는 동안 서서히 꼬리를 내리며 자신의 입지를 굳혔다.

사거리 모퉁이에 자리를 잡아 제법 장사가 되는 과일가게조차 끝까지 버틸 것처럼 굴더니 아파트 입주 얼마 전에 철거를 했다. 그의 집만이 유일하게 섬처럼 남았다. 건설회사는 터무니없는 보상을 요구하는 그에게서 손을 떼었고 상가를 분양받은 상가주인들이 애를 태웠다. 이어져야 할 상가 건물이 그 집을 건너뛰고 지어져야 할 판이었다. 모양새가 이상해질 것을 염려한 상가 조합원들이 몇 차례나 그를 찾아가 설득했지만 터무니없는 보상액을 주장하면서 그는 요지부동이었다. 그와 상대했던 모든 사람들이 그를 개자식이라 욕하면서 가슴을 쳤다. 나는 그때마다 초등학교 때 죽을 만큼 재동이를 팬 그가 떠올라 아무 말도 할 수가 없었다. 결국 그의 집은 동네의 명물처럼 남고 그 집을 비켜간 이상한 모양새로 상가 건축이 시작되었다.

나는 어렸을 때부터 결혼해서까지 살던 오래된 집을 헐고 새 아파트로 이사를 왔지만 그의 집과의 간격은 멀어지지 않았다. 하루에 한 번 이상은 아파트 울타리 너머로 보이는 그의 집을 봐야만 했다. 출근할 때나 아내 심부름으로 마트를 갈 때도 그의 집이 바라다 보이는 곳을 통과했다. 그 집 지붕은 군데군데 기와가 날라 갔고 비닐로 덮여 있었다. 아파트의 낮은 울타리 너머로 열어놓은 그 집 뒷문이 보였다. 가끔 그의 노모가 굽은 허리로 집안 살림을 하느라 오락가락하고 있었다. 그곳으로 그 집의 누추한 일상이 보이는 데도 그는 그것을 개의치 않았다.

그 집 뒤뜰의 나무는 죽어 있었다. 죽은 나뭇가지들이 아파트 안으로 음산하게 뻗어있었다. 사람들은 그곳을 지날 때마다 눈살을 찌푸렸다. 그리고 한마디씩 던졌다. 저 나무 좀 뽑아버리면 속이 시원하겠다, 지붕 위의 지저분한 비닐은 다 뭔가? 빈민가도 아니고. 새집에 입주한 사람들은 마치 그곳을 지날 때마다 자신들이 마치 그렇게 추락하는 것 같아 견딜 수 없었을 것이다. 눈에 가시였다, 사람들이 모일 때마다 그 집이 화제가 되었다. 긍정적인 사람들은 그 집을 신도시 한 복판에 있는 민속촌쯤으로 여기자고 했다. 좀 더 적극적인 사람들은 이 단지 세대수가 많으니까 한 집 당 얼마씩을 걷어 그 집을 사자는 얘기까지 나왔다. 그러나 이미 모든 것은 탁상공론에 지나지 않았다. 시간이 지나면서 사람들은 자연스레 그 집에 대해 체념을 했다. 가끔 심심할 때 던지는 우스개 정도로만 내놓았다.

공청회가 시작되는 8시가 되기 전부터 실버하우스는 꽉 차서 미처 자리를 못 잡은 사람들은 입구 쪽에 몇 겹을 이루어 서 있었다. 백 명은 족히 되지 싶었다. 거기에 모인 사람들의 표정에선 절박하다 못해 비장미까지 느껴졌다. 어떻게 하든 해결의 실마리를 풀어보자는 의지가 엿보였다. 얼마 전에 개 소음 문제 해결을 공약으로 내건 시의원이 긴장된 모습으로 앉아있었다. 몇 차례 이 문제로 민원을 받은 S구청 환경관리과 직원 두 명도 나왔다. 공무원이 된 지 얼마 안 된 것 같은 환경관리과 여직원은 앳되어 보였다. 끊임없이 민원이 제기되지만 그것을 해결할 속 시원한 법적 근거가 없기에 담당 공무원도 속 깨나 끓였으리라. 이런 자리는 피하는 게 상책이라 생각한 담당 공무원이 애송이 신입 여직원을 대신 보낸 듯했다. 같이 왔던 남자 공무원은 얼마 뒤에 자리를 떴다. 혼자 남은 앳된 여자 공무원은 화르르 끓는 주민들 사이에 바싹 긴장된 모습으로 앉아 있었다.

입대위의 최 감사는 그동안 그와 아파트 사이의 개 소음 문제 관련 자료를 PPT로 제작하여 꼼꼼하게 설명했다.

입주 당시 그의 집에는 큰 개 두 마리가 있었다. 어떤 용도였는지 모르겠지만 특이하게도 리트리버라는 맹인견을 키우고 있었다. 사나운 맹견도 아니고 마당 있는 집에서 개 두 마리쯤이야 하며 대수롭지 않게 생각했다. 그런데 어느 날 보니 개는 대여섯 마리가 되어 있었고 마당 한복판에 묶여 있던 개는 개장 안에 갇혀 있었다. 그의 집을 지나노라면 그의 노모가 개장 밖을 서성이며 먹이를 주고 개장 주변을 청소하는 모습이 눈에 띄었다. 개의 번식력이 좋은 것인지 돈이 될까 싶어 그가 개에 투자를 하는 건지 개는 한두 마리씩 자꾸 늘어났다. 개장에서 여유 있는 공간을 확보하고 있던 개들은 영역이 점점 좁아졌다. 공간의 자유를 뺏긴 동물의 본능이었을까, 그때부터 개들은 자주 짖었다.

도시화가 되기 전, 아침이나 밤중에 가족들과 옹기종기 모여 앉아 있을 때 동네에서 짖던 개소리가 정겹던 시절도 있었다. 하지만 아파트 숲으로 이루어진 도시에서 여러 마리의 개가 한꺼번에 짖는 것은 지독한 소음이다. 심지어 아파트의 아래 위층에 살면서 조그마한 애완견 한 마리가 짖어대기만 해도 관리실과 경찰에 연락을 하면서 질색을 한다. 실제로 그 경우에 이웃의 간섭이 너무 심해 애완견이 짖지 못하도록 성대 수술을 한 경우도 보았다. 그 집 개가 10마리를 넘었을 작년 봄부터는 개들이 짖을 때마다 그 소리가 어찌나 큰지 그 집과 인접한 동에서는 굉음으로 들렸다. 날씨가 따뜻해져 베란다 문을 열어놓으니 개소리는 사방으로 퍼져 들어왔다. 묘하게도 높은 층일수록 소리는 더 크게 들렸다. 더구나 사람을 환장하게 할 노릇은 사람들이 곤하게 잠을 자고 있을 한밤중이나 새벽에도 개들이 짖어대는 것이었다. 개소리에 잠이 깨어 잠을 못 이루다 출근했다는 가장들이 속출했고 한밤중에 공부를 하다 개소리 때문에 집중이 안 돼 독서실로 피신했다는 수험생들이 늘어났다. 낮에도 낮잠 자는 아기들이 개소리에 놀라 깨어 울어댔다. 시도 때도 없이 개들은 짖어댔다.

한두 번 참다가 개소리가 반복되자 그의 집과 인접한 1동에서 5동 사이 주민들은 수시로 관리실에 전화를 해댔다. 개인적으로 구청이나 시청에 민원을 넣는 사람도 있었다. 급기야 입대위에서도 주요 안건으로 다루게 되었다. 입대위 위원들 중에는 절반 이상이 그의 집과 인접한 동이라서 개 소음 문제로 골머리를 앓고 있었다. 입대위에서는 우선 그를 만나 대화를 해서 원만하게 푸는 것이 우선이라고 했다. 입대위 사람 모두 이미 반은 해결이 된 것처럼 가벼운 기분이 되었다. 나는 속으로 그렇게 간단히 해결될 문제가 아니라고 생각했지만 내색하지는 않았다.

입대위 회장인 C가 그에게 전화를 걸어서 약속을 잡았다. 예상 밖으로 그는 입대위의 방문을 흔쾌히 허락했다. 금요일 밤이었다. 잠깐 피었던 봄꽃들이 다 져버린 사월 말이었다. 비도 잠깐 내리고 그친 날이었다. 그의 집에 가까운 치킨집과 홍삼집 근처에 이르자 개 냄새가 습기에 섞여 묘하게 풍겨 나왔다. 그는 막 저녁상을 물린 뒤였다. 그의 노모가 사람의 손길이 닿은 지 오래 돼 미세한 먼지가 들러붙은 컵에 오렌지 주스를 따랐다. 동네에서 제일 미인이었던 그의 부인이 그를 떠난 것은 10년쯤 되었다. 그의 부인이었던 진숙은 그의 초등학교 동창이었다. 그러니 나의 동창이기도 했다. 한 번쯤은 그녀를 마음속에 품어봤을 우리 동창들은 그를 떠나서 다른 도시로 간 그녀를 축복했다. 그녀가 다른 좋은 남자를 만나기를 진심으로 바랬다.

입대위 회장은 주스 컵을 들었다 놨다 하며 쉽게 말을 꺼내지 못했다. 그리고 내 옆구리를 쿡쿡 찔렀다. 그가 나의 초등학교 동창임을 익히 알고 있었던 것이다. 거기 모인 사람들의 그런 모양새를 간파한 그는 묘한 눈빛을 흘렸다. 다행스럽게도 말을 잘 풀어내는 최 감사가 먼저 말을 꺼냈다. 사실 이미 입대위에서 맞춰온 말이기도 했다. 개를 없애 주면 미관상 거슬리는 그 집의 지붕을 고쳐주고 담장이나 대문을 보수해주겠다고 했다. 그 말을 듣고 그는 가만있더니 같잖다는 듯이 피식 웃었다. "당신들이 뭔데 우리 집을 수리를 하느니 마느니 그래?" 갑자기 돌변한 그의 말투에 거기에 모인 사람들은 바짝 긴장했다. 그의 노모가 그런 방의 낌새를 눈치 챘는지 들여다보며 주스 더 마시지 않겠냐고 물었다. 입대위 회장 C는 단단히 마음을 추스르고 나서 입을 열었다.

"그럼 어떻게 하시겠다는 겁니까?"

"뭘 어떡하긴 어떡해? 이 개들은 내가 먹고사는 문젠데 도대체 당신들이 왜 그러는 겁니까?"

"아니, 많은 사람들에게 개 소음과 악취로 피해를 주니까 하는 말이지 않습니까?"

"그건 내 알바 아니오. 법에 문제될 일이 아니니까 맘대로 하시오."

그는 여유롭고 당당했다. 이미 그의 성질을 익히 알던 터라 되도록 좋게 얘기하고 그를 설득하자던 입대위 사람들의 원래 생각은 순식간에 날아갔다. 입대위 쪽에서 한 마디 더하면 험악한 분위기가 될 판국이었다. 그의 노모가 들어와 밤이 늦었으니

다음에 다시 오라고 재촉했다. 나도 입대위 사람들에게 눈짓을 했다. 말 잘 풀어내고 사람 끄는 데는 타고난 최 감사가 먼저 순순히 일어났다. 그 다음에 할 일은 그가 말한 법이라는 것을 알아보고 우리도 우리식대로 하는 것이었다.

그의 집을 나서는 데 그놈의 법 생각이 나서 씁쓸했다. 공고 졸업을 하고 별 달리 할 일이 없던 그는 가구공단 마을에서 중국집을 하는 그의 작은 아버지 밑에서 이태 째 배달 일을 하고 있었다. 어느 날 어머니가 읍내에서 장을 보고 아마도 그 길을 거쳐 왔지 싶었다. 어머니는 딴 생각 하느라 한눈을 팔 수 있었을 것이다. 배달을 마치고 중국집으로 쏜살같이 달려가던 그가 마주 다가오는 어머니를 치었다. 그 또한 딴 생각을 했을 것이다. 어머니가 쓰러졌다. 쓰러진 어머니를 보지 못할 리가 없었다. 그는 황급히 그 자리를 떠났다. 지나가는 사람이 쓰러진 어머니와 달아나는 오토바이를 보았다. 사람들을 불러 어머니를 근처의 병원으로 옮겼다. 그리고 그가 일하는 중국집에 찾아갔다. 어머니는 두 달 정도 입원했다. 어머니가 돌보는 하천가 옆 텃밭은 그해 여름, 풀이 무성했다. 처음에는 그와 작은 아버지라는 사람이 인사치레를 하다가 합의라는 말이 나오자 꽁무니를 뺐다. 그런 문제로 그와 대면하긴 싫었지만 몇 번 그를 더 만났다. 그는 정말 그런지 모르지만 무일푼인 그의 사정을 강조했다. 다행히 보험금으로 병원비는 충당이 되었다. 그 문제로 인한 만남이 마지막이라고 생각하고 그를 찾아갔을 때 그도 마지막 카드라고 생각했는지 법대로 하라고 했다. 돈은 줄 수 없고 감옥에 가겠다고 했다. 더 이상 말하지 않고 그와 헤어졌다. 법대로 할 수 있었지만 그렇게 하지 않았다. 나는 그와의 만남이 계속 이어지는 것이 싫었다.

　그 집에서 나온 뒤 입대위 사람들은 자주 모여 법적인 상황들을 알아보며 각 기관에 민원을 넣거나 진정을 했다. 그냥 개가 짖는다면 법에 저촉이 안 되지만 일부러 짖게 했다면 경범죄에 해당되기에 가까운 지구대에라도 신고하면 된다고 하였다. 작년 가을, 9월 말쯤이었다. 그날도 새벽녘에 개소리가 요란했다. 그 집 안마당이 환히 들여다보이는 3동의 베란다에서 누군가가 그의 집을 내려다보았다. 역시나 그가 새벽녘에 취해 들어와 쇠창살 안에 있는 개를 괴롭히고 있었다. 개들은 흥분하여 무려한 시간 동안을 목이 터져라 짖어대었다. 그는 경범죄로 고발되었다. 그것은 일회적인 것이었다. 주민들에게 고발당해 벌금을 물은 그때부터 그는 약이 잔뜩 올랐던 것 같다. 그 이후로도 개는 계속 짖어댔지만 그를 고발할 만한 단서는 찾을 수 없다. 사실 그 단서라는 것을 위해 몇 몇 사람이 잠복까지 하면서 그 집을 살폈다. 분명한 것은 그가 개밥을 주려고 개집 앞을 서성이면 개들이 엄청나게 짖어대기 시작했다. 그 상황에서 그가 개를 학대하여 일부러 개를 짖게 했다는 근거는 찾을 수 없었다. 그 다음부터 아파트 주민들이 바랄 수 있는 건 개 주인이 빨리 서둘러 밥을 주기를 바라는 것뿐이었다.

민원을 넣었더니 구청 환경과와 도청의 환경분쟁위원회에서 현장을 방문 조사했다. 그러나 현행법으로는 제제할 방법이 없다고 했다. 이미 법망을 피해간 그는 더욱 의기양양했다. 그 집이 빤히 내려다보이는 4동 여자는 노이로제에 걸려 정신과 치료를 받을 지경에 이르렀다고 했다. 누군가가 국민 권익위원회에 이 사정을 호소했다. 그곳에서 돌아온 답변도 마찬가지였다. 다수의 사람들이 한 개인에게 피해를 받는 데도 그것 하나 조정하고 해결할 기관이 없었던 것이다. 그들은 다른 기관에 해당되는 법을 제시하는 것이 고작이었다. '동물보호법'으로 접근해보라고 했다. 개를 판매한 사실이 확인되면 판매등록을 해야 한다. 그러면 개주인은 시설 투자를 하고 사육사를 고용해야 하는데 그는 그렇게까지 할 위인은 아니었다. 지난번 방문했을 때 그게 자기네 먹고사는 문제인데 웬 간섭이냐고 했으니 판매를 하는 것이 분명한데 그걸 증명할 방법이 없었다. 사실 개집에 있던 개 3마리가 없어져 팔았냐고 물어봤더니 그냥 아는 사람에게 나눠주었다고 했다. 그렇게 말하는 바에는 별 도리가 없었다. 설사 판매한 사실이 드러나더라도 관계기관에 신고를 하고 또 판매등록을 개 주인에게 계고하고 하는 과정이 수개월이 걸릴 것이다. 그는 아마도 판매등록 계고를 받더라도 눈 하나 깜짝하지 않을 것이다. 개 값에 비하면 얼마 안 되는 돈을 벌금으로 물고 말 것이었다.

이쯤 되니 개소리를 하루도 거르지 않고 듣고 사는 사람들은 미치고 팔짝 뛸 노릇이었다. 그 집을 주시하고 있는 사람들의 보고가 시시각각으로 아파트 홈페이지 게시판에 올라왔다. 사월, 어느 날 창문 밖으로 보니 개집 위에 또 다른 개집을 짓고 있었다. 개집이 2층이라, 게시판에 올라온 사진을 보고 사람들은 입을 떡 벌릴 수밖에 없었다. 그는 물러설 기세가 전혀 없었다. 물론 이 상황을 동물보호법에 적용해보지 않은 것이 아니다. 15평 이상의 개집일 경우에는 사육장 허가를 받아야 한다. 그 경우에는 수천만 원의 비용이 들어가고 현실적으로 그 집에선 가능하지 않은 것이다. 물론 그가 그것을 모르고 있지 않을 것이다. 그의 개집은 당연히 15평 미만인 것이다. 그러니 두 개를 더 만들어도 법에 저촉이 되지 않는다. 법과 무관하게 사는 사람들도 개에 관한 법률에 해박해지기 시작했다.

묘한 것이 있었다. 이십여 마리의 분뇨를 그가 어떻게 처리하냐는 것이었다. 그의 집 하수도는 동네 하천으로 바로 통했다. 공원조성공사가 진행되고 있는 하천에 대해 구청에서 신경 쓰지 않을 수 없을 텐데, 구나 시 차원에서도 어찌할 수 없는 사정이 있는 것 같았다. '가축분뇨의 관리 및 이용에 관한 법률'이 있어서 지역주민의 생활환경보존을 위하여 주거 밀집지역으로 생활환경의 보호가 필요한 지역에서는 당해 지방 자치단체의 조례가 정하는 바에 따라서 일정한 구역을 지정하여 가축의 사육을 제한할 수 있다고 되어 있다. 그런데 우리가 사는 시에서는 그 조례가 제정 되어있지 않았다. 아마도 지금까지 그러 조례를 정할 필요성이 없어서였을 것이다. 일부러 일을 만들어서 할 공무원은 드물지 않겠는가? 하수도법이라는 것도 있는데 누구든지 공공하수도를 손괴하거나, 그 기능에 장해를 주어 하수의 흐름을 방해해서는 아니 된다고 규정하고 있다. 그런데 문제는 그 개가 애완견에 포함 되어서 애완견의 배설물을 하수구에 버리는 것은 해당되지 않는다는 것이다. 그러니까 그의 수많은 개들이 집에서 키우는 한 마리 애완견과 같은 취급을 받는 것이다.

유월에 들어서니 더위에 지친 개들이 짖어대고 새끼 개들을 걱정하는지 어미 개들도 더 많이 짖어댔다. 비라도 오는 날이면 그 집 앞을 지날 때 묘한 냄새가 진동을 해서 코를 막아 줘었다. 신경이 곤두선 사람들은 밤잠을 자지 않고 개와의 사투를 벌이는 듯했다. 밤 12시 51분, 12시 58분, 새벽 1시부터 5분까지 2분간, 1시 6분, 1시 12분에서 13분까지 1분간……사람들은 잠을 자지 않고 개 짖는 시간을 측정하여 홈페이지 게시판에 올렸다. 개 소음은 현행법으로 문제가 없어서 모든 관계기관이 손놓고 있으니 정말 갑갑한 일이었다.

그날 밤, 몇 십 년 만에 유월 최고 기온이라는 날에 사람들은 폭발했다. 개들은 더위를 목청으로 풀어보려는 듯 쉼 없이 짖어 댔다. 3,4동에 사는 몇 몇 사람들이 내려왔다. 비장한 모습으로 저격병처럼 성큼 성큼 그 집 앞으로 다가갔다. 문을 세차게 흔들어댔다. 잠을 잘 수 없어 그 모양을 베란다에서 바라보던 몇 사람이 더 내려가 가세했다. 나오라는 소리에 꼼짝도 않던 그가 문이 부서질 듯 흔들며 욕설을 해대자 기선 제압이라도 하려는 듯 눈을 치켜뜨고 나왔다. 예상치 않던 사람의 무리에 그는 놀란 듯 마당 한가운데 서 있었다. 그러나 문을 열면 마지막 포위망이 뚫린다는 듯 동물의 포효 같은 사람들의 아우성에도 꼼짝하지 않았다. 어떤 상황에도 눈 하나 꿈쩍하지 않던 초등학교 시절의 그가 또 한 번 오버랩 되었다. 마당이 훤히 들여다보이는 그 집 담장으로 사람들은 그동안의 마음속에 쟁여 놓았던 분노를 모두 터뜨렸다. 개자식, 개새끼라는 소리가 여기저기서 터져 나왔다. 엄마 등에 업혀 나왔던 아기가 놀래서 울어댔다. 삼십여 분이 지났을 때 경찰 서너 명이 왔다. 사람들은 더 맹렬하게 삿대질을 하면서 소리쳤다. 개주인인 그는 그때도 마당 한가운데서 꼼짝없이 서 있었다. 그는 그 상황에서 화가 난 사람들에게 대거리를 하지 않는 것이 자신에게 유리하다는 것을 알고 있었다. 경찰 중의 한 명이 무리 속에 있던 최 감사에게 다가가 뭐라 했다. 최 감사는 상황의 진위를 파악했는지 사람들에게 경찰이 한 말을 설명하고 그날은 일단 해산할 것을 종용했다. 거기에 모인 사람들도 그 정도의 이해는 할 수 있어서 아쉽게 발걸음을 돌렸다. 그날 밤, 거기에 모인 사람들은 모두 한밤중에 소란을 피운 폭도들이 되어 경찰서로 끌려갈 뻔 했다.

그러니까 사람들은 법과 관련하여 관계 관청에 민원을 넣고 관계자들을 찾아가고 심지어 개주인과 대거리까지 했으니 할 수 있는 것들은 다해 본 셈이었다. 사람들이 생각다 못해 마지막 카드로 내세운 것이 민사소송이었다. 물론 민사소송에 들어가면 그 비용이 만만치 않을 것이고 그 비용의 출처 문제나 소송이 진행되는 데 걸리는 시간 등, 복잡한 것이 한두 가지가 아니었다. 그래도 사람들은 그렇게라도 해야 하지 않겠느냐고 입을 모았다. 궁지에 몰린 사람들의 최후수단이었다. 일단 입대위 회장과 최 감사가 나서 소음관련 변호사에게 자문을 받긴 받았는데 탐탁하지 않은 눈치였다. 지금까지 개 소음과 관련된 사례는 생소한지라 익숙하지 않은 사건에 끼고 싶지 않았던 것이다. 그래도 일단은 소음의 정도를 알려달라고 하였다. 몇 몇 세대에 소음 측정 의뢰를 했더니 그토록 개 소음에 목소리를 높이던 사람들이 거절을 했다. 그건 번거로움이라기보다 법에 조금이라도 연루되는 자체를 꺼리는 것이었다. 결국 최 감사를 비롯한 몇 몇 사람들이 1동에서 4동까지의 옥상에서 소음측정을 했다. 소음측정 결과 65데시벨이었다. 기준치를 훨씬 넘어섰다. 그런데 그것이 공신력 있는 기관에서 만든 테스트 표라야 한다고 했다. 관리실에서 구입한 조그만 측정기로 한 것은 공신력이 없다고 했다. 다시 공신력 있는 측정기관에 소음측정 의뢰를 했으나 변호사 선임에 관한 문제가 남아 있었다. 그런데 직접적으로 소음 피해가 없는 동들이 삼분의 이가 되는지라 비용문제와 관련하여 주민들의 동의를 얻어내야 하는 등 간단한 문제가 아니었다. 아파트홈페이지 게시판은 개 소음 전용 게시판이 되어버렸다. 그러나 누구하나 문제만 제시할 뿐 뚜렷한 해결책을 내놓지 못했다.

민사소송 얘기까지 나오자 입대위는 지금까지의 상황을 더 자세히 나열하고 방법을 강구하고자 공청회를 공고했다. 개 소음 공청회, 현관 출입구 게시판에 그 안내문이 붙은 것을 보고 사람들은 사태의 심각성을 느끼면서도 피식 웃고 지나갔다. 공청회 안내가 현관 게시판에 나붙자 홈페이지 게시판에도 그 어느 때보다 댓글이 쇄도했다. 민사소송까지 가기 전에 할 방법이 많다는 듯 지금까지는 없던 의견들이 나왔다.

동물들은 천적이 있는데 호랑이나 사자 소리를 들려주면 꼼짝도 못한다고 한다. 그러니 인터넷에서 호랑이 소리를 다운 받아서 개가 짖을 때 아파트 장외방송처럼 틀어놓자는 것이었다. 실제로 그 소리를 다운 받아서 첨부 파일까지 넣었다. 그 글을 읽은 사람들은 좋은 의견이라며 장단을 맞추었다. 개집이 잘 들여다보이는 3,4동 놀이터 앞 나무 위에 스피커를 매달자, 호랑이 인형을 구입해서 인형 뱃속에 녹음기 틀어놓자, 실제로 그 다운 받은 호랑이 소리를 자기 집 애완견 잉크에게 시험해 봤더니 무서워서 꼼짝 못 하더라 등을 포함해서 깜찍한 소녀의 발상 같은 것들이 나왔다. 심지어 호랑이 변 냄새를 맡으면 개들이 꼼짝 못하니 호랑이 똥을 개집 주변에 놓아두자고 했다. 그 사람은 자기가 동물원에 가서 호랑이 똥을 가져올 요량이었을까? 그리고 실제로 그런 방법으로 개소리를 진정 시킨다고 해도 그건 임시방편적인 방법밖엔 안 된다. 호랑이 울음이 사라지면 개들이 더 크게 짖어댈지 누가 알겠는가? 개가 사람처럼 무서운 자를 의식해서 아예 입을 다물고 있겠는가? 그렇다면 얼마나 좋겠는가? 또한 그것은 개소리보다 더 큰 소음이 될 수도 있다. 궁지에 몰린 사람들이 어떤 의견인들 내놓지 못하겠는가? 이렇게 의견을 내서 속 풀이라도 된다면 다행이라고 생각했다. 모두 신문에 날 만한 일이었다. 또, 꼴도 보기 싫으니 방음벽을 설치하자는 의견도 나왔다. 개 짖는 소리 때문에 방음벽을 설치한다면 역시 뉴스에 나올만한 일이었으나 사람들은 이 문제에 대해서는 가장 현실적이라고 생각했는지 진지하게 접근해갔다. 먼저 개 소음 때문에 방음벽을 설치하는 것이 법에 저촉되지는 않는지에 대한 것부터 조망권과 관련된 문제들을 검토해야 한다고 했다. 그리고 방음벽을 설치했을 때 미관적인 것, 비용적인 문제등도 생각해야만 했다.

이 아파트에서는 2년이 다 되어가는 동안 끊임없이 개소리 때문에 그와 싸움을 해왔다. 그런데 참 이상한 건 어렸을 때도 그랬던 것처럼 그의 싸움 대상은 언제나 다수였다. 그러나 그 다수는 또한 그를 쉽게 이길 수도 없었다. 어쨌든 2년이 되도록 그 집의 개를 상대로 한 싸움이 계속되었고 공청회까지 열리게 된 것이다.

최 감사가 PPT자료를 통해 경과보고를 모두 마쳤다. 그 자리에 끝까지 남아있던 구청의 환경과 여직원은 공청회 소감 요구에 법조항을 적은 유인물을 들고 나와 책 읽듯이 말했다. 사람들은 격노한 분위기에서 싸움을 걸듯이 그녀에게 질문을 했다. 그러니까 안 된다는 말인가요? 그녀는 기어들어가는 목소리로 대답했다. 예. 게다가 지루한 설전을 견디고 있던 시의원이 잘 들리지도 않는 목소리로 조용조용 말했다. 법적인 여부를 알아볼 것이며 방음벽을 설치할 경우에는 전액 보조할 수 있도록 노력하겠다고 했다. 공무원은 부정적으로 얘기했고 시의원은 미래의 기대를 얘기했으나 별 해결책이 없기는 마찬가지였다. 그날 회의 의장인 최 감사는 그 동안 언급되지 않은 새로운 의견을 제시해달라고 했다. 그러나 모양새만 조금 달랐지 그동안 홈페이지 게시판에 나왔던 의견들이 다시 나왔다. 의견이 좀 더 구체적이 되기는 했다. 웃음거리라고 생각했던 방음벽 설치에 대해서는 꽤나 다양한 의견들이 나왔다. 방음벽의 높이와 재질에 대해서까지. 시급한 상황에서 그래도 신속하게 처리할 수 있는 방법이라고 생각했기 때문이다. 그러나 그 의견도 결국 법과 맞닥뜨리면 어떻게 되는지 자세히 알지 못했다. 결국 더 알아보겠으며 더 노력하겠다는 뻔한 결론이 나게 되었다.

최 감사를 마주 보고 앉아있던, 그 밤에 검은 색 선글라스를 낀 뚱뚱한 남자가 지금까지 분위기를 한 번에 뒤엎었다. "도대체 이거 뭐란 말이오, 입대위는 지금까지 무성하게 말만 했지 도대체 결과적으로 해결된 것이 한 가지라도 있소? 2년이 되도록 안 되는 거 알았으면 딴 방법으로 했어야지……" 선글라스 남자는 이제 막 반말로 돌아섰다. 어디에서 한 가락 했을 것 같은 조폭 같은 분위기였다. 그 남자의 말은 그동안 수고한 입대위 사람들을 무참하게 하고 거친 면이 느껴졌지만 거기 모인 사람들 속을 시원하게 뚫어주는 발언이었다. 그 남자의 옆에 있던, 그동안 조용하게 있던 여자도 그 남자의 말에 동조한다는 듯 목소리를 높였다. "맞아요, 맞아. 도대체 입대위는 그동안 뭘 했어요?" 그 여자는 좀 엉뚱하게 샜지만 사람들은 동요하기 시작했다. 당황한 최 감사가 그 분위기를 진정시키며 그러면 다른 의견을 제시해줄 것을 부탁했다. 선글라스 남자가 전보다 더 들뜬 목소리로 말했다. "말로 안 되는 사람이면 행동으로 해야지. 수백 명이 그 집 앞에 가서 엎드리든지, 아니면 시청 앞에 가서 피켓 들고 시위라도 해야 될 것 아냐. 그러면 그 개주인 조금이라도 움직일 것 아냐?" 그동안의 의견에는 제자리에서 수군대던 사람들이 입을 다물고 눈을 반짝였다. 이제 남은 것은 그것밖에 없다는 듯 솔깃했다. 이제 회의는 필요 없다는 듯 사람들은 하나 둘 자리를 떴다. 최 감사는 그 회의를 어떻게든 종료해야함을 감지하고 마무리를 했다. 회의에서 나온 안건들을 다시 정리해주고 선글라스 남자가 낸 의견에 대해서 그런 집회가 결정되면 협조해 달라는 당부의 말까지 했다. 선글라스 남자 옆에 있던 여자가 격분하여 소리쳤다. "도대체 이대로 끝내면 어쩌자는 거예요? 입대위 회장님은 도대체 지금까지 한 일이 뭡니까? 최 감사님 또한 말만 잘하지 2년이 지나도록 무얼 했습니까? 진작 책임을 지고 물러나야 되는 것 아니었어요?" 여자가 말하는 걸 결국 참지 못하고 지금까지 가만히 있던 입대위 회장이 엉덩이를 들썩거렸다. "아니 그럼 아줌마는 도대체 무얼 했습니까?" 곧이어 선글라스 남자가 말했다. "회의석상에서 아줌마가 뭡니까? 인격모독 아닙니까?" 그 말에 힘입었는지 여자는 더 격분하여 목에서 쉰 소리가 나왔다. 그때까지 남아있던 사람들은 그 자리를 떠날지 남아있을지를 고민했다. 그동안 점잖게 앉아있던 노인회 회장이 한 마디 했다. "도대체 이게 뭡니까? 지금까지 입대위 노력에 대해서 감사하지 못할망정 인신공격이 뭡니까?" 선글라스 남자가 말했다. "한통속이시군요. 비판해야 할 것은 비판해야 합니다." 여자가 바로 말을 이었다. "그럼요. 어쩜 이렇게 이분은 옳은 말씀만 하실까요……." 개소리 문제는 이미 온 데 간 데 없었다. 사람소리는 개가 짖는 것보다 더 시끄러웠다. 어렸을 적 우리 친구들도 그와 생긴 문제에 대해서 늘 그를 제외하고 우리끼리 왈가왈부 했었다.

선글라스 남자의 말 여파였는지 그날은 생각보다 빨리 왔다. 계획된 것도 준비된 것도 아니었다. 밤 12시가 다 되어서였다. 그날도 여느 때와 마찬가지로 개들이 요란스럽게 짖어댔다. 누구든지 괜하게 짜증나는 때가 있는 것처럼 매일 밤 듣던 개소리가 3동에 사는 L씨를 몹시 거슬리게 했다. 날이 더워지면서 며칠 째 개소리 때문에 잠을 못 자던 차였다. 정신과에 가서 불면증에 대한 처방이라도 받으려고 하고 있었다. L씨는 경찰에 개소음 때문에 못살겠다고 신고를 했다. 경찰은 금방 출동 했다. L씨는 경찰과 동행을 해서 개집 주인을 불러냈다. 그는 막 집에 도착하여 그가 모는 트럭에서 내려오고 있었다. 경찰이 용건을 말하자 갑자기 그는 태도가 돌변했다. 그리고 막 바로 다시 트럭으로 올라가더니 클랙슨을 울려댔다. 조용한 한밤중에 울리는 클랙슨은 마치 천둥소리 같았다. 그 집 가까이 있는 동의 사람들이 무슨 일인가 싶어 밖을 내다보고 하나 둘 내려오기 시작했다. 그렇게 모인 사람들이 삼백 명 가까이 이른 것이다. 그날 밤 소동의 시작은 이렇게 된 것이었다. 사람들은 그날 밤 각오라도 한 듯 돌아갈 줄 몰랐다. 다음날은 휴무일인 토요일이었다. 방송국에서 다녀갔다. 더 정확한 취재를 위해 다음날 낮에 다시 오겠다고 했다. 새벽 3시가 넘었다. 많은 사람이 돌아갔지만 그동안 개소리에 한이 맺힌 사람들은 끝까지 남았다. 사태의 심각성을 알았는지 경찰서장이 와서 선언을 했다. "8월 ○○일까지 어떻게든지 저 개들을 다른 데로 옮기겠으니 주민 여러분들은 이제 돌아가시기 바랍니다." 그리고 경찰의 호위 속에서 차에 갇혀 있던 그가 나와 조만간 개를 집에서 뺄 것을 약속했다. 사람들은 흩어지고 입대위 위원 몇 명이 경찰서장을 따라 경찰서로 갔다. 서장의 약속을 서면으로 받아내기 위해서였다.

모방송국에서 취재를 해갔다. 그의 집과 개집, 인접한 아파트의 두 집이 공개 되었다. 그와 개소리 피해 주민들이 인터뷰를 했다. 그는 자신은 더 큰 피해를 입었다고 큰소리 쳤다. "나는 이 집에서 30년을 살았어요. 그런데 3년 전에 아파트가 세워지면서 조용하던 우리집이 시끄러워졌단 말이죠. 아파트를 지을 때는 공사 소음, 입주가 되고선 놀이터에서 아이들 노는 소리가 그치질 않았어요. 아파트 담장 바로 옆에 우리 집 안방이 있는데 일주일에 한 번 씩 알뜰장이 서질 않나, 아파트 주민 자동차들이 밤낮으로 이곳을 지나간단 말이오. 나도 소음피해자란 말이오." 그가 그 집을 끝까지 내놓지 않아서 그 자리에 남아있는 것은 쏙 빼놓고 말했다. 개 소음 피해를 입고 있는 여자가 말했다. "잠을 제대로 자지 못해요. 이제 약을 먹지 않으면 잠을 못 자요." 개주인인 그가 말했다. "나는 이 개를 팔아서 먹고살아요. 생계란 말이오. 누가 신고를 해서 2층 개집 증축을 못하게 했는데 그러면 담장 골목에 개집을 지을 것이오. 내년에 취재를 나오면 100마리 쯤 볼 수 있을 것이오." 그의 선언과 같은 발언과 아나운서가 양쪽의 대화로 원만하게 해결할 것을 권하는 걸로 방송은 끝났다.

그 방송을 계기로 아파트 주민들의 분노는 더욱 거세졌다. 천여 명이 넘는 주민들이 서명을 하여 시장에게 탄원서를 냈다. 시장이 그 집을 방문하여 개 주인을 만났다. 그는 방송에서와 똑같은 소리를 했다. 시장은 개 사육 부지를 따로 마련해 줄 테니 옮기라고 했다. 그는 자기 집 놔두고 왜 다른 데서 개를 키우느냐고 했다. 그런데 소동이 있던 날 밤은 개를 빼겠다고 하지 않았냐고 했더니 그것은 자기가 그날 그렇게 말하지 않으면 죽을 것 같아서라고 했다. 모일까지 개를 빼겠다고 약속한 씩씩한 경찰서장은 한밤중에 부하 경찰들을 보내 개 소음 측정을 하게 했다. 일부러 개를 짖게 하고 5분간 측정을 했다. 상황을 모르는 주민들 수십 명이 그 소리에 튀어나왔다. 또 한바탕 소동이 벌어졌다. 선글라스 남자가 나타나 그와 드잡이를 하다 그를 주먹으로 쳤다. 그가 선글라스 남자를 폭력 죄로 고소했다.

이틀간 경찰 십여 명이 관리실로 파견 나와 개 소음 피해를

입은 주민들에게 진술서를 받아냈다. 이백 명 가까운 사람들이
진술서를 썼다.

　모일은 다가오고 있다. 그런데 상황은 도미노처럼 새로운 상
황만을 낳고 있다. 사람들에게 개소리가 멈추는 것은 점점 아득
해진다. 상가들 사이에 섬처럼 떠있는 그 집에서 그는 그 옛날
처럼 굳건하다. 개들은 여전히 짖는다. 마치 그를 포위하고 있
는 사람들을 방어하는 것처럼. '컹컹컹……목청 좋죠?' 개소리
에 섞여서 그의 목소리가 들리는 듯도 하다. ✸

펭귄을 보러가다

펭귄을 보러가다

　나는 오랫동안 전인권이 부르는 '행진'이라는 노래를 펭귄이라고 알고 불렀다. 지나가다 어디선가 그 노래가 들려오거나 또 어떤 누군가가 그 노래를 부를라치면 나는 '행진'이라는 부분을 '펭귄'이라고 따라 불렀다. 그런데 이상한 건 내가 그 부분을 '펭귄'이라고 해도 누구 하나 그것에 대해 틀렸다고 지적한 사람이 없었다는 점이다. 아마도 내가 '펭귄'이라고 부른 부분을 그 사람들도 '행진'이라고 알아들었을 것이다. 나중에 '펭귄'이 아니고 '행진'이라는 사실을 알고 나서도 '행진'을 '펭귄'으로 바꿔 부르면서 아무렇지 않은 듯 능청을 떨기도 했다.

　그 부분을 '탕진'이라고 알고 부른 사람도 있다는데, 또 그렇게 들리는 것도 같았다. 전인권의 약간 비음 섞인 목소리는 어떻게 불러도 한 가지로 들리는 것 같다. '행진'을 '탕진'이라고 하든 '펭귄'이라고 하든 노랫말의 의미는 그다지 변화가 없게 느껴진다는 사실이다. 가수 전인권의 비음 섞인 오묘한 목소리는 세 가지의 의미를 다 함유한 한 소리로 들린다.

　내가 너무 자연스럽게 행진을 펭귄이라고 생각한 것은 발음상의 유사성 문제도 있지만 마음속에 늘 펭귄이 서식하고 있어서일지도 모른다. 언젠가부터 종족을 위해 목숨 거는 그 펭귄이 도무지 내 속에서 몰아낼 수 없는, 끊을 수 없는 연결고리가 되었다.

　나의 과거는 어두웠지만
　나의 과거는 힘이 들었지만
　그러나 나의 과거를 사랑할 수 있다면
　내가 추억의 그림을 그릴 수만 있다면

　행진행진행진(펭귄펭귄펭귄, 탕진탕진탕진)하는 거야
　행진행진행진(펭귄펭귄펭귄, 탕진탕진탕진)하는 거야

　난 노래할 거야
　매일 그대와 아침이 밝아올 때까지 아침이 밝아올 때까지
　행진행진행진(탕진탕진탕진, 펭귄펭귄펭귄) 하는 거야.

이 노래를 '행진'이든 '탕진'이든 '펭귄'이든 어떻게든 불러 보라. '펭귄'은 '행진'과 전혀 다른 의미라고 웃겠는가. 수십 일간 밤낮으로 남극의 거센 눈보라를 헤치며 행진하는 펭귄의 무리는 실로 장엄하기까지 하다. '행진' 대신에 '탕진'이라고 하면 그 행진은 더 절실해질지도 모른다. 힘들게 지치도록 행진하는 방랑자가 떠오를 것이다. 또 탕진이라고 하면 세상살이의 방랑을 접고 아버지에게 돌아온 탕자가 그려질 수도 있다. '탕진'은 때로는 '행진'보다 더 숭고하게 느껴진다.

그냥 그의 존재 자체만으로도 우쭐하던 때가 있었다. 그와 함께라면 하얀 얼음 장막으로 뒤덮인 땅을 걸어간다고 해도 내 몸은 뜨거웠고 가뿐했다. 나는 그와의 약속된 땅에서 있을 사랑의 춤과 새 생명에 대한 꿈을 꾸었다. 나는 내가 어디든 날아갈 수 있는 날개라도 가진 것처럼 느껴졌다. 사랑의 세레나데를 부를 그와 끝없이 행진할 것이라고 생각했다. 그 행진이 중단될 것이라는 걸 그때는 생각하지 못했다.

어린 조카가 에니메이션 '핑구시리즈'의 펭귄을 진지하게 들여다보고 있다. 그것들은 내게 웃음을 자아내게 한다. 펭귄들은 해변에서 무리를 지어 하얀 배를 내밀며 앙증스런 모습으로 종종거린다. 우스꽝스러운 말투로 대그락거리며. 어린 조카는 일어나서 그 모양을 쫓아 한다. 나는 어린 조카를 꼭 껴안는다. 마치 내 아이라도 되듯. 나는 어린 조카를 볼 때마다 없는 그 아이를 생각한다.

내가 산부인과의 수술실에서 나왔을 때, 그는 "용감했어."라는 말과 함께 내게 장미꽃다발을 안겨주었다. 그 뒤로 나는 장미꽃을 볼 때마다 수술대를 내려왔을 때 하얀 시트에 튀긴 붉은 핏자국이 떠올랐다. 그때 나는 정말 그의 말대로 용감했는지도 모른다. 생명을 죽이는 일은 결코 용감하지 않고는 할 수 없으니까.

단 하나의 사랑을 찾아 긴긴 행진을 하고, 알을 낳고 겨울을 견뎌내는 펭귄은 오직 황제펭귄뿐이다. 나는 그 황제펭귄이 되고 싶었다. 그와 끝까지 함께하면서 생명을 지키고 싶었다. 아무리 혹독한 겨울과 밤이라도 견딜 수 있을 것 같았다. 그들의 집은—쉽게 산란을 하고 고통의 행진 같은 것은 하지 않는 자들이 감히 접근할 수 없는—남극에 있다. 그들은 다른 펭귄들에 비해 서너 배의 큰 몸집과 지느러미로 사용되는 날개를 갖고 있다. 물속 깊숙이 잠수할 수 있고 때로는 빠르게 속력을 내기도 한다. 그 힘을 가진 자가 발등 위에 알을 놓고 주름진 아랫배로 품으며 긴 겨울 수개월을 견디는 숭고한 사랑을 보여준다. 그들의 목 부위는 노란 색이다. 일부러 자신의 존재를 알리지 않아도 누구라도 그들이 황제펭귄임을 알 수 있다. 그러나 황제펭귄을 다른 것들과 구별되게 하는 것은 몸의 색깔이 아닌 힘과 사랑을 동시에 가졌다는 점에서다. 나는 황제펭귄을 그리워하기 시작했다.

내 존재의 밑바닥에서 건져 올려야 할 힘과 사랑, 내가 여기에 목숨을 걸고자 했을 때 주위는 온통 하얀 얼음 장막이었다. 그곳엔 생물이라고는 아무 것도 없었다. 내가 수술실에서 희미하게 들었던 흡입장치 소리가 모든 것을 빨아들인 뒤였다. 모든 것이 이미 사라졌다. 냉혹한 추위는 살아있는 모든 것을 밀어냈다. 그 뒤로 나는 죽음과도 같은 행진을 해야만 했다. 생명이 사라진 뒤에 그도 사라졌다. 처음엔 하나이지만 하나가 둘이 되고 둘이 열이 되는 펭귄이 아니라 나는 그 반대로 서서히 혼자가 되었다. 황제펭귄은 혼자가 아니라는 것에 힘을 받으며 그 행진을 포기하지 않는다. 나는 갑자기 이정표 하나 없는 여로에 섰다. 때로 퇴화된 날개를 퍼득이지만 날지 못한다. 대신 지느러미를 대신한 작은 날개로 헤엄을 친다.

매스컴에서 낙태금지에 대한 캠페인이 나오면 나는 광장 한가운데서 놀림거리가 되는 듯하다. 흩날리는 눈보라를 막기 위해 무리 속으로 필사적으로 뭉치는 펭귄은 행복하게 보인다. 극한적인 삶의 절실함이 있지만 그걸 막아 지킬 수 있는 언덕이 있다는 것은 얼마나 다행스러운 일인가.

그날, 뭉근하게 내 몸을 마비시켰던 마취가 풀리자 온몸이 욱신거리면서 반란을 시작했다. 속눈썹을 세웠던 마스카라의 검은 색소가 눈물에 뒤범벅되고 나는 도무지 모를 것들에 울면서

서 있었다. 그때 그가 내 어깨를 토닥이며 따뜻한 말을 건넸는지는 기억에 없다. 한 발짝도 뗄 수 없는 내 앞에서 그는 꼼짝도 하지 않았다. 이미 사라져버린 뱃속의 아이가 심하게 발길질을 해대는 것만 같았다.

오랫동안 거울을 보지 않았다. 내 자신의 실제모습을 그대로 바라볼 수 없었다. 거울을 보면 생명을 소멸시킨 나의 모습이 확연히 드러날까 두려웠다. 때로 얼굴을 씻고 가꾸는 것조차 죄로 여겨졌다. 불면증 때문에 화장이 잘 먹지 않은 얼굴엔 몇 알 안 되는 주근깨가 도드라져 보인다. 오랜만에 거울을 본다.

초복이라 했는데 그 그림자가 너무 희미하다. 거의 7월 한 달 내내 비가 내렸고 더위를 물리치기 위한 보신용 동물이나 과일에 대해서는 매스컴에서도 다른 해에 비해 언급이 적다. 여름의 강도를 나타내는 첫 신호는 너무 미약하다. 그 애매함이 내게 더욱 절실하게 거센 눈보라를 헤치고 밀도 있게 운집한 펭귄을 보고 싶게 했는지 모른다. 설핏 헛걸음이 될지도 모른다는 생각이 들었지만 인터넷을 통해 동물원 사이트에 들어간다든지 전화를 해서 남극 펭귄이 그 곳에 있는지 묻고 싶지는 않았다. 그냥 펭귄이 그리웠고 간절히 보고 싶었다. 그래서 찾아갈 뿐이다.

동물원에서도 사람이 없을 때에는 호객 행위를 한다. 리프트,

동물원 관람, 코끼리 열차를 하나의 패키지로 묶어 판다. 나는 원래 다 그래야 하는 줄 알고 패키지 입장권을 구입한다. 또 다른 줄에는 동물원에 가기 위한 코끼리열차 티켓을 끊기 위한 줄이 늘어서 있다. 아차, 싶었지만 멋쩍음을 웃음으로 대신하는 임시 매표소의 여자를 뒤로 하고 리프트 타는 곳으로 간다. 짝을 이룬 사람들이 줄지어 서 있다. 연인, 부부, 모자, 부녀. 다른 성과의 짝을 이룬 모습은 매우 자연스럽다. 리프트 안내원은 혼자 리프트를 타려는 나를 잠깐 의아하게 쳐다보더니 "혼자이십니까?" 하고 묻는다. 다시 한 번 리프트를 탄 것에 대해 후회를 한다.

그날 밤, 그곳은 어둠 속에서 쇼우 윈도우 박스의 조명만 빛나고 있었다. 비틀거리며 걸어가는 취객의 홍얼거림이 한 밤의 정적 속에 크게 울렸다. 쇼윈도우 박스안의 세 개의 마네킹은 똑 같은 안경을 쓰고 구멍이 숭숭 뚫린 똑 같은 니트 스웨터를 입고 있었다. 엄마, 아빠, 아들. 피크닉을 떠나려는 가족이다. 가운데 아들을 중심으로 엄마와 아빠가 가운데를 향하도록 사선으로 배치했다. 고리에 걸려서 리드미컬하게 보이는 '패밀리 라이프 스토리'란 그래픽체의 글자가 마네킹들의 머리 위에서 부자연스럽게 흔들렸다. 밀폐된 공간에서는 마른 먼지가 습기에 엉킨 쾨쾨한 냄새가 났다. 인공 잔디 위에는 피크닉 용구들이 늘 같은 자리에 있었다. 패밀리 라이프스타일의 가족들은 웃고 있었다. 붉은 조명 아래서 그들은 마치 귀신같이 보였다. 그만 좀 웃으라고. 나는 맨 가장 자리에 있는 남자 마네킹을 쓰러뜨렸다. 동시에 여자와 아이 마네킹이 함께 쓰러졌다. 그 반동으로 피크닉 용구들은 제자리에서 밀려났다. 나는 늘 내게 없는 것들을 누군가에게 보여주기 위해서 쇼윈도우 박스 안에 새로운 조형물을 만들어 내는 일을 했다. 패밀리 라이프스타일. 백화점의 여름휴가를 겨냥한 컨셉이었다. 나는 부모도 일찍 돌아가시고 유일한 혈육은 외로움 때문에 일찍 결혼한 언니뿐인데. 쇼윈도우 박스의 마네킹마저 나를 비웃는 듯했다. 그날, 백화점 홍보팀장인 그는 내 등 뒤에 서서 나의 그런 행동을 전부 지켜보고 있었다. 차라리 그때 그런 모습의 나를 직장 상사로서 호통이라도 쳤으면 좋았으련만. 내가 누군가의 기척에 뒤돌아섰을 때 그는 깊은 눈으로 나를 바라보고 있었다. 나는 그 눈 속에 빠지는 대신 그의 품에 안겼다. 마치 아주 어릴 적 아버지의 품으로 돌아온 듯한 느낌이 들었다.

그날 나는 사랑의 감정이란 그렇게 극적으로 올 수도 있는 것이구나, 그것이 운명이라고 부르는 것일 거라고 생각했다. 그의 손이 내 몸 위에 얹어져 있었다. 그의 손끝이 내 몸을 훑었다. 찌릿한 전율이 온몸에 흘렀다. 내 몸을 남자의 손 안에 맡긴 것은 처음이었다. 그는 양손으로 내 몸 위에 수많은 포물선을 그려나갔다. 나는 여기저기서 사랑의 세레나데가 울려 퍼지는 소리를 들었다. 나는 그와 함께 사랑의 춤이라도 추고 싶었다. 다음날, 나는 언니의 집에서 나와 그의 오피스텔로 거처를 옮겼다.

사랑은 이루어지고 소중한 생명이 나의 몸속에 자리를 잡았다. 생명을 잉태한 어미들은 행복하고 평화롭다. 그들은 기다린다. 날이 지나면 그토록 기다리던 때가 된다. 사랑의 결실이 태어나는 것이다. 그런데 그는 임무 교대의식의 절차를 참을 수 없어했다. 그의 품에 안겨질 생명을 받을 준비가 되어 있지 않았다. 황제펭귄처럼 길게 주름진 아랫배로 알을 감싸야 하는 일을 신속하게 할 수 없었던 것이다.

병원으로 가는 내내 나는 신에게 기도했다. 가능하면 나의 발걸음을 돌릴 수 있는 상황이 되게 해달라고. 눈을 감고 있는 내게 그가 말했다. "나와 너 사이에 누가 있는 걸 나는 원치 않아." 그 말은 생명이 사라진 뒤에도 오랫동안 내 귀에 이명처럼 들렸다. 생명을 사라지게 한 아비와 어미는 이별해야 된다. 그 남자는 결국 나를 떠나갔고 나는 내 뱃속의 아이를 그의 발치에 옮길 수 없었다.

리프트는 호수 위를, 산을, 동물원 광장을 가로질러 느리게 움직인다. 리프트 아래 그늘 망에는 아이들의 우산과 샌들 한 짝이 걸려 있다. 어느 때인가 아이는 비를 맞았을 것이고 깨금발로 걸었을 것이다. 그만큼 짝을 잃는다는 것은 힘겹고 외로운 일이다.

황제펭귄의 무리 중에서 알을 놓치고 울부짖는 아비들도 있다. 그가 나를 떠난 뒤 일 년쯤 되었을 때 그는 전화해서 말했다. "그동안 아이가 등장하는 영화는 볼 수가 없었어." 나는 담담하게 대답했다. "되돌릴 수 있는 것은 아무 것도 없어." 나는 그때 왜 남자의 한 마디 말에 간단히 내 뱃속의 생명을 지울 수 있었을까? 사실 나도 내 뱃속에서 꼼지락거릴 생명에 대한 이물감과 낯섦에 대한 두려움을 느꼈을지 모른다. 뱃속의 생명이 간단한 도구에 의해 제거된 것처럼 그도 홀가분하게 다른 방향으로 발을 내딛었다.

이런 날 만큼은 내 옆에 그가 있으면 좋겠다는 생각을 한다. 리프트는 입구에서부터 동물원이 끝나는 곳까지 이어진다. 리프트의 도착지점에서 멀지 않은 곳에 맹수들의 우리가 있다. 초원을 달리지 못하는 맹수의 눈은 퀭하다. 모든 것을 포기하고 끈을 놓아버린 듯한 몸짓을 하고 있다. 맹수들과 우리 난간 사이에는 깊고 넓은 함정이 있다. 그것은 맹수들의 공격 위험을 막기 위한 간격이다. 적당한 간격은 사람들 사이에서도 필요하다. 순간 그와 나의 간격, 긴 시간의 간격을 두고 위대한 모험을 떠나는 펭귄이 떠올랐다.

펭귄이 있는 곳을 가늠해 본다. 조류관 쯤 되겠지. 며칠 동안 빗물에 밀려온 쓰레기를 줍는 아주머니에게 묻는다. "여기 조류들이 있는 곳이 어딘가요?" "조금만 가면 작은 새장이 있고 또 한참을 걷다가 돌고래쇼장이 나오는데 그 옆에 큰물새장이 있어요."

곧 지붕이 쇠 철망으로 덮인 새장에서 작은 새들이 날아다니는 것이 보인다. 하늘을 볼 수 있다지만 그들은 새장 밖으로 더 나갈 수는 없는 모양이다. 그곳에서 펭귄을 상상할 수는 없다. 나무로 얼기설기 우리를 만들어놓은 틈 사이로 낙타와 사슴이 보인다. 어린 아이들이 줄을 서서 사슴에게 먹이를 주고 손으로 만져보는 페팅 행사를 한다. 제자리에 있도록 훈련받은 동물들. 그들은 고즈넉이 제자리에서 풀을 뜯고 있다. 가만히 자신의 몸을 아이들에게 맡기고서.

그는 내 품에 몸을 맡기고 가만히 있는 것을 좋아했다. 몇 시간 동안이라도 그대로 있었다. 가끔 몸을 돌려 하늘을 바라볼 때조차 무릎을 베고 내 몸에서 떨어지지 않았다. 그가 새 생명을 받아들일 수 없었던 것은 그 품의 상실에 대한 두려움이었을지도 모른다.

해양관. 해양관에서는 돌고래쇼를 한다. 문득 날지 못하는 펭귄은 조류관이 아닌 해양관에 있을 것이라는 생각이 든다. 돌고래쇼장 입구는 사람들로 웅성거린다. 그 건물 내에는 음식점과 카페가 있다. 이곳에선 여러 동물의 체취가 혼합된 냄새가 난다. 사람들은 그곳에서 비빔밥을 먹고 국밥을 먹고 차를 마신다. 동물원 옆 음식점의 고유의 맛이 사라진 음식. 나는 속이 울렁거린다. 나는 잠시 내 뱃속에 생명이 들어있다는 착각을 한다. 그 뒤로 오랫동안 나는 음식을 보면 속이 울렁거렸다.

해양관으로부터 여러 갈래로 나누어진 보도 위로는 흰 페인트로 이정표가 표시되어 있다. 해양관, 남미관, 큰물새관. 큰물새관이라고 씌어있는 이정표로 잠시 눈길을 돌린다. 바다에 있는 펭귄은 커다란 물새이지 않은가. 그래도 먼저 해양관에서 물새를 찾기로 한다. 이미 돌고래쇼가 시작된 쇼장 입구에는 사람들이 다음 번 쇼 관람 예매를 위해 드문드문 줄을 서 있다. 돌고래쇼장을 제외하고는 다른 바다동물의 우리는 모두 바깥쪽으로 오픈되어 있다. 바다표범이 물속과 바깥을 자유롭게 헤엄치며 그 위용을 자랑한다. 펭귄의 가장 두려운 적. 펭귄이 이곳에 있다면 이 동물의 우리와는 멀리 떨어져 있을 거라는 생각을 한다. 캘리포니아 바다사자, 점박이 물범의 민첩한 몸놀림에 아이들은 탄성을 지르고 어른들은 카메라를 들이댄다. 더운 날씨에 나른한 듯 북극 흰곰은 사람들의 시선을 외면한 채 옆으로 비스듬히 누워있다. 몹시 권태로운 포즈로 하품을 한다. 자기가 있어야 할 곳에 있지 못하는 슬픈 짐승. 얼음장막을 유유히 걷고 있어야 할 동물을 이 땡볕 아래 가두는 인간들의 잔인함이란. 인공눈이라도 뿌려 주는 배려는 진정 없단 말인가.

꿈을 꾸듯 가물가물 정신을 놓고 있을 때 아련하게 목소리가 들려왔다. "이제 일어나요." 나의 몸속에 있는 생명을 제거한 의사의 말은 단지 그 한 마디였다. 눈을 떴을 때 비릿한 바다 냄새가 났다. 하얀 가운을 입은 의사는 자신의 할 일은 그것으로 끝났다는 듯이 그렇게 돌아서 나갔다. 한 몸에서 삶과 죽음을 아무렇지도 않게 목격하고서.

자신의 분신을 위해 누구는 먹이를 구하고 견딘다. 내가 그 아이를 뱃속에 계속 품고 있었어도 나는 계속 살았을 것이다. 먹이를 구하고 견디면서. 그가 내 곁을 떠났어도 둘이 잘 살았을지도 모르는 일이다. 어차피 누구는 남고 누구는 떠난다.

모퉁이를 도는데 어린아이와 엄마가 소리를 지른다. "펭귄이다." 나는 눈이 번쩍 뜨인다. 드디어 펭귄을 찾았구나. 펭귄을 보게 되는구나. 나는 설레는 가슴을 진정시키기 위해 눈을 감았다 뜬다. 팔뚝만한 크기의 펭귄 두 마리가 우리 안에서 왔다 갔다 한다. 남극의 펭귄이 오버랩 된다.

깊고 푸른 밤의 제국에 아침이 밝아오고 있다. 빛이 돌아온 것이다. 마침내 겨울은 갔다. 작고 어여쁜 생명이 있는 힘을 다해 껍질을 깬다. 하루하루 태양빛은 강해진다. 갓 태어난 새끼들은 많이 허기져 있다. 어미는 아직 돌아오지 않았다. 아비는 몸 깊숙이 저장해 놓은 반만 소화시켜 간직해온 비상식량을 뱉어내 새끼에게 준다. 바람이 친숙한 냄새를 실어온다. 돌아온 어미는 무리 중에서 그들의 목소리와 노래를 듣는다. 어미는 그들에게 다가간다. 오! 내 새끼. 내 짝궁.

몸 깊숙이 저장해 놓은 것이 아무 것도 없다면서 그는 떠났다. 무엇이라도 채우고 돌아오겠다고 했지만 그는 오지 않았다. 평생 그는 채우지 못하고 탕진만 하는 삶을 살아갈지도 모른다. 나는 지금 들을 노래와 목소리가 없다. 어쩌면 나의 가장 소중한 노래가 되었을 생명을 나는 버렸고 그래서 그 노래를 들려줄 사람에게서 더욱 멀어졌다.

"남아프리카 펭귄이래." 아이는 엄마의 설명에 눈을 반짝이면서 펭귄을 바라본다. 펭귄의 우리엔 작은 물줄기가 뿜어 나오는 분수가 있다. 얼음집을 연상시키는 구멍이 뚫린 하얀 집도 있다. "핑구다, 핑구." 아이의 조잘거리는 시선이 부담스러웠던지 펭귄은 구멍 속으로 쏙 들어가버린다. 울상이 되어 펭귄이 나오기를 기다리는 아이를 엄마는 겨우 달래서 해양관을 벗어난다. 쇠 난간에 '남아프리카 펭귄'이라는 명패가 붙어 있다. 남극의 황제펭귄과는 족속이 다른 펭귄이다. 나는 펭귄의 볼록한 배를 볼 때마다 그들이 모진 눈보라 속을 뚫고 긴 행진을 할 수 있는 원천은 바로 저 바람 한 점 스며들 틈 없이 팽팽하게 부풀어 오른 배일 것이라고 생각했다. 적어도 그들은 인간들처럼 삶이 맛없다고 느껴져서 생기는 무력감과 허무감 같은 것은 없을 것 같다. 자주 피곤해하고 지치는 인간들은 미래를 전망하지 못하면 끝까지 행진하려고 하지 않는다. 허무와 절망이 스며들 틈이 없는 몸으로 펭귄은 느리지만 자신들의 숙명 속으로 끝없는 행진을 한다. 그런데 남아프리카 펭귄의 배는 생각처럼 부풀어 오르지 않았고 자기가 피할 수 있는 집도 있다. 그들은 생명을 잉태하기 위해 행진을 하지 않아도 되고 일부러 새끼의 먹이를 구하기 위해 그 먼 길을 떠나지 않아도 된다.

　실망하지 않는다. '그래, 이 동물원 어딘가에 진짜 황제펭귄이 있을 거야.' 큰물새장이 있는 곳으로 방향을 돌린다. 쇠창살로 지어 놓은 거대한 새장은 천장 위로 그물까지 쳐져 있다. 푸른 창공 위로 솟구쳐 오르다가 그물에 걸려 더 이상 비상하지 못하는 새들은 하루에도 수십 번, 수백 번 절망할 것이다. 대낮에도 이끼 낀 검은 바위와 쇠창살 속에서 날갯짓 하며 퍼드덕거리는 새들의 울음은 절규처럼 들린다. 목숨을 건 행진을 하는 펭귄의 낯빛과 소리는 얼마나 청량한가. 더 이상 전진하지 못하는 자들의 소리는 절망의 울부짖음이다. 철커덕하는 커다란 금속성의 소리를 들으며 큰물새장의 문을 닫는다. 수인을 감시하는 간수라도 된 기분이다.

　그와 함께 이곳에 왔을 때는 그 새들이 갇혀 있다고 생각하지 않았다. 진실은 때로 상황 속에서 왜곡되는 경우도 있다. 그는 함께 온 어린 조카 우주 앞에서 새들의 날갯짓을 흉내 내면서 새소리를 내었다. 어린 조카 우주는 그의 어깨 위에서 무동을 타고서 그의 몸짓을 그대로 따라했다. 그때 내 몸에서는 손가락

보다 작은 생명이 꼼지락대었고 나는 어린 조카 우주가 아닌 그 아이를 생각 속에서 그의 어깨위에 올려놓으며 벅찬 희열을 느꼈다. 그런데 그는 떠났다. 그의 어깨 위에서 무동 타던 아이는 떨어져 산산조각이 났다. 그가 그 생명의 소멸 뒤에 축하를 했단 말이지.

어제 언니네 식구들과 저녁을 먹고 있을 때 한 시간 빠른 뉴스의 말미에서는 어느 소아과에서 절규하는 산모가 나왔다. 대기실에 있던 산모는 태어난 지 며칠 되지 않은 아기를 모르는 여자에게 잠깐 맡기고 화장실을 다녀왔다. 그 사이에 낯선 여인과 함께 아기가 사라졌다고 한다. 어미는 견딜 수 없는 고통에 절규했다. 곧 미쳐버리기라도 할 것 같았다. 아기를 안고 사라진 여자는 자신의 아기가 죽기라도 한 것인가. 펭귄은 새끼에 대한 집착으로 다른 어미의 새끼를 훔치기도 한다⋯⋯. 극한 상황에서 극한 행동을 할 수밖에 없는 어미의 마음⋯⋯. 언니 내외는 눈살을 찌푸리며 연신 혀를 찼다. 언니가 설핏 내 얼굴을 돌아보았던 것도 같다. 언니는 누구보다도 강력하게 내 뱃속에 있는 아기를 지우기를 종용했던 사람이었다. 모순이라는 것은 가장 가까운 사람에게서 보게 된다.

새끼를 잃어버린 고통에 미쳐버린 어미. 나는 그것을 모른다. 너무 일찌감치 포기했다. 살아가는 내내 도처에 숨어 있는 위험을 감지하기도 전에 미리 도망가버렸다.

다시 보도 위로 흰색 페인트의 이정표가 보인다. 발바닥이 뜨겁고 간지럽다. 대동물관, 아프리카관. 남극은 너무 멀다. 내가 찾을수록 펭귄은 더욱 멀리 달아난다. 수인의 복장처럼 푸른색 유니폼을 입은 사육사들이 나무 그늘에서 담소를 나누고 있다. 문득 이들은 내가 찾는 것을 알려줄 것 같은 믿음이 생긴다. 지극히 도발적인 생각이었다. "해양관이 아닌 다른 곳에는 펭귄이 없나요?" 이렇게 묻는다. "황제펭귄은 어디 있나요?" 이렇게 묻지 않는다. 이미 나는 내가 찾는 펭귄의 존재를 의심하고 있었는지 모른다. "예." 나의 부정적인 질문에 그들의 대답은 너무 간단하다. 더 이상 나는 이 동물원에서 이정표를 찾지 않아도 되고 행진을 안 해도 된다.

나는 너무 늦게 기억한다. 물고기가 풍부한 여름이 된 것이다. 마지막으로 사랑의 춤을 추고 그들은 이미 떠났다. 어느 날 운 좋게 다 같이 만날 날을 기약하고서.

얼음이 녹아 그르렁거리는 바다로 자유롭게 헤엄치기 위해 각자 떠났다. 혹자는 살아서 어느 겨울에 다시 만난다면 다시 부부의 연을 맺길 원하기도 할 것이다. 이제 그들은 새끼 걱정은 접어도 된다. 새끼들은 배가 안고프다. 털 색깔도 짙어졌다. 어른이 된 것이다. 스스로 떠나도록 놔주어야 한다. 한 역사가 끝나고 새로운 역사가 시작된 것이다. 새끼들은 이제 얼음제국의 황제가 되었다. 바다의 자식들이다. 물이 낯설지 않다. 또 하늘에서 해와 달이 만나는 날 그들도 얼음 위를 걷게 될 것이다. 엄마 아빠가 그랬던 것처럼 춤을 추기 위해 황제의 여행을 계속할 것이다. 다시 짝짓기 계절이 오면 어김없이, 마치 마법에 이끌린 듯 한날 한 장소에 모여 셀 수없이 반복했던 긴 여정을 다시 시작할 것이다.

나는 알지 못했다. 생명은 반드시 자란다는 것을. 그리고 언젠가는 스스로 갈 수 있는 어른이 된다는 것을. 역사는 그렇게 이어지는 것이고 그 길은 위대한 모험이라는 것을.

동물원에 황제펭귄은 없다. 숭고한 사랑의 대명사인 황제펭귄은 없다. 대동물관으로 발걸음을 옮긴다. 유리전시장 안에는 박제된 호랑이와 사자 같은 맹수들이 들어있다. 그들은 우리에 갇히는 것도 부족해서 박제가 되어 걸려 있다. 이정표를 따라 출구로 향해 있는 길엔 무리지어 보랏빛 구절초가 피어 있다. 나비가 꽃무리 주위를 선회한다. 작아서, 날개가 있어서 가장 자유로운 것들. 코끼리 형상을 한 조각상에서 아이들은 숨바꼭질을 하고 코를 붙잡고 사진을 찍는다. 인간들은 행진하지 않고 멈춘, 오히려 죽은 것 앞에서 자유롭다. 철사를 얽어 만든 형상에 하얀색 페인트를 한 코뿔소는 창백하다. 작은 전구들이 얹힌 코뿔소의 몸은 밤에만 화려해진다.

감금과 박제와 모형만 있는 곳, 동물원. 나는 동물원에서 벗어나기 위해 코끼리 열차를 탔다. 세상으로 나가는 거야. 노래를 부른다.

행진행진행진 하는 거야.

펭귄펭귄펭귄 하는 거야.

어느새 나는 행진을 펭귄으로 흥얼거리고 있었다.

방

방

졸다가 깨어 창밖을 내다보았을 때는 아직도 한강을 지나지
않은 자유로의 한 복판이었다. 차들이 길게 늘어서 느리게 움직
이고 있었다. 재희가 사는 미니 신도시는 인천공항 톨게이트로
진입하여 조금만 가면 있다. 그녀와 만나기로 한 시간은 충분히
남아 있다. 차안의 FM라디오에서 흘러나오는 오페라 나부꼬의
'히브리 노예들의 합창'이 커졌다 작아진다. 다시 눈을 감는다.
　　나는 몸에 거추장스러운 옷을 입고 힘들게 산길을 걸어간다.
한참을 가니 동굴이 나타났다. 나는 조심스럽게 동굴 안으로 들
어선다. 동굴 속에는 여러 개의 문이 있다. 문마다 알 수 없는
명패들이 붙어 있다. 나는 내 이름을 찾으려고 한참을 두리번거
린다. 맨 구석자리에 나의 이름이 붙은 방이 있다. 나는 안도의
숨을 내쉰다.

그가 잠들은 나의 어깨를 흔들었을 때는 이미 공항 신도시에
들어와 있었다. 고도 제한이 있는 이 도시에는 낮은 층의 아파
트들만이 고즈넉하게 들어서 있다. 한 번 들어오면 나가기가 힘
들 것 같은 섬 같은 도시. 학교, 공원, 상가가 한 눈에 들어온다.
뭔가 먹어야지 하고 그는 공원 건너편 상가로 진입한다. 음식점
유리창 너머로 TV를 켜놓고 졸고 있는 종업원이 보인다. 가끔
늦은 점심을 먹는 사람들이 몇몇 앉아 있을 뿐이다. 지나가는
행인이 없는데도 신장개업을 하는 호프집 앞에는 나레이터 모
델 두 명이 커다랗게 흘러나오는 음악에 맞춰 정신없이 몸을 흔
들어대고 있다. 배꼽 위까지 껑충 올라간 상의 아래로는 배꼽이
유난히 도드라져 보인다. 가늘게 내리는 비가 그녀들의 몸을 적
신다. 그녀들의 눈은 초점 없이 허공을 응시하고 있다. 초라한
댄서들.

보리밥집의 숭늉과 비지찌개는 한기가 느껴지는 몸을 덥혔
다. 그의 흰 얼굴이 비 내리는 날에는 창백하다 못해 젖어 보인
다.

"얼굴이 젖어 보여요."

"사우나를 갔다 왔거든. 나는 그대를 만나기 전에는 꼭 목욕
재개 하거든."

그는 웃으며 농담까지 던졌다.

"나와 헤어진 다음에는 무엇을 할 거예요."

"삼겹살 구워 먹는다고 집사람이 빨리 들어오라고 했어."

나는 그가 가족들과 함께 있는 방을 상상했다. 밥숟가락을 멈추고 있는 나를 보자 그는 어색함의 간극을 메우기 위해 얼마 전 출장 갔다 온 얘기를 했다.

"일을 마치고 저녁에 혼자 바다에 갔었어."

나는 그의 얘기를 들으며 그가 묵었을 집과 방을 그려보았다. 언제나 그가 혼자 들어있는 방, 그곳엔 내가 없었다. 아주 오래 전 날 이후로.

여관 주인은 조그만 창구로 스무 살의 앳된 나를 아래위로 훑어보았다.

"대학생이에요." 그는 한 마디로 일축하면서 땅만 내려다보는 나의 손을 잡아끌고 계단을 올라갔다. 희미한 계단 등 아래로 부스러진 시멘트 조각, 검게 눌러 붙은 껌 등이 선명하게 드러나 있었다. 축제의 밤 끝자락에서 찾은 안식처는 너무나 초라했다. 술기운을 감싸안고 긴 시간 동안 행진을 한 나는 그와 같은 공간에 단 둘이 남겨졌다는 달콤한 기분을 뒤로 한 채 젖은 솜처럼 무거워진 다리를 내려놓았다. 누르스름하게 퇴색한 벽에 오랫동안 등을 기대고 앉아 있었다. 그는 남녀가 단둘이 남겨진 방에서의 의무감을 수행하듯이 내 몸 위에서 땀을 흘리며 고통스러운 얼굴로 출렁거렸다. 이튿날 아침, 누렇게 바랜 흰색 망사 커텐 사이로 햇빛이 스며들어왔다. 방의 추레함은 더욱 선명하게 드러났다. 그는 나를 다시 만났을 때 말했다. 자신의 인생이 그 날의 그 방처럼 초라하고 비참해질 것 같아 나를 떠날 수밖에 없었다고.

보리밥집을 나오자 빗줄기는 거세져 있었다. 그는 우산을 펼쳐들었다. 나는 우산 속에서 그에게 몸을 밀착시켰다. 아늑한 방 같았다.

핸드폰이 울렸다. 재희였다. 비가 오는데 오기는 오는 거냐고 물었다. 이미 그녀가 사는 동네까지 들어선 것을 모르는 그녀는 천천히 오라고 다시 한 번 당부했다.

재희에게 다시 연락이 온 건 이 년 만이었다. 이 년 전 나는 그녀와 인천 송도 바다가 멀리 보이는 선상 카페에 있었다. 나는 그때, 내가 접근할 수 없는 영역으로 나가는 그녀를 근심스럽게 바라보았다. 한편으로는 자유를 향해 성큼성큼 나아가는 용기를 부러워했다. 카페를 나와 그녀가 사는 원룸에 가자고 했을 때 일이 있어 그냥 발걸음을 돌린 게 마지막이었다. 그 동안 연락이 되지 않는 그녀를 떠올릴 때마다 끝내 가보지 못한 그녀의 원룸을 상상해 보곤 했다. 다시 전화했을 때 그녀는 있는 곳만을 얘기하면서 그 동안의 행적을 일체 말하지 않았다.

그는 차를 돌려 신도시를 벗어나 포장되지 않은 길로 들어서고 있었다. 좁은 도로여서 마주 오는 차들을 조심스럽게 비켜서며 움직여야만 했다.

"재희씨를 만나기까지는 어떻게든 시간을 보내야 할 것 아냐. 이곳 근처에 과학관이 있다고 들었거든."

인가도 드문 이런 곳에 과학관이 있다는 사실도 믿겨지지 않았지만 그가 나와 함께 갈 장소로 과학관을 생각한 것이 너무 낯설게 느껴졌다. 그가 그의 아이와 함께 와본 적이라도 있는 곳인가 싶었다. 차의 보조석에 앉아 안전벨트를 매자마자 또 눈이 감겼다. 끊어졌던 꿈들이 다시 이어졌다.

조심스럽게 문을 연다. 희뿌연 안개 때문에 앞이 잘 안 보인다. 내 몸에 작은 물방울들이 똑똑 떨어진다. 물방울들이 떨어져 바닥은 흥건히 젖어 있다. 조금 서 있으려니 안개 속에서 사람들의 윤곽이 떠오른다. 대부분의 사람들이 여자들이다. 숨죽여 우는 흐느낌이 들린다. 나는 그 무리 속에 끼어들어간다. 방 한가운데 둥근 테이블에는 고춧가루물, 통마늘 등 각종 최루도구들이 있다. 조금 지나자 사람들의 울음소리가 커진다. 감정이 격해진 사람들은 테이블에 있던 유리잔 등을 마치 다트 판에 화살을 던지듯이 정면을 향해 던진다. 동굴 속의 방은 순식간에 고함과 울음소리가 섞인 아수라장으로 변해간다. 나도 장식장 위에 있던 기괴한 인형들을 정면을 향해 던져본다. 내 눈에서는 방안의 최루도구들로 인해 저절로 눈물이 쏟아져 나온다. 나는 눈물범벅이 된 얼굴로 방안에 있는 물건들을 닥치는 대로 던진다. 서로 그 기괴한 모습들을 쳐다보면서도 사람들은 아무렇지도 않다. 오히려 동질감 같은 것을 느낀다. 얼마 뒤에 종료를 알리는 사이렌이 울리자 사람들은 부리나케 어수선한 방을 뒤로한 채 그곳을 빠져나간다. 나는 방을 나오면서 문의 명패를 다시 한 번 쳐다본다. 거기에는 내 이름 대신 '눈물방'이라고 씌어 있다.

눈을 뜨자 거짓말 같게 산중에 과학관 건물이 있었다. 비가 내리는 고즈넉한 시골마을의 과학관에는 아이들의 손을 잡고 과학관을 찾은 일행들이 드문드문 보였다. 그는 내 손을 잡아끌고 로비에서 바로 보이는 천체관이라고 씌어 있는 방으로 들어갔다. 어둠 때문에 아무 것도 보이지 않았다. 위를 쳐다보자 갑자기 별이 가득한 하늘이 나타났다. 마치 천정을 뚫어놓은 듯한 느낌이었다.

"우린 지금 반구형 돔 스크린을 보고 있는 거야. 플라네타리움이라는 천체투영기가 별을 쏘고 있지."

그는 나에게 들릴 듯 말 듯한 작은 목소리로 말했다. 어둠에 익숙해지면서 비어있는 의자가 희미하게 보였다. 그는 나의 손을 이끌고 자리를 잡았다. 그는 버튼을 눌러 의자를 침대처럼 젖혀주었다. 하늘 아래 누워있는 것처럼 여겨졌다. 이토록 많은 별들을 본 것은 처음이었다. 육안으로 보이지 않는 별까지 투영하는 플라네타리움이라는 인공천체투영기는 아무리 생각해도 대단하게 느껴졌다. 해설자는 수많은 별자리를 짚어가며 아름

답고도 슬픈 신화를 들려주었다. 견우와 직녀성이 은하수를 사이에 두고 마주보고 서 있다. 칠월 칠석이면 까마귀들은 견우와 직녀가 만날 수 있는 다리를 놓는다. 현실로 우주를 바라다보면 불가능한 거리라고 하지만 내가 누워있는 이 방에서는 모든 것이 가능하다. 그는 내 손을 잡고 별에 대한 모든 설명이 끝나 천체방에 불이 환하게 밝혀질 때까지 놓지 않았다.

그는 나를 재희가 말한 아파트 건너편 '아트 슈퍼' 앞에 세워놓고 가버렸다. 바람처럼. 주변에는 아직 임대 중인 새 상가가 드문드문 들어서 있었다. 멀리서 그녀의 윤곽이 보였다. 밤인데도 재희는 모자를 푹 눌러쓰고 있었다. 금박 자수를 놓은, 몸에 착 달라붙는 검은색 상하의를 입은 재희는 마치 밤무대의 무희처럼 보였다. 재희는 이년 전보다도 더 다른 세계로 옮겨진 사람 같았다. 가늘게 내리는 빗속에서 재희의 모습은 고혹적으로 보였다. 나는 재희를 따라 걸었다. 재희가 멈춘 곳은 신축 상가 건물이었다. 안개비의 어스름 속에서 '스포츠 마사지'라고 쓴 간판만이 빛나고 있었다. 나는 영문을 모른 채 재희를 따라 3층까지 올라갔다.

"이곳에서 일하는 거야? 아직 근무 시간인데 나 때문에 나온 거야?"

한꺼번에 궁금증을 쏟아놓는 나를 보며 재희는 빙그레 웃었다. 재희의 대답을 들을 사이도 없이 데스크에서 앉아있던 두

아가씨가 일어나 나에게 인사를 했다. 나도 얼떨결에 인사를 하고 재희 손에 이끌려 사이드에 있는 한 방으로 들어갔다. 그 방은 사방이 통창으로 되어 있었다. 까맣게 물들은 창으로 맞은편 교회의 붉은 십자가 빛이 어룽거렸다. 테이블 옆, 목이 긴 보랏빛 화분에서는 아로마 향이 피어오르고 있었다. 절에 들렀을 때 맡던 향내 같기도 했다. 향내와 함께 피어나는 아스라한 연기를 보며 나는 마치 이상한 나라에 들어온 듯한 느낌에 사로잡혔다.

"내가 이곳 주인이야."

재희는 언제나 나를 놀라게 했다. 이 년 간의 그녀의 부재가 만들어낸 작품이었다.

"그때 네가 보여주고 싶다던 송도의 방은?"

나 또한 그 많은 궁금증을 놔두고 그것부터 물었다. 재희는 양미간을 찌푸리며 열려진 문을 닫았다.

"아! 그 방이 언제 적 방이지? 그 뒤로 내가 지낸 방이 몇 개게?"

재희의 자조 섞인 말을 들으며 남편과 자식을 두고 나와 혼자 사는 여자가 지낸 몇 해는 결코 녹록치 않았을 거라는 생각이 들었다. 그 세월만큼 방도 있었을 테고……. 나는 그가 이곳에 도착하여 슈퍼 옆의 빵집에 들어가서 건네준 파운드케이크를 풀어놓았다.

"그 사람이 여기까지 왔다 가면서 사 준거야."

나는 마치 그가 내 남편이라도 되는 듯이 들떠 말했다. 장식장 위에 '뿌리'라는 큰 활자가 박힌 전단지가 두텁게 쌓여 있었다. 내 시선이 그 위에 머물자 재희가 말했다.

"스포츠 마사지를 하는 데 이름치고는 생소하지? 뷰티, 아트 같은 예쁜 이름도 많은데 말이야. 이름 짓기에 고심하고 있을 때 '뿌리 깊은 나무'라는 시 구절이 떠올랐어. 간혹 남자의 그것을 상상하는 인간들도 있지만……."

재희는 지금의 어느 때보다 땅에 뿌리를 깊이 내리고 있는 것처럼 보였다. 직원 중 한 명이 퇴근을 하겠다며 문을 두드렸다.

"이곳은 샤워실, 수면실 모든 것이 갖춰져 있으니까 아무 걱정 말고 쉬다가 올라가."

중앙 로비 양옆으로 크고 작은 방들이 배열되어 있다. 재희는 2년 전 원룸에 살았을 때보다 지금 몇 배의 방을 가지고 있다. 사무실로 쓰고 있는 방을 제외하고는 모든 방들에 빛이 들어오지 않았다. 방마다 조명 스위치가 벽에 붙어 있어 방의 밝기를 조절해 주었다. 은은하게 조명이 밝혀져 있는 방은 마치 물고기와 기포의 움직임만 보이는 수족관 같았다. 흰 티셔츠와 반바지로 갈아입은 나는 내 몸의 크기에 꼭 맞는 딱딱한 침대에 누웠다. 마치 관에 누운 것처럼 느껴졌다. 재희가 가운으로 갈아입고 마사지를 할 오일을 준비하는 동안 나는 눈을 감고 딱딱한 침대에서 전해오는 열을 내 몸 속에 들여보내고 있었다.

"아카시아 숲에 들어온 느낌이 들지? 오느라고 쌓인 피로가 이제 풀릴 거야."

진한 향내가 콧속과 폐부까지 깊숙이 들어오는 것을 느꼈다.

"다음에는 그 사람과 같이 와. 트윈 마사지 룸도 있거든. 그 방은 더욱 기가 충만하지. 서로의 마음속에 뭉쳤던 모든 것이 풀릴 거야."

어느새 재희의 손이 내 몸 위에 얹어져 있었다. 그녀의 손끝이 내 몸을 훑었다. 찌릿하고 어떤 전율이 흘렀다. 대학 시절 이후로 십 수 년을 날 보아왔던 친구지만 내 몸을 그녀의 손안에 맡긴 것은 처음이었다. 재희의 두 손은 내 엎드린 척추를 중심으로 수많은 포물선을 그려나갔다.

"이건 '러브'라는 마사지 오일인데 이렇게 마사지를 받고 나면 정말 사랑을 하고 싶어져. 몸속에 있는 나쁜 독이 다 풀어져 나오거든. 대신 그 독은 내게로 들어와. 그래서 나도 가끔은 쉬어야 해. 계속 내 몸 속에 독만 채울 수 없으니까."

핏기 없고 까칠한 재희의 얼굴은 그 독에 잠식당하고 있었던 것일까?

나는 대학에서 국문학을, 재희는 조경학을 공부했지만 우리는 시를 쓰고 화초를 가꾸는 대신 조그만 보습학원에서 중학생 아이들에게 영어와 수학을 가르쳤다. 학원 수업이 끝날 시간이면 언제나 오토바이가 부릉거리는 소리가 들렸다. 헬멧을 쓰고 키가 작은 남자, 자칭 재희의 애인이라고 말하는 사람이 왔다. 재희는 그를 좋아하지 않는다고 했다. 그런데도 키 작은 남자는 언제나 똑같은 시간에 요란한 오토바이 소리를 내며 학원 앞으로 왔다. 그 남자가 오토바이 뒤에 재희를 태우고 쏜살같이 사라지면 나는 한참동안 서 있다가 그 자리를 떠났다. 어느 날 재희는 그 남자의 오토바이를 타고 떠난 뒤 돌아오지 않았다. 5년 뒤 재희는 딸아이를 들러리로 세우고 그 남자와 결혼식을 올렸다. 언젠가 들른 그녀의 방엔 두 마리 원앙이 십자수로 놓아진 액자가 걸려 있었다. 재희는 키는 작지만 힘이 셀 것 같은 그 남자와 조용히 살고 있었다. 재희가 사내아이를 낳고 두 해가 지난 뒤 나의 방으로 찾아왔을 때 말했다.

"그 남자가 나를 납치해 가둔 방에서 나는 아이를 가졌고 그래서 그 방에서 오랫동안 조용히 지낼 수밖에 없었어. 나는 내 양손에 아이를 품을 수 있을 때 그 남자에게서 벗어날 거야."

재희는 '선녀와 나무꾼'에서 나오는 선녀 같았다. 재희는 나의 방에서 한 달을 지냈다. 그 날들을 보내면서 재희는 빨래방에 가는 나를 신기해했다. 없는 빨래감까지 구석에서 꺼내어 빨래방에 가기를 서둘렀다. 동전을 넣고 빨래가 들어있는 세탁기 버튼을 누를 때 재희는 힘을 주었다. 재희는 백 미터 달리기의 출발선에 선 사람처럼 긴장감과 단단한 각오를 한 경직된 얼굴을 하고 있었다. 재희와 나는 빨래방의 커다란 창으로 가득 들어오는 햇살을 맞으며 주간지를 보거나 팝콘을 먹으며 세탁이 종료되는 45분간의 시간을 즐겼다. 재희는 세탁기의 동그란 창으로 빨래가 되는 것을 하나도 빠짐없이 지켜볼 수 있다는 게 참으로 신기하다고 했다. 때로는 나와 노닥거리는 대신에 가만히 앉아서 세탁기에서 빨래가 돌아가는 것을 고스란히 지켜보기도 했다. 회색의 구정물이 어느새 맑아지는 것을 보고 있을 때면 눈이 빛나면서 감탄을 내뱉곤 했다. "이걸 보고 있노라면 내 머릿속도 이렇게 말끔히 청소되는 것 같아." 재희는 그동안 한 번도 빨래를 해본 적이 없는 여자처럼 빨래방에 가는 것에 집착했다. 재희는 오토바이 남자와 사는 동안 그녀의 집 베란다 구석에 있던 세탁기 속을 한 번도 들여다보지 않았다고 했다. 몇 년 동안 그녀의 구질구질한 일상을 처넣는 기분이었다고. 얼마 뒤 재희는 자신의 방을 구해 인천으로 갔다.

재희의 손이 나의 허벅지와 종아리를 오갔다. 재희의 손이 내 다리를 오르락내리락 할 때마다 내 몸이 조금씩 늘어나는 것 같았다.

"그 남자는 내가 있는 방을 몰라. 이제 나는 숨을 수 있는 방이 이렇게 많으니까 안심이야."

나와 연락을 끊고 지내던 2년 사이에 재희가 살고 있던 원룸도 결국 그 남자의 기습을 받았다. 방에서 나오지 않으려는 그녀를 보자 그 남자는 방문을 잠그고 책상 위에서 타고 있던 촛

불을 침대 시트 위에 던졌다. 재희는 그 남자의 위협 때문에 다시 그 남자가 사는 방으로 옮겨졌다. 그 남자는 더욱 철저하게 재희를 가두었지만 그녀의 밖으로 향한 날갯짓은 더욱 강했다. 재희는 결국 이곳까지 오게 되었다.

재희는 마사지를 다한 다음 잠이 오려고 하는 나에게 저녁을 먹으러 가자고 재촉했다. 비는 여전히 내리고 있었다. 재희와 나는 소주에 매운 낙지볶음을 곁들여 먹었다. 독이 다 빠져나간 몸에 다시 매운 기운이 뻗어 나갔다. 밥을 먹고 자갈밭에 천막을 친 포장마차로 갔다. 거기서도 고추장 양념을 한 매운 닭 날개 구이를 먹었다. 닭 날개 구이가 타들어 갈 때마다 바로 바로 뒤집어 주었다. 재희는 도수가 높은 소주를 몇 병 비워내더니 결국 신파조의 목소리를 내기 시작했다.

"나는 방이 많은 부자라고. 그 방에서 사람들은 몸에 뭉쳐있는 독을 빼내어 나가고, 그렇게 사람들이 방방에 넘쳐서 나는 더 큰 부자가 될 거고. 나의 방들은 나의 빵이고 자유고 꿈이야."

재희는 말꼬리를 올리며 나의 동의를 재촉했다. 나는 와자한 분위기 속에서 핸드폰을 꺼내 그의 전화번호를 눌렀다. 오랫동안 벨소리가 울렸다. 술기운은 너무 늦은 시간이라는 것을 잊게 했다. 지금은 전화를 받을 수 없다는 녹음된 멘트가 들릴 때까지 그가 있는 방을 떠올렸다. 그의 곁에는 그의 아내가 누워 있다. 그는 잠결에 침대 머리맡에 있는 핸드폰을 집어서 거기에 찍혀있는 나의 전화번호를 보았을 것이다. 그의 아내가 잠결에 기척을 했을 때 그는 굳이 안 해도 될 변명을 했을지도 모른다. 나의 존재는 번호를 잘못 누른 모르는 사람이었을 것이다. 누군가와 함께 있는 방에서는 어떤 기운이 맴돌까?

그와 나는 언제나 제한된 시간 속에서 급격하게 달구어진 서로의 몸을 느껴야만 했다. 그와 나의 방은 동전을 넣고 할애된 시간 정도만 존재했다. 좁은 복도를 사이에 두고 있는 여러 개의 방에는 커다란 소파와 한 사람 키 정도의 거리를 두고 50인치의 커다란 스크린이 놓여 있었다. 도화지만한 창으로 스크린에 시선을 두지 않은 채 나란히 누운 남녀의 모습이 언뜻 들어왔다. 모든 방에 배경으로 왕왕대고 있을 비디오 스크린……. 그와 나는 문을 닫자마자 그 모든 생각을 내쫓을 수 있었다. 등을 기대고 발을 있는 대로 다 뻗어도 될 조금은 우스꽝스런 소파는 이런 방을 위해 특수 제작된 듯 보였다. 소파 옆의 조그만 테이블 위에는 두루말이 휴지가 놓여있었다. 문득 이 방을 들어오기 위해 치른 만 원은 영화 한편을 보면서 욕망을 배출할 수 있는 장소의 비용치고는 너무나 값싸게 느껴졌다. 내가 그와의 미래를 꿈꾸던 시절의 방은 적어도 이 정도는 아니었다. 조그맣게 난 창으로 햇살과 나뭇잎의 흔들림을, 빗줄기를, 소복이 내리는 눈을 함께 볼 수 있는 공간이었다. 그는 캔 맥주를 하나 비

우자 소파 등받이에 기대있던 등을 바닥으로 내렸다. 마음에 거품이 일기 시작했다. 그는 손을 끌어당겨 내 몸을 소파 위에 미끄러뜨렸다. 비디오 스크린 속에는 통창으로 정원이 내다보이는 거실이 있었다. 남자는 소파에 기대어 신문을 펼쳐들고 있고 여자는 주방에서 방금 내린 원두커피를 들고 나온다. 그와 내가 오래 전부터 꿈꾸던 장면은 네모난 스크린 속에 들어 있었다. 스물의 나이에 그를 만난 날처럼 나는 영화를 보았다. 달라진 건 새로운 세기의 산물인 비디오방이라는 장소에서. 그와 나의 만남의 장소로는 너무나 아늑하고 은밀했다. 그날, 나는 어스름한 조명이 비추는 네모 상자 같은 방에서 지불한 돈만큼의 시간만 그와 함께 있을 수 있었다.

정해진 순서처럼 재회와 나는 노래방으로 자리를 옮겼다. 조그만 방에서는 서로 다른 사람을 그리워하는 사람들이, 다른 세계를 꿈꾸는 사람들이 천장 위에서 색색의 둥근 전구가 빙글빙글 돌아가는 조명 아래서 노련한 배우처럼 자기의 감정을 서슴없이 내놓고 표현한다. 제한된 공간은 사람들을 용기 있게 한다. 제 차례를 기다리는 일행들은 소극장의 관객들처럼 조용히 그 배우들의 몸짓과 소리를 듣는다. 그러나 이 방을 떠나는 순간 모두는 다른 사람의 감정에서 타인이 될 것이다.

학교 캠퍼스 언덕을 내려오면서, 전철역이나 버스 정류장 앞에서 곧잘 큰 소리로 노래를 불러 제키던 그였다. 내가 민망해

하면 그는 더 큰 소리를 내었다. 그때 나는 그런 그를 말리면서도 나에게 용감했던 그를 자랑스러워했다. 십여 년이 지나 다시 만났을 때 그는 나와의 많은 것을 기억하고 있었지만 그때처럼 노래를 부르진 않았다. 아니, 이제 그는 그때만큼의 기쁨과 빛나는 용기가 사라졌던 것인지도 모른다.

나는 그와 다시 만난 지 얼마 안 되어 우리가 헤어진 다음에야 생겨난 놀이문화인 노래방을 갔다. 서로 다른 삶의 영역에서 그와 내가 수없이 불렀을 노래들을 부르며 우리는 말 대신 노래로 그 동안 살아온 것을 보여주었다. 외부와 차단된 방에서 우리는 서로에게 관객이 되어 각자의 감정들을 읽었다. 노래로 된 시는 사람의 마음에 더 가까이 다가온다. 고개를 빼들고 노래를 부르는 그는 왠지 쓸쓸해보였다. 깊은 밤, 한 사람의 관객밖에 없는 노래방은 무도회장도 되었다. 그는 나의 손을 이끌고 무대로 나갔다. 그는 늘 정물화처럼 고정되어 있는 나의 겨드랑이에 날개를 달아주었다. 나는 그의 손에 이끌리어 오랫동안 무대 위를 날아다녔다. 제한된 시간이 다 되어 노래방 기기에서 노래방 광고 음악이 반복될 때까지 나는 모든 것을 놓아버리고 그를 부둥켜안고 있었다. 노래방 주인이 들어와 나무라듯 경과된 시간을 알려주었다. 그날 밤, 서로는 놓아버리고 싶은 몸을 추스르며 밤늦도록 거리를 헤매었다.

예약된 시간보다 몇 배로 노래를 하고 우리는 노래방을 나왔다. 그때까지 비가 추적추적 내리고 있었다. 재희는 씻고 들어온 나를 두 개의 침대가 나란히 놓여 있는 트윈실로 들여보냈다. "옆에 님이 있다고 생각하면 잠이 잘 올 거야. 자스민 향을 피웠어. 무엇에든 자신감과 의욕이 생기게 되지." 재희는 비어 있는 침대 맡 무드등에 불을 켜고 나갔다. 하지만 그는 거기에 없었다. 잠이 오려는 찰나에 차르륵하고 문자 멧세지를 알리는 핸드폰의 신호음이 들렸다. 낯선 전화번호가 액정에 떴다. 통화 버튼을 눌렀다. "○○콤에서 제공하는 성인전용 폰팅써비스 입니다. 연결하는 순간 원하는 상대와 상큼하고 즐거운 대화를 즐기실 수 있을 것입니다." 난 순간적으로 폴더를 닫아버렸다. 연결되는 순간 난 또 다른 방 속으로 들어간다. 미지의 남자가 나를 기다리고 있다. 손만 내밀면 사방에 뻗어 있는 방. 일정한 대가만 지불하면 그 방의 문들은 열린다. 꿈속에서 나는 밤새도록 그와 통화를 했다.

핸드폰 시계의 숫자는 9를 표시하고 있었다. 햇볕이 들지 않는 방은 때를 뒤섞어놓고 앞을 향한 의지를 상실시킨다. 머리와 뱃속에 커다란 돌덩어리가 들어가 있는 느낌 속에서 몸을 일으켰다. 속에서는 아무 것도 받지 않을 것 같았는데도 나는 재희가 시킨 부대찌개 냄비에 숟가락을 넣어 한 술 뜨고 있었다. 재희는 밥 한 그릇을 뚝딱 해치우고 어제 먹다 남긴 케이크까지 손대고 있었다. 나는 냄비 속의 햄 조각과 라면 가락이 혐오스럽게 느껴졌다. 국물만 퍼 올린 냄비에는 건더기만 남았다.

창은 버티칼이 걷혀져 있었다. 어젯밤에는 보지 못했는데 마치 미술관처럼 우아한 교회 건물이 있었다. '참 아름다운 교회'. 하얀 대리석 벽은 흐린 날씨인데도 기품 있게 보였다. 방금 예배가 끝났는지 사람들이 교회 건물에서 우르르 쏟아져 나오고 있었다. 검은 색 가운에 자주색 휘장을 두른, 목사라고 여겨지는 사람이 계속 출입구에서 나오는 사람과 악수를 나누거나 고개를 조아리고 있었다. 문득 저곳을 나온 사람들은 어디로 갈 것인지 궁금해졌다. 아니 목사의 방이 어디일까 더 궁금했다.

재희는 자동차의 핸들을 돌렸고 나는 차의 유리창의 바깥에서 방울져 내리는 빗방울을 따라 손가락 그림을 그렸다. 일요일의 상가들은 대부분 닫혀 있었고 그래도 도로에는 차로 가득 차 있었다. 차안에서는 바깥의 차들이 느리게 움직이는 벌레처럼 보였다. 사람들 또한 그 벌레 속에 먹혀있는 것처럼 보였다. 재희는 엄마 집에 가려는 나를 위해 전철역 광장에 내려놓았다. 재희는 차안에서 계단으로 올라가는 나를 계속 지켜보았다. 재희와 눈이 마주쳤을 때 그녀는 나에게 길게 손을 흔들었다.

작은 부스의 매점으로 가서 보통 때는 사지 않던 물품들을 돌아보았다. 카네이션이 그려진 휴대용 휴지와 껌 한 통을 샀다. 가판대 속의 아줌마는 천 원짜리 지폐를 두 번 씩 세어서 표정 없는 얼굴로 거스름돈을 넘겨주었다. 무릎을 접어 단 한사람만

이 의자에 앉은 채 들어갈 수 있는 한 평도 안 되는 부스 안에는 소형 티브이도 있다. 반쯤 열려진 아크릴 창밖으로 티브이 모니터 안의 배우들이 입을 달싹거리고 있는 것이 보였다. 부스 안 의자 옆에는 커피포트와 아령 같은 운동기구도 있다. 사람들에게 돈을 받고 물건을 건네줄 때의 아주머니의 저 무표정한 얼굴은 제한된 공간에서 벌을 받듯 온종일 같은 몸짓을 하면서 생긴 결과인가?

매표실 옆에는 유료로 인터넷을 사용할 수 있는 컴퓨터가 있다. 오백 원 짜리 동전을 구멍 속에 넣었다. 제한된 시간은 3분. 메일함에는 수십 통의 스팸 메일이 들어와 있다. 열어보지도 않은 채 메일들을 삭제시켰다. 나는 짧은 시간동안 그에게 나의 존재를 알렸다. 어젯밤 내가 겪었던 방들과 현재 내가 발 딛고 있는 장소에 대해. 그는 자신만의 방으로 들어와 은밀하게 나를 만난다. 그는 비밀스럽게 나의 언어들을 읽어 내리고 때로는 나의 몸을 상상하면서 자위를 할지도 모른다.

열차가 출발하기 바로 전 막 닫히려는 문으로 들어갔다. 나는 사람들이 꼭 끼게 앉아있는 긴 의자 앞으로 가서 선다. 역마다 정차하여 문이 열리고 그때마다 한두 사람씩 일어나 나간다. 그 앞에 섰던 사람들이 그 자리에 앉고. 어떤 사람들은 다른 칸까지 이동을 하며 자기 자리를 찾는다. 다른 사람들이 제자리를 찾는 동안 나는 한 자리에 계속 서 있었다. 열차 안은 혼잡하다.

내 앞에 앉은 연인들은 휴대폰으로 끊임없이 문자를 보내며 답신이 많이 온 횟수로 저녁내기를 하고 있다. 즉흥적으로 오가는 교신. 그들은 슬픔이 없겠다는 생각이 들었다. 그에게 짧은 문자 메시지를 보낸다. 답장은 없다. 그는 이미 그의 가족들이 있는 방에서 나의 존재 같은 건 잊어버려야만 했을 것이다.

오래전 그날, 나는 그와 춘천까지 가지 못했다. 우리의 만남이 끝까지 가지 못한 것처럼. 나는 처음으로 그와 함께 여행을 간다는 설렘으로 춘천행 열차를 탔다. 주말이라 사람들로 붐볐고 우리는 좌석도 확보하지 못한 채 열차의 구석에서 마주보며 서 있었다. 열차의 차량이 연결된 출입문 사이로 사람들이 이동할 때마다 우리는 몸을 뒤채며 길을 내주었다. 출컹, 열차가 멈추었다. 안내방송이 들렸다. 열차의 맨 끝 칸이 탈선했다고 했다. 그와 내가 탔던 칸은 중간이었다. 서 있는 열차 창문으로 남춘천의 작은 역사가 보였다. 열차 안에 있던 사람들은 열차에서 내려 남춘천 역사까지 좁은 철길을 따라 걸었다. 역사를 나와 역 앞의 다방에 들어갔다. 그와 나는 그 어두컴컴한 다방에서 다 소멸되어 지금은 하나도 기억나지 않는 대화를 나누었겠지. 그날 나는 복구된 열차를 기다렸을까, 아니면 다른 무엇을 기다렸을까? 그날 그와 나는 춘천에 가지 못했다. 다시 기차를 타지도 않았다. 기억은 거기에 멈추어 있다.

천장 팔걸이에 손을 걸고 눈을 감는다.

나는 또 숲길을 걷는다. 발바닥이 아프다. 나는 신발을 신지 않았다. 염려가 되지만 계속 걷는다. 동굴이 나타난다. 이번에는 동굴 속에 있는 방들 중에서 제대로 내 방을 찾아가야겠다고 결심하며 입술을 깨문다. ✶

메종에 간이 노란 여자가 산다

황충상
소설가, 동리문학원 원장

메종에 간이 노란 여자가 산다

황충상 _ 소설가, 동리문학원 원장

'사람의 집'을 프랑스 말로 '메종'이라 한다? 나는 비음을 섞어 그 프랑스어로 발음하다가 문득 에디뜨 삐아프를 떠올리며 "아, 사람의 몸!"하고 속으로 탄성을 질렀다. 알 수 없음으로 알수 있는 피 아픈 삶을 노래로 산 여자. 그녀의 샹송은 온몸의 울음이었다. '사람의 집엔 장밋빛 인생이 있어. 그뿐이 아니야. 또 진짜가 있지.' 그리고 삐아프는 피 아파 피 아파 '사랑의 찬가'도 불렀다.

문학은 인간 실존의 노래에 답도 하고 물음도 던진다. 이찬옥 작가의 창작집 『메종』의 소설들은 인간 실존에 대한 어떤 물음이며 답인가. 작품마다 그 나름 자유스런 물음이며 화답이다 싶은 행간의 숨은 말들이 있다. 독자는 그 말들을 곱씹으며 의식무의식을 넘나드는 가능한 상상의 시작과 끝인 이야기를 읽어야 한다.

[황도]

황도는 왕도다. 아니다. 황도는 홍도다. 그야 읽기 나름이다. 작품 속 여자가 황도를 우적우적 씹어 목으로 넘기는 목울대를 화장실 거울에 비춰 본다. 목에서 얼굴이 서서히 드러난다. 그때 작은 입이 황도를 탐했다는 사실이 믿기지 않아 여자의 입이 더욱 작아 보인다. 소설의 캐릭터에 대한 독자의 상상은 자유다. 그래서 황도를 먹은 여자가 홍도의 이름으로 다가오는지도 모른다. 황도를 아주 많이 먹어버린 여자, 이 여자에게 좀 더 걸맞은 표현이 있다. 황도를 남자다 하고 먹는 여자, 그녀의 간은 노랗다. 이것이 여심의 알 수 없는 색이다. 비로소 그녀가 왜 간이 물들도록 황도를 먹었는지를 독자는 조금 알 것 같으리라. 그렇다. 피 아파 피 아파, 몸으로 영혼의 노래를 부른 삐아프를 대적하기 위해 입이 작은 그녀는 그토록 겁 없이 황도를 먹은 것이다.

[속초가 좋아서 서울에서 온 치과]

여자가 입을 벌린다는 것, 치료의 목적이지만 남자 의사에게 목젖을 보이는 것은 속 깊은 자궁을 보이는 것이다. 꼭 이렇게 단정할 수는 없지만, 소설의 장치나 사건은 자궁 속 미로의 냄새를 풍긴다. 피(P)라는 여자, 남자를 향기로만 기억하는 그녀는 매사 피 하고 웃는 웃음을 감추고 있다.

'의사는 피의 입을 크게 벌리게 했다. 이가 빠진 동공은 검은 밤 같았다. 오랫동안 빛이 들지 않은. 그곳에서 의사는 오래전 그날 밤 풍경들이 빠져나오는 것을 보았다.'

섬뜩 의사가 놀라야 하는데, 무심한 눈길이다. 무의식과 의식의 틈을 보기 때문이다. 이윽고 의사의 의식은 꿈에 가 닿는다. 동공이 없는 눈, 너무 의식 깊은 곳을 보다가 숨어버린 눈, 모딜리아니의 그림 여인, 의사는 치료를 마치고 피의 얼굴에서 눈동자 없는 눈을 본다.

의식과 무의식 그 중간, 꿈을 꾸는 소설이다.

[토끼 잡으러 가지 않을래요]

남자의 가슴 어딘가에 토끼의 간이 들어 있다. 여자의 몸 비밀한 곳에 토끼의 간이 붙어 있다. 두 남녀는 첫눈에 서로의 토끼 간을 보았다. '아하, 이 사람!' 그리고 서로는 접근 방법이 같았다.

"우린 서로 간을 먹일 수 있어."

그러나 소설은 여기서 끝났다.

산다는 것, 그 속에 함께하는 사랑이 사람 간으로 시작하는 것이 아니라 토끼 간으로 시작해서 사람 간 내놓기까지의 예행 연습이 필요하다는 것이다. 소설은 이것을 착각의 진실이라며 '저 눈밭에 토끼 간이 뛰어간다!'고 외친다.

[핑크로즈]

엉덩이에 피어난 장미와 가슴에 피어난 장미 중 어느 쪽의 것이 핑크로즈일까. 사람 정신을 핑그르 돌게 만드는 향기를 뿜는 장미. 이 이상한 이중성, 여기에 곱사등에 핀 장미가 부조리의 생각을 낳는다. 곱사등 아내는 스스로 묻는다. 남편의 여자는 나인가 그녀인가. 인간에게는 사람적인 답도 필요하고 신적인 답도 필요하다. 그런데 진실로 이해되지 않는 새로운 말이 있다.

"사람 육갑한다."

[모르는 불빛]

우리는 서로에게 모르는 불빛으로 꺼지고 켜진다.

그 집의 불빛을 바라보다가 들어왔다. 여자가 샤워를 하고 침대에 누워 있다. 나는 그녀를 원한다. 나의 불안이 요동친다. 방의 불빛이 너무 밝다. 여자가 불을 끄란다. 나는 스위치를 내린다. 올린다. 내린다. 올린다. "왜 그러는데!" 여자가 꽥, 소리를 지른다. 나는 나의 불안이 켜지고 꺼진다고 말하지 않는다.

[메종]

"나는 아무 것도 후회하지 않아." 마치 에디뜨 삐아프가 노래한 것처럼 친구는 말했다. "그래, 너는 삐아프가 환생한 나의 친구다." 그렇게 말할 수 있으면 얼마나 좋으랴. 나는 하고픈 말을 씹어 삼켰다. "삐아프는 네 나이에 불란서, 아니 세계 최고의 가수였어. 그렇듯 너는 지금 21세기가 알아주는 천체물리학자가 되어 있어야 해." 친구는 내 눈빛을 알아차렸다.

"인생이 많이 가련해 보여. 진한 실체는 다 그래. 벗으면 그것이 그것이야. 물 안 마신 몸 없고, 공기 호흡하지 않은 몸 없어."

사람들이 끊임없이 오가는 길목에 삐아프의 노래가 울려 퍼졌다. 그녀는 구걸한 영혼을 데리고 '메종'에 왔다.

[광명의 그녀]

세월 속에 한 점이 된 여자. 나는 세느강을 보며 그녀를 생각했다. 여관방에서 내다본 하천이 떠올랐다. 나는 그날 밤 나의 불안을 보았다. 광명여관 창문으로 내다보이던 하천의 불빛. 건너편 개봉동 건물 불빛이 하천에 어른거렸다. 그 불빛의 불안, 그 빛 때문에 나는 그녀에게 무지막지한 정충을 쏟아 부었다. 그리고 우리는 서로 찾지 않았다. 멀어지고 멀어졌다.

"여자가 남자에게 멀어지고, 남자가 여자에게 멀어지면 광명을 찾는다."

사전에 없는 말이다.

[개소리]

사람에게서 개소리가 난다. 사람이 개처럼 짖어대고 개처럼 물어뜯는다. 개가 사람에게 충복인 까닭이 그래서다. 이것은 옛말이다. 이제 개가 개에게 외친다. "조심해, 물린다!" 사람에게 물릴까 봐.

개(게)놈지도는 사람이 여기까지 온 것을 증명해 보인다. 사람이 개처럼 오줌을 싸고, 개가 되어 흘레붙는다는 것이다.

지금도 어디선가 한 사내가 사육한 개의 소음으로 독살스런 사람 소음에 맞서고 있다.

[펭귄을 보러가다]

황제펭귄의 뱃가죽 주름살을 보고 웃는 것은 신을 웃는 것이다. 생명의 신비를, 아비의 신성을 웃지 말라는 뜻이기도 하다. 생명을 웃는 것과 신을 웃는 웃음은 같다.

'병원으로 가는 내내 나는 신에게 기도했다. 가능하면 나의 발걸음을 돌릴 수 있는 상황이 되게 해달라고. 눈을 감고 있는 내게 그가 말했다. "나와 너 사이에 누가 있는 걸 나는 원치 않아." 그 말은 생명이 사라진 뒤에도 오랫동안 내 귀에 이명처럼

들렸다. 생명을 사라지게 한 아비와 어미는 이별해야 된다. 그
남자는 결국 나를 떠나갔고 나는 내 뱃속의 아이를 그의 발치에
옮길 수 없었다.'

[방]

독을 빼고 기를 충전하는 방에 벌거벗고 누워 있다. 남자는
여자를 상상하고 여자는 남자를 상상하게 하는 손이 러브를 마
사지한다. 의식과 무의식이 뒤엉키고, 꿈의 층이 열린다. 독사
의 두 혓바닥 사이에서 독이 뿜어져 나온다. 날름거리는 독사의
한 혓바닥에 나신의 여자가 매달리고, 다른 혓바닥에 남자의 알
몸이 매달려 있다.

"이것이 러브의 그네타기야. 전신에 독사의 독이 퍼질 때까
지."

이것은 이찬옥 작가의 작품 뒷글로 무리가 있다, 없다. 소위
흑백 논리, 둘로 나눌 수 있다. 그렇게 양면으로 읽히기를 바라
고 쓴 글이다. 어느 쪽으로든 작품에게는 미안한 글일 수밖에
없는 것이 발문이다. 그러기에 발문 쓰는 마음은 통이 커야 하
고 글에 대한 통찰의 폭이 넓고 깊어야 하는데 그야말로 사족이
되고 말았다. 없는 배암의 발을 상상하며 소설의 세미한 창조
정신까지 읽기를 바란다. ✈

| 작품발표 |

황도 _ 미발표작

속초가 좋아서 서울에서 온 치과 _ 미발표작

토끼 잡으러 가지 않을래요? _ 『문학나무』 2016년 봄호

핑크로즈 _ 『한국소설』 2015년 4월호

모르는 불빛 _ 『창작21』 2014년 여름호

메종 _ 『한국소설』 2013년 7월호

광명의 그녀 _ 『창작21』 2012년

개소리 _ 『한국소설』 2011년 6월호

펭귄을 보러가다 _ 『모던포엠』 2010년 4월호

방 _ 『작가연대』 2009년 상반기

문학나무 소설선 043

마네킹

1쇄 발행일 | 2016년 04월 08일

지은이 | 이찬옥
펴낸이 | 윤영수
펴낸곳 | 문학나무
편집주간 | 황충상

편집실 | 03085 서울 종로구 동숭4나길 28-1 예일하우스 301호
이메일 | mhnmoo@hanmail.net

출판등록 | 제312-2011-000064호 1991. 1. 5.
주소 | 영업부 | 03673 서울 서대문구 명지대1라길 24-4 지하 1층(남가좌동 5-5)
전화 | 02-302-1250, 팩스 | 02-302-1251
ⓒ 이찬옥, 2016

값 12,000원
ISBN 979-11-5629-034-6 03810